Maja Rose

Herzasche

AF198950

Bibliografische Information der Deutschen Nationalbibliothek:

Die Deutsche Nationalbibliothek verzeichnet diese Publikation in der Deutschen Nationalbibliografie; detaillierte bibliografische Daten sind im Internet über http://dnb.dnb.de abrufbar.

© 2019 Maja Rose

Coverfoto: Maja Rose

Lektorat und Satz: Dr. Katrin Scheiding

www.katrinscheiding.de

Herstellung und Verlag:

BoD - Books on Demand, Norderstedt

ISBN: 9783749496495

Für meine Kinder Johanna und Leonard und meinem Mann Hans, den besten Lebenskameraden.

Und in liebevoller Erinnerung an meinen Vater Karl.

Ein großes Dankeschön gilt meiner Lektorin Katrin Scheiding, die mir mit Rat und Tat zur Seite gestanden hat und meine Zweifel immer wieder ausräumen konnte.

Maja Rose

Herzasche

Roman

1. Novemberblues

Ihre Freunde nennen sie Elli. Ihr richtiger Name: Ellen Kaiser, Kaiser geschrieben nicht mit ei in der Mitte, auch nicht mit einem ay, sondern mit ai und ihr Leben ist ganz schön kompliziert.

Elli sitzt schon den ganzen Nachmittag über der Buchführung und ihr Nacken und die rechte Schulter tun ihr inzwischen höllisch weh. Die Zahlenkolonnen verschwimmen bereits vor ihren Augen und rauben ihr sichtlich den letzten Nerv.

Immer das Gleiche, alles muss für die Steuer hundertprozentig in Ordnung sein, sonst dauert es unglaublich lange, bis das Finanzamt die zu viel gezahlte Umsatzsteuervorauszahlung wieder zurückerstattet.

Sie streckt der Länge nach ihre Beine aus und reckt gleichzeitig die Arme in die Luft.

Mit den Beinen macht sie kreisende Bewegungen, um ihren Kreislauf wieder auf Trab zu bringen. Auf dem Teller neben ihr liegt noch ein Rest von der Nussecke, die sie sich am Vormittag am Brotauto gekauft hat. Schnell schiebt sie sich den Rest in den Mund und leckt sich die Finger ab. Schokolade liebt sie über alles, aber Schokoladenflecken hasst sie ebenso. Der Genuss des letzten

Krümels versöhnt sie ein kleines bisschen mit der Buchführung, und ihre Laune steigt auf dem Stimmungsbarometer wieder in die Höhe.

Der Blick zur Uhr zeigt ihr, dass es bereits halb vier ist. Na, eine Runde kann sie ja noch drehen, bevor sie zur Chorprobe muss und danach den Rest des Abends mit Hans vor der Fernsehglotze sitzt.

Schnell steht sie auf und lässt alles vorerst auf dem Schreibtisch liegen, aufräumen kann sie später immer noch. Außerdem klaut sowieso kein Mensch diesen Papierwust, und es kommt auch keiner vorbei, der die Arbeit fertig macht.

Immer noch steif vom langen Sitzen, geht sie hinunter, um im Flur die Jacke anzuziehen und die Pantoffeln gegen Walkingschuhe zu tauschen.

Tür auf, raus, Tür zu und abschließen.

Elli steuert ihre Schritte talabwärts. Gleich zu Anfang legt sie ein Tempo vor, als müsste sie auf den Bahnhof, um noch den letzten Zug zu erwischen.

Der schnelle Gang hilft ihr, die Zahlen aus dem Kopf zu streichen, die ihr Kopfzerbrechen bereiten.

Das Finanzamt kennt überhaupt keinen Spaß, und selbst produzierte Fehler sind bei diesen Erbsenzählern nicht mehr auszubügeln. Dort sitzen abgerichtete Füchse, die nur darauf lauern, armen und fleißigen Bürgern wie ihr das Geld aus der Tasche zu ziehen. Freiwillig rücken diese Finanzfüchse jedoch nichts aus ihren Kassen heraus. Dafür muss der Bürger wiederum hartnäckig kämpfen.

Als sie den geschlossenen Drogerie-Markt erreicht, der die exakte Hälfte ihres Weges markiert, fällt ihr zum ersten Mal auf, dass einige Dorfbewohner bereits die Weihnachtsbeleuchtung aus dem Keller gekramt haben. An zwei Fenstern hängen bereits erleuchtete Sterne.

Sie schüttelt den Kopf. Für ihren Geschmack ein bisschen zu früh, schließlich beginnt die Adventszeit erst in drei Wochen.

Missmutig darüber biegt Elli in die untere Dorfstraße ein. An deren Ende taucht unter dem Eingangsportal des Friedhofs die alte Frau Färber auf ihrem Stock gestützt auf, grüßt kurz und wackelt nach Hause, ohne sich weiter zu Elli umzudrehen. Ansonsten ist keine Menschenseele auf der Straße zu sehen.

Es dämmert bereits, und Elli stapft mit forschem Schritt, die Hände noch tiefer in die Jackentaschen vergraben, alleine durch die Straße. In den meisten Häusern brennt bereits die Deckenbeleuchtung und spendet goldenes Licht.

Jetzt nur noch den kleinen Anstieg die Kirchstraße hinauf bewältigen und rechts wieder hinunter, dann ist sie wieder in ihrem geliebten kleinen Tal. Dreiviertel schlägt die Kirchenuhr. Elli
vernimmt ihren tiefen Schlag und atmet tief
durch.

Hier liegen auf dem linken Gehweg die letzten
hartnäckigen Blätter des ausklingenden Jahres.
Der erste Nachtfrost hat sie nun endgültig von
ihren Bäumen gelöst und der Wind fegt sie wir-
belnd zu großen Haufen zusammen. Elli stapft
extra durch die Blätter, um ihr Rascheln zu hören.

Sie liebt den Herbst mit seiner einzigartigen,
bunten Farbenpracht. Müßiggang stellt sich ein,
alles wird ruhiger. Die Tage werden kürzer und
die Nächte länger. Die aktive Zeit der Ausflüge
an den Baggersee und die geselligen Grillpartys
sind vorbei. Es ist dafür zu kalt geworden.

Auch im Garten ist alles abgeerntet. Nur die
Beete muss Hans noch einmal umgraben.

Im Tal ist es merklich ruhiger geworden, die Be-
sucherströme zur Burg sind jetzt endgültig verebbt, die Burg geschlossen. Elli ist gefühlt höchstens zwanzig Minuten unterwegs und doch froh,
dass sie sich überhaupt dazu aufgerafft hat. Ihre
Strecke ist insgesamt drei Kilometer lang.

Sie ist die Route mit dem Auto abgefahren um zu wissen, wie lang sie ist. Wenn sie all diesen Sportexperten glauben darf, sind das die drei Kilometer, die zu einer gesunden Lebensweise beitragen. Für diese Erkenntnis verdienen diese Fitnesspäpste auch noch horrende Summen.

Die drei Kilometer befreien sie an diesem späten Nachmittag endlich von den lästigen Zahlen, die ihr immer noch im Kopf herumschwirren, und ihre Figur freut sich sicherlich ebenfalls.

Die Wechseljahre setzen der nämlich ganz erheblich zu und peppen sie bereits mit kleinen Michelin-Röllchen auf. Furchtbar sieht das aus. Was hat sie schon alles gegen diese widerlichen Röllchen unternommen?

Erst hat sie wochenlang mehrere Eiweißshakes, die nach Tapetenkleister schmecken, getrunken. Nicht, dass sie weiß, wie Tapetenkleister schmeckt, doch kann sie sich dieses Geschmackserlebnis aufgrund der widerlichen Shakes lebhaft vorstellen. Auch hat sie Trennkost zelebriert, Kalorien gezählt und am Schluss der ganzen Prozedur einfach tagelang gar nichts mehr gegessen.

Das Einzige, was in dieser Zeit hundertprozentig geschrumpft ist, ist ihr Geldbeutel gewesen –

und die gute Laune. Von Hans' Laune ganz zu schweigen. Die ganze Ernährungsumstellerei hat ihn furchtbar genervt und dazu ist er ungenießbar, wenn er nicht satt wird.

»*Hach ja*«, Elli grinst, als sie an die Zeit zurückdenkt. »*Mit seiner ›Ich armer Mann bekomme nichts mehr zu essen und werde immer dünner‹-Miene ist er durch das Haus gelaufen.*« Elli hegt sogar den Verdacht, dass er in ihren Abnehmphasen in seinen Mittagspausen an eine Imbissbude gefahren ist, um seine Ration an Kalorien aufzufüllen, damit nicht noch seine Hose anfängt, zu rutschen.

Erst an dem Abend, an dem er von ihr wieder eine ganz normale Mahlzeit mit allem Pipapo gekocht bekommen hat, hat er sie angestrahlt und laut »Halleluja« ausgerufen. Dabei hat er sich so über seinen Teller hergemacht, als hätte er wochenlang gar nichts mehr zu essen bekommen.

Sie geht nah am Bach entlang und ihr wird's langsam kalt.

November eben. Elli wünscht sich jetzt ihre wattierte Jacke herbei. Diese wollte sie auch zuerst anziehen, hat sich jedoch für die dünnere entschieden. Der erste Gedanke ist wie immer der beste. Die Hände tief in die Taschen der viel zu dünnen Jacke vergraben, führt sie ihr Heimweg entlang der Häuserreihe zurück.

Auf der anderen Seite steht lediglich eine alte große Industrieanlage. Diese Industrieanlage ist vor langer Zeit einem verheerenden Hochwasser zum Opfer gefallen und steht seitdem still. Sie ist Ende des achtzehnten Jahrhunderts nach Vorbildern vieler englischen Industrieanlagen gebaut worden.

Für die Fabrikarbeiter entstand in unmittelbarer Nähe ein zusätzliches Wohnhaus, damit die Arbeiter möglichst dicht bei ihrer Arbeitsstelle wohnen konnten. Damit schlug der Unternehmer zwei Fliegen mit einer Klappe, denn er konnte bei erhöhter Auftragslage schnell auf seine Arbeiter zurückgreifen und sie zu mehr Arbeitsstunden ausnutzen. Viele Menschen verdienten hier unter erschwerten Bedingungen vom Ende des achtzehnten bis zum Ende des zwanzigsten Jahrhunderts ihr täglich Brot.

Dies ist nur noch Geschichte. Eine Geschichte, wie das Märchen von Dornröschen. Seit mehr als zwanzig Jahren wächst das große Gebäude mit Unkraut und wilden Dornenhecken zu. Letztere sind mittlerweile so hoch, dass Elli bei ihrem Anblick ins Träumen gerät. Es sieht nach einem verwunschenen großen, alten Gebäude aus, nur, dass es kein Schloss ist.

Als nach so vielen Jahren des Stillstands zwar kein Prinz, aber immerhin eine Genossenschaft für regenerative Energie das alte Gebäude wachküssen wollte, waren viele umweltbewusste Bewohner des Ortes vor Freude aus dem Häuschen.

Endlich passierte mal was mit dem alten Kasten. Viele interessierte Bürger unterstützten die Genossenschaft, die mit Wasserkraft eigenen Strom erzeugen wollte.

Auch diese alte Fabrik hatte mithilfe von Turbinen in ihrer Glanzzeit ihre eigene Elektrizität erzeugt und somit ihre Spinnerei, Weberei und Färberei betrieben. Und genau dort wollten die jungen Techniker der Energiegenossenschaft mit einer neuen Wasserkraftanlage Strom erzeugen. Nicht nur, dass das Fabrikgebäude davon profitiert hätte, nein, sogar der ganze Ort wäre mit umweltfreundlicher Energie versorgt worden.

Leider machten alle die Rechnung ohne den Besitzer und seine Pächter.

Nach wenigen Monaten mühseliger Arbeit und Schufterei stellte sich leider heraus, dass das anfänglich gemeinnützige Projekt doch der Profit-gier der Entscheider zum Opfer fiel. Danach nahm die Genossenschaft Abstand von diesem Projekt.

Fazit: Investor weg und Helfer weg. Sollten der Besitzer und die Pächter nun selbst nach einem neuen Investor suchen. Es interessiert im Ort nach diesem unschönen Ende sowieso keine Menschenseele mehr, wie es mit der alten Ruine weitergehen wird. Elli interessiert es erst recht nicht. Wenn sie bloß daran denkt, wie ihr Hans und ihr Sohn monatelang mit viel Herz und Verstand bei der Sache waren und auch noch viel Geld in diese Wiederbelebungsversuche gesteckt hatten, alles umsonst.

All diese Mühe ist zum Schluss für die Katz gewesen. Wenn Elli an die Zeit zurückdenkt, könnte sie dem einen dieser Pächter auf die andere Wange auch noch eine Ohrfeige verpassen. Eine Ohrfeige fing er sich nämlich für sein unfaires Verhalten, und die nimmt ihm keiner mehr weg.

Vergessen wird sie diese Episode nicht, aber der Mittelpunkt im Weltgeschehen ist sie auch nicht und somit ist das Thema für Elli endgültig abgehakt.

Für einen kalten Tag ohne Niederschlag und Nebel ist es heute schon früh dunkel. Die Wettervorhersage vom Vorabend stimmt. Es ist noch nicht einmal sechzehn Uhr und die Straßenlaternen beginnen schon langsam, ihr diffuses Licht auf den Bürgersteig zu werfen. Ein seltsames Licht. Es schaltet sich automatisch über eine Sensoranlage bei Dämmerungsbeginn ein. Erst erstrahlt es hellgelb, dann wechselt es langsam in einen Rot-Orangeton über.

Genau dieser unirdische Farbton taucht plötzlich vor Ellis Augen am Himmel auf.

Immer im späten Herbst und Winter wiederholt die Natur dieses Phänomen. Nur sie bringt solch schöne Farbenspiele zustande. Sie lässt ein Licht erscheinen, als ob die Engel im Himmel mit dem Plätzchenbacken beschäftigt wären. Es erinnert Elli an ihre Kindheit, als ihre Welt noch ohne Furcht war.

In all den vielen Jahren ist dieses Naturschauspiel etwas Beständiges, etwas Beruhigendes und vor allem ein Schauspiel, das Elli immer und immer wieder berührt. Und vielleicht verfärbt sich der Himmel gerade deshalb wieder in dieses

Lichtspiel, um ihr ein Stück Sicherheit und Zuversicht auf dem Nachhauseweg zu geben.

Dieser Gedanke kommt Elli auf einmal in den Sinn – vielleicht schickt der liebe Gott ihr gerade einen schönen Wegbegleiter, ein bezauberndes Abendrot.

In ihrer Kindheit hat ihr Vater oftmals die Geschichte von den Engeln erzählt, die Plätzchen backen, für alle Kinder dieser Welt. Elli hat damals an die Geschichte ihres Vaters geglaubt und konnte sich die Himmelsbäckerei in ihrer Fantasie lebhaft vorstellen.

Sie sah die Engel in ihren langen weißen Kleidern emsig den Teig rühren und kneten. Sie waren auch im Gesicht bekleckert und wenn sie sich unbeobachtet fühlen, steckten sie sich schnell ein gebackenes Plätzchen in den Mund. Wie gerne wäre sie früher bei diesen Himmelswesen gewesen. Einfach in einer großen Schar goldlockiger und fröhlicher Bäckerinnen ein kleiner Engel sein.

Elli kann den Duft der Plätzchen auf ihrem Nachhauseweg förmlich riechen und trotz des kalten Windes wird ihr richtig warm ums Herz bei dieser schönen Erinnerung.

Das tut gut.

Langsam geht sie auf eine lange Kurve zu. Wie in all den Jahren zuvor ist dieser Wegabschnitt für sie mit einem tiefen Unbehagen verbunden. Auch heute kann sie dieses Gefühl nicht abschütteln. Egal, wie sehr sie sich seelisch für den Anblick wappnet, es überfällt sie jedes Mal, wenn ihre Schritte sie an ihrem Elternhaus vorbeiführen.

Tausendmal hat sie sich selbst gut zugeredet, damit dieses ungute Gefühl verschwindet, aber es hilft nicht. Das ungute Gefühl ergreift immer wieder von ihr Besitz. Ellis Herz klopft so wild, dass es schmerzt und ihr Atem geht in schnellen, abgehackten Stößen.

Im Nachhinein betrachtet ist das Unbehagen in den letzten Jahren immerhin ein kleines bisschen kleiner geworden, aber trotzdem immer noch so mächtig, dass sie diesen Bereich des Weges nicht gerne zu Fuß geht. Der kurze Augenblick des Friedens, der angenehme Traum beim Anblick des feuerroten Abendhimmels ist dahin.

Elli findet es selbst richtig unheimlich, wie dieser kleine Streckenabschnitt all ihre positiven Energien und Gedanken aus ihr heraussaugt und sie leer zurücklässt.

Wann immer sich die Möglichkeit ergibt, bevorzugt sie das Auto oder auch das Fahrrad, um schnell durch diesen Bereich hindurchzusausen. Hauptsache fort!

Jede andere Person würde womöglich den Kopf schütteln und ihr Verhalten als albern abtun. Auch könnte man Elli sogar deswegen für instabil oder für traumatisiert halten.

Ehrlich, sie war von jedem etwas, doch das wird nur eine Person verstehen, die Ähnliches erlebt hat. Außerdem spricht sie nicht über ihre Gefühle, die sie immer wieder im Bereich ihres Elternhauses empfindet. Muss sie ja auch nicht.

Elli sieht bereits die große Umspannstation des großen Energieversorgers und kurz dahinter die ersten Nussbäume. Seit man diese in den Siebzigerjahren nach Fertigstellung der Straßenkanalisation und der neuen Teerdecke entlang des Bürgersteigs gepflanzt hat, sind sie zu stattlichen Bäumen herangewachsen.

Im Frühjahr machen die herabfallenden Blüten die Straße rutschig, im Sommer bieten die Bäume kleine Schatteninseln, im Herbst sind sie der Treffpunkt aller Walnussliebhaber, denn ihre Nüsse sind groß und lecker. Nach der Ernte werfen die Bäume, wie auf Kommando, ihre welken

Blätter ab. Diese können bei schlechtem Wetter dem Fußgänger ganz schön gefährlich werden. Deshalb nimmt ein netter älterer Herr, der ebenfalls in diesem Bereich wohnt, seinen Besen in die Hand und kehrt akribisch den Bürgersteig sauber.

Elli findet die Hilfsbereitschaft des alten Herrn wundervoll, zumal er dem Gemeindemitarbeiter somit ein gutes Stück Arbeit abnimmt. Er ist noch einer der wenigen noch verbliebenen Mitmenschen, die bei Problemen sofort mit anpacken. Zögerlich geht Elli die nächsten paar Meter weiter, und ihr Atem stockt. Sie versucht zu schlucken, aber ein dicker Kloß im Hals lässt es nicht zu. Ihre Hände sind schweißnass geworden und ihre Knie zittern leicht.

Sie ist vor ihrem Elternhaus angekommen.

Seit Elli es das letzte Mal betreten hat, scheint sich auf den ersten Blick nichts verändert zu haben. Äußerlich ist das vermutlich tatsächlich der Fall, nicht jedoch für Elli. Für sie hat sich alles verändert, seit sie nicht mehr darin willkommen ist.

Majestätisch steht es da in seiner ganzen Pracht.

Vor dem Haus immer noch ein Vorzeigegarten mit viel Wiese, umsäumt von all den Palmlilien, die ihr Vater in den Siebzigerjahren als kleine Ableger von irgendwoher mitgebracht hatte. Sie haben sich rasant vermehrt und sehen im Sommer mit ihren weißen, hohen Blütenständen sehr edel aus.

Mancher Spaziergänger bleibt deshalb stehen und bewundert die herrlichen Pflanzen.

An dem Tag, als ihr Elternhaus notariell in den Besitz ihres Bruders übergegangen ist, hat sie geweint, nicht weil ihr Bruder jetzt das Haus und die angrenzende Wiese voller Obstbäume besitzt, sondern weil mit diesem Tag auch etwas in ihr zu Ende ging.

Die Besitzübertragung ist das Ende eines Lebensabschnitts gewesen und hat sie gezwungen, ihre Jugend und die damit verbundenen Erinnerungen an dieses Elternhaus endgültig loszulassen.

Die Erinnerung an die Zeit, in der sie sich dort willkommen gefühlt hatte, fällt ihr heute schwerer denn je.

In den vergangenen sieben Jahren wurde der Garten, in dem ihr Vater liebevoll gewerkelt hat, von einer Behindertenwerkstätte aus der nahe gelegenen Kreisstadt gepflegt.

Im Frühjahr und auch im Herbst rollen die Gartenspezialisten aus dieser Werkstatt an und arbeiten unter der Aufsicht ihres Betreuers und auch Ellis Bruders wie die Wiesel.

Die vor Jahrzehnten angelegten Trockenmauern für den Rebenanbau sind von ihrem Vater nach Fertigstellung des Hauses gerodet und mit Obstbäumen und Sträuchern bepflanzt worden. Auch dieser extrem steilliegende Teil oberhalb des Hauses obliegt jetzt der regelmäßigen Pflege dieser karitativen Einrichtung.

Selten sieht Elli ihren Bruder dort arbeiten und wenn, dann trägt er dazu Handschuhe. Sogar zum Nüsseaufheben zieht er Handschuhe an, um sich seine gepflegten Hände nicht zu beschmutzen.

Meistens mäht er die Wiese und drückt dabei jedem Bekannten, der vorübergeht, ein Gespräch auf die Backe. Selbst die junge Nachbarin ist nicht vor ihm sicher. Sie geht sehr ungern vor die Haustür, wenn Ellis Bruder sich draußen aufhält. Dies hat sie Elli während des Besuchs eines Fußballspiels erzählt. »*Ja*«, denkt Elli, »*mein Bruder ist schon immer eine penetrante Person gewesen und glaubt, ein Superadonis zu sein.*«

Wie sich leider für sie schmerzlich herausgestellt hat, ist sie früher doch sehr naiv gewesen.

Insbesondere wenn es um die Einschätzung ihrer Mutter und ihres Bruders gegangen ist.

Die beiden hatten schon vor dem Tod ihres Vaters ein fast symbiotisches Verhältnis zueinander, vor allen Dingen, wenn es darum gegangen ist, ihre egoistischen Interessen wahrzunehmen. Nur hat Elli dies damals nicht wahrgenommen.

Etwas langsamer, um nicht umzuknicken oder gar hinzufallen, geht sie weiter. Mit den Augen sucht und fixiert sie ihr nächstes Ziel und schafft es so, mühsam und beherrscht an ihrem Elternhaus vorbeizugehen. Als ihr Vater gestorben war hat ihre Mutter seinen Lieblingsplatz eingenommen.

Sein schöner alter Ohrensessel steht noch immer direkt hinter der Schiebetür und wird von der Gardine verdeckt. Sogar das eine oder andere Mittagsschläfchen hielt er darin, als er noch gelebt hat, und nun sitzt ihre Mutter in diesem Sessel und kann nun jeden Fußgänger und jedes Auto unbemerkt beobachten.

Wenn sie jetzt ausgerechnet in diesem Augenblick dort sitzt, möchte Elli ihr nicht noch zusätzlich einen Triumph gönnen, indem sie umknickte oder gar stolperte. Das wäre ihr persönlicher Albtraum. Ganz bewusst geht sie Schritt für Schritt langsam weiter, hoffend, dass alles gut bleibt.

Es kostet Elli jedes einzelne Mal enorme Anstrengung und oft wird ihr davon richtig schlecht. Kaum, dass Elli etwas Abstand zwischen sich und ihr Elternhaus gebracht hat, spürt sie, wie ihr Atem sich normalisiert und der Kloß im Hals sich auflöst. Die Anspannung fällt langsam von ihr ab und sie spürt, wie ihre Muskeln sich lösen.

Die nächste Rechtskurve ist kurz und läuft in eine lange Gerade aus. Dreihundert Meter schnurgerade nach vorne, die Elli in einem flotten Tempo zurücklegen kann. Froh, so gut an ihrem Elternhaus vorbeigekommen zu sein, geht sie beschwingt an der Metallbaufirma vorbei.

Auf dem Bürgersteig begegnet ihr Hermine, die beste Hobbybäckerin der Straße. Sie ist gerade dabei, mit ihrem Pudel Fridolin nach Hause zurückzukehren.

Elli spürt, wie sich ihr Gesicht beim Anblick der lieben Nachbarin zu einem Lächeln verzieht. »Guten Abend, Hermine!« Zumindest ein Teil der schlechten Laune, die sie angesichts ihres Elternhauses überkommen hat, weicht dank der freundlichen Frau von ihr. Sie beugt sich herunter und streichelt den Pudel.

»Oh, schönen Abend, Elli. Bei Fuß, Fridolin.«
Hermine lächelt freundlich und der Pudel wedelt
fröhlich mit dem Schwanz. »Wie geht es dir?«

Elli horcht in sich hinein. Ja, wie geht es ihr?
Noch vor wenigen Metern hätte sie gesagt, dass
sie sich hundeelend fühlt, aber dieses Gefühl ist
inzwischen verflogen. »Es geht mir gut. Danke.«

Für einen kleinen Plausch mit ihr hat sie auf jeden Fall noch Zeit.

»Möchtest du einen Christstollen? Ich eröffne
bald die Weihnachtsbäckerei bei mir zu Hause.«
Fridolin gibt zustimmend kleine, glucksende
Laute von sich.

Noch ehe Elli wirklich darüber nachdenken
kann, hat ihr Kopf bereits genickt. Christstollen
von Hermine sind einfach die besten weit und
breit. »Ich nehme gleich zwei Stück. Aber bitte
einen ohne Rosinen, die mag Johanna nicht so
recht und es wäre schade, wenn das Kind deswegen auf Stollen verzichten müsste.«

Hermine lacht. »Natürlich. Das gute Kind soll
ja auch etwas Köstliches zur Adventszeit haben.
Dann backe ich für sie ganz besonders viel Mar-
zipan und Mandeln rein.«

»Du bist ein Schatz.« Elli lächelt sie dankbar an.
»Aber für mich bitte ganz klassisch mit Zitronat

und Rumrosinen, ja? Aber Hauptsache, Johanna kommt auch in den Genuss von etwas so Gutem wie deinem Christstollen.«

Derweil springt der Pudel vor lauter Übermut an Elli rauf und runter, um ein Leckerli zu erhaschen. Doch heute trägt sie eine andere Jacke und hat dabei vergessen, den Beutel mit den Hundekeksen umzupacken. Der arme Kerl macht die tollsten Sprünge nach ihren Keksen.

»Tut mir leid.« Elli tätschelt seinen Kopf. »Heute muss ich dich leider enttäuschen. Aber das nächste Mal habe ich wieder etwas ganz Feines für dich dabei, ja?«

Die Sprünge des Pudels lassen nach, das kluge Tier hat sie offensichtlich verstanden.

Während des Plauschs mit Hermine hat der Pudel sie allerdings vor lauter Freude mit seiner langen Laufleine eingewickelt, sodass sie sich erst mal lachend befreien muss.

Hermine verspricht, sich zu melden, sobald die Christstollen fertig gebacken sind, und wünscht ihr und ihrem Mann noch einen schönen gemütlichen Abend.

Elli geht auf dem Bürgersteig weiter, der jetzt direkt am Bach entlangführt. Der Bach ist hier viel wilder, da kleine und große Hinkelsteine für leichte Strudel sorgen. Auch das Flussbett ist hier viel schmaler als im weiteren Verlauf des Baches.

Eine steil abfallende Uferbefestigung ist dort schon vor Jahren angelegt worden. Dicke, schwere Basaltsteine und Bruchsteinblöcke hat man für diesen Zweck herangefahren und mit großem Gerät in der Bachböschung aufgestapelt. Mit den Jahren haben die großen Steine teilweise Moos angesetzt und zwischen ihnen lugt Topinambur hervor, eine wilde Sonnenblume.

Die grobe Befestigung wirkte auf sie und viele Bewohner der Straße so beängstigend, sodass sie lieber zu Fuß die viel befahrene Straße nehmen, statt den Bürgersteig zu benutzen.

Laut der damaligen Berechnung der Straßenbaubehörde soll man angeblich aufgrund des Neigungswinkels aber nicht direkt ins Wasser fallen.

Wie beruhigend für denjenigen, der fällt. Und an das alljährliche Hochwasser haben die Behörden bei ihrer Planung überhaupt nicht gedacht. Nachträglich sind vor einigen Jahren Hecken und Haselnusssträucher entlang dieser groben Uferbefestigung gepflanzt worden, die von ihrem Hans einmal im Jahr in Form geschnitten werden.

Vereinzelt sind Walnussbäume dazwischen ange-
pflanzt, doch diese Nüsse fallen meistens buch-
stäblich ins Wasser.

Allmählich wird es dunkler. Elli kommt auf ihrem Weg an der alten Holzbrücke vorbei, die ihren Freunden von der anderen Bachseite gehört
und alljährlich in liebevoller Arbeit und mit viel
Stöhnen in einem neuen, kräftigen Rot neu gestri-
chen wird.

Die Kleingartenbesitzer, die zu ihren Gärten
auf der anderen Bachseite wollen, pilgern zu
jeder Tages- und Nachtzeit ebenfalls über die
Brücke, um zu säen, zu pflanzen, zu gießen o-
der zu ernten. Deshalb reibt sich die rote
Farbe ständig ab und jedes Jahr geht die Strei-
cherei ihrer Freunde mit viel Brimborium wieder von vorne los. Außerdem lieben es Wanderer und Jugendliche auf Schulausflügen, sich
in lässigen Posen auf ihr fotografieren zu lassen. Noch etwas, das nicht gerade zur Haltbar-
keit der Farbe beiträgt.

Die Brücke wird vorsorglich bereits zwei Tage
vorher für die ganze Aktion von Ellis Freundin,
einer freischaffenden Künstlerin, gesperrt. Zusätzlich hängt sie noch ein von Hand gemaltes

Plakat mit genauer Wegbeschreibung als Alternative auf, die für die Zeit der Brückensperrung zu den Gärten genutzt werden soll. Das ganze Plakat bekommt von ihr mit wenigen Strichen noch eine Skizze des Weges sowie die Initialen ihres Namens verpasst.

Elli schmunzelt bei dem Gedanken daran. Die Gartenfreunde sind allesamt sehr beschäftigte Rentner und jeder Umweg ist für sie eine Qual. Rentner haben doch bekanntlich nie Zeit, wird gemunkelt. Trotzdem respektieren sie die Arbeit ihrer Freundin und gehen grummelnd den längeren Weg zu den Gärten, nicht ohne sich über das Für und Wider dieser grässlichen Farbe lautstark über die Zäune ihrer Gärten hinweg auszutauschen.

Die Brücke allein ist schon einen Schnappschuss wert, zumal sie in unmittelbarer Nähe eines Wasserfalls errichtet worden ist. Im Sommer wimmelt es dort vor Touristen, die vor oder nach ihrer Burgbesichtigung die Schönheit des tosenden Wasserfalls einfangen wollen.

Elli träumt sich in die schöne Zeit zurück, als sie dort mit Freundinnen im tiefen Bereich oberhalb des Wasserfalls, geschwommen ist und dann in eine noch fernere Vergangenheit, damals, als sie noch sehr klein war und mit ihrem Vater zusammensaß und ihre Beine von dem großen Stein ins Wasser hat baumeln lassen.

Ihr Vater hat ruhig neben ihr gesessen und seine HB-Zigaretten geraucht, während er die Angelschnur fest im Blick behalten hat. Auch heute noch wird das Wehr an heißen Sommertagen von kleinen und großen Kindern zum Schwimmen genutzt.

Waren zwei oder drei Forellen im Eimer gelandet, ging es heim, um diese auszunehmen, in Mehl zu wenden und in Butter zu braten.

Diese Art der Zubereitung überließ ihr Vater gerne ihrer Mutter. Dazu gab es entweder die restlichen Kartoffeln vom Mittagessen oder einfach nur ein paar Scheiben Brot mit Butter. War das eine Delikatesse. Elli erinnert sich sehr gerne an diese Zeit zurück. Sie vermisste ihren Vater immer noch.

An diesem Abend begegnet Elli niemandem mehr auf diesem Wegstreckenabschnitt, weder Einheimischen noch Touristen. Die Burg hat bereits an Allerheiligen ihr großes Eingangstor geschlossen und öffnet erst wieder am Karfreitag des nächsten Jahres. Die Zeit nutzt der Burgverwalter für anfallende Renovierungsarbeiten, aber auch, um Zeit für sich und seine Familie zu haben. Außerdem braucht so ein altes Gemäuer ebenso eine Ruhepause für sich selbst.

Der Geräuschpegel, den die Deutschen, Engländer, Holländer, Chinesen, Japaner, die Amerikaner und Besucher viele anderer Nationalitäten tagtäglich produziert haben, kann sich in dieser Zeit der Ruhe aus den dicken Mauern verflüchtigen und einer tiefen, nichts spürenden Ruhe Platz machen.

Das Rauschen des nahe gelegenen Wasserfalls signalisiert ihr, dass sie in wenigen Minuten wieder zu Hause ist. Der Wasserfall, ein mehrere hundert Jahre altes Stauwehr, ist Zeitzeuge zweier Mühlenbetriebe, die schon Anfang des sechzehnten Jahrhunderts mit Wasserkraft die Mühlsteine angetrieben haben.

Die rote Brücke ihrer Freunde kam erst viele Jahre später hinzu, und dennoch liegen beide harmonisch nebeneinander.

Hier, oberhalb des Wasserfalls, fühlen sich auch die Enten quietschfidel. Mehrere Entenpärchen leben dort das ganze Jahr einträchtig miteinander.

Im späten Frühjahr liegen die geschlüpften Entenküken mit ihren Müttern zum Sonnenbaden auf der Wehrkrone. Der herausragende Felsbrocken bietet einen idealen Platz für die ersten Schwimmversuche.

Leider haben die Entenmamas jedes Jahr mehrere Küken zu beklagen, die der Gefräßigkeit vieler Raubtiere, die ebenfalls hier leben, zum Opfer fallen. Doch eine kleine Schar Küken überlebt Gott sei Dank und wächst heran, und die Bewohner der Straße füttern ihre Enten gerne mit Brot.

Die Küken wirken auf Elli jedes Jahr wie drollige kleine Federbälle und begeistern sie immer wieder aufs Neue.

Niemand begegnet ihr ...

Sie kommt nach einigen weiteren Schritten auf der Höhe des Wehrs an. Die Sichtverhältnisse sind nicht die besten, es dunkelt rasch und es wird zunehmend diesig um das Wasser herum, aber trotzdem ist irgendetwas anders als sonst. Etwas ist dort, was dort nicht hingehört. Die Wehrkrone ist nur bei starkem, mehrtägigem Regen überflutet. Ansonsten schaut immer ein Teil des Felsens heraus.

Irgendetwas hängt an diesem großen Felsen auf der Wehrkrone fest. Auf dem gegenüberliegenden Uferweg bemerkt Elli im aufsteigenden

Dunst der Feuchtigkeit einen reglos stehenden Reiher, eine schmale silberne Silhouette in der Dunkelheit, fast wie ein Geistervogel.

Zwei Enten flattern plötzlich aufgeregt aus dem Wasser und fliegen weiter stromaufwärts.

Ruhe legt sich wieder trügerisch über den Bach. Eigentlich passiert hier nie etwas. Eigentlich.

Neugierig geworden reckte Elli sich über das festmontierte Eisengeländer am Ufer und späht hinüber zu dem Felsen.

Hier fehlt eine zusätzliche Straßenlaterne, stellt sie fest. Das ist ihr noch nie zuvor aufgefallen. Die Bäume am Wasserfall verschlucken beinahe das wenige Licht der weit entfernt stehenden Straßenlaterne nahezu vollständig.

Erlen und Weiden überspannen hier das Wehr wie eine Haube.

Elli spürt das Grauen in sich aufsteigen und ihr Herz wummert schmerzhaft in ihrer Brust.

Sie sieht genauer hin und erkennt eine im Wasser treibende Person. Sofort fangen ihre Gedanken an zu rasen und sie spürt Übelkeit in sich aufsteigen. Instinktiv kramt Elli ihr Handy aus der Tasche. Gleichzeitig versucht sie, über das Geländer zu klettern, und lässt dabei fast das Handy fallen. Hastig steckt sie es wieder in ihre Jackentasche zurück und schafft es mit etwas Akrobatik über das Geländer.

Vorsichtig beginnt sie den Abstieg die glitschige Böschung hinunter und hält sich dabei an den vertrockneten Balsaminen fest. Nur mühsam kommt sie vorwärts. Ihre Füße setzt sie dabei immer seitlich auf die unebenen Stellen, um einen festeren Stand beim Abwärtssteigen zu bekommen. Das nasse Gras macht es ihr dabei nicht leichter.

Endlich hat sie es geschafft und wieder festen Boden unter den Füßen.

Nun steht sie auf dem Anfang der Wehrkrone und greift wieder in ihre Jackentasche, um mit ihrem Handy einen Notruf abzusetzen. Vor Aufregung und Angst zittert ihr Handy so stark in ihrer Hand, dass sie den gespeicherten Notruf gar nicht drücken kann. Rasch steckt sie es wieder in ihre Jacke zurück und versucht, irgendwie zu der Person im Wasser zu gelangen. Lieber will sie erst einmal die Person vor dem Ertrinken retten, den Notruf kann sie später immer noch wählen.

Vorsichtig geht Elli in die Hocke und passt dabei auf, dass sie nicht das Gleichgewicht verliert. Sobald sie nah genug ist, streckt sie beide Arme nach der Person aus, um sie aus dem Wasser zu ziehen. Zumindest versucht sie es. Immer und immer wieder zieht sie an dem Menschen, schafft es jedoch nicht, ihn zu bewegen. Vorsichtig kniet sie sich auf das nasse Gestein, um einen besseren Halt zu haben, doch vergebens.

Die Person liegt weiterhin mit dem Gesicht im Wasser. Aus der Nähe erkennt Elli, dass sie eine dunkle Jacke trägt und recht groß und somit schwer ist. Trotzdem gibt sie nicht auf.

Bei jedem Versuch, die reglose Person umzudrehen, schwappt Wasser über ihre Beine und durchnässt ihre Jacke.

Schnell lassen Ellis Kräfte nach und sie muss sich eingestehen, dass sie nicht stark genug ist, um die Person zu drehen. Sie ist einfach zu schwer für sie. Mit beiden Händen versucht sie ein letztes Mal, wenigstens das Gesicht aus dem Wasser zu drehen. Selbst das gelingt ihr nicht. An irgendetwas hängt er – wieso denkt sie, dass die Person ein Mann ist? – unter Wasser fest.

»Lieber Gott«, denkt Elli, *»warum ist der nur so schwer? Wasser treibt doch angeblich auf und macht alles viel leichter.«*

Wenn sogar die Physik sie im Stich lässt, kann sie nur noch eins für die Person tun. Sie nimmt mit klammen Fingern ihr Handy wieder aus der

Jackentasche und versucht, den Notruf abzusetzen. Wie durch ein Wunder klappt es beim ersten Versuch.

»Polizeiinspektion eins, Hauptwachtmeister Alfred Schmitt am Telefon. Was kann ich für Sie tun?«

Stockend, als sei Elli eine Schülerin der ersten Klasse, nennt sie ihren Namen und ihren Standort.

Polizist Schmitt fragte sie, ob sie verletzt sei.

Auf diese Frage hin reagiert sie nicht direkt, sondern muss sich einen Moment sammeln. »Nein, bin ich nicht«, keuchte sie hervor, »aber ich habe hier im Wasser einen Verletzen oder sogar Toten gefunden und kann ihn alleine nicht aus dem Wasser ziehen.« Sie erklärt ihm dann noch einmal ruhiger, wo genau sie sich befindet und schildert ihm die Situation inmitten des Bachs.

Der diensthabende Polizist wiederholt Ellis Angaben. »Bleiben Sie weiterhin so mutig, bis die Feuerwehr und die Polizei eintreffen. Ich habe die Rettungsleitstelle über Funk informiert. Sie werden bald zu Ihnen kommen«, sagte er mit seiner tiefen Stimme. »Sie legen nicht auf, ja? Ich spreche mit Ihnen, bis jemand bei Ihnen ist, damit Sie nicht allein sind.«

Ellis Herz pocht so stark gegen ihre Rippen, dass sie glaubt, es explodiere gleich. Ihr Kopf dröhnt.

Mittlerweile ist es stockdunkel auf der Wehrkrone und dem Felsen und Elli glaubt, vor Angst ohnmächtig zu werden. Die Kraft in ihren Armen lässt erschreckend schnell nach und trotzdem zieht sie mit dem Mut der Verzweiflung immer wieder mit einer Hand an dem Oberkörper, damit er sich vielleicht doch noch dreht.

»Sind Sie noch da?«, flüsterte Elli in den Hörer.

»Bitte bleiben Sie ganz ruhig, ich bin noch da«, antwortet der Beamte. »Es wird nicht mehr lange dauern und die Rettungskräfte sind bei Ihnen.«

Seine Worte dringen nur mühsam wie durch einen Schleier zu Elli durch. »*Schrecklich, alles nur schrecklich*«, denkt sie und die Angst lähmt sie zusätzlich.

Die nächste Straßenlaterne schickte nur noch einen Restschimmer durch den aufsteigenden Nebel über dem Wasser. Elli fühlt sich wie in einem alten Edgar-Wallace-Film, aber das sagt sie dem Polizisten nicht. Wie ein Mantra wiederholt sie nur immer und immer wieder, dass die Rettungskräfte sich beeilen müssen.

Und dann bricht die Verbindung plötzlich ab.

Mit voller Wucht kriecht die Kälte nun in ihre Knochen. Nass bis an die Oberschenkel kniet sie auf diesem verdammten Felsen und fühlte sich mutterseelenallein. Diese Hilflosigkeit ist neu für sie und mehr als beängstigend. *»Ob die Person noch lebt? Kann das kalte Wasser die Herzfrequenz so herunterfahren, dass ein Mensch es trotzdem überlebt?«*

Fragen, auf die Elli keine Antwort findet. Sie kann nicht einmal schreien, es würde ohnehin nichts nützen. Der laute Wasserfall übertönt jedes Geräusch. Selbst die Bewohner rechts und links in den Häusern würden nichts hören.

Kalt und neblig, wie es inzwischen geworden ist.

»Ach, wär das jetzt schön, wenn ich schon zu Hause wäre. Ich könnte mir eine Tasse Kaffee machen oder der einen herrlichen Tee und mich am Ofen wärmen.«

Elli schlottert mittlerweile vor Kälte und die Gedanken an ihr warmes Zuhause machen es eher schlimmer. Noch nie zuvor ist ihr bewusst aufgefallen, wie kalt ein November sein kann.

Irgendwann an diesem Nachmittag muss sie ihr Zeitgefühl verloren haben. Wie lange sie schon dort kniet und immer wieder versucht, am Jackenkragen und Oberkörper das Gesicht aus dem Wasser zu drehen, weiß sie nicht mehr.

Ein Kauz gibt klagende Töne von sich, und ihr laufen kalte Schauer den Rücken hinunter.

Endlich, nach einer für sie schier unendlich langen Zeit, kommt ein rotierender blauer Lichtkegel schnell näher und sie hört die Sirenen.

Die Zeit des Aushaltens ist vorbei und langsam kehrt wieder Leben in ihre Glieder zurück. Ihre Beine beginnen wie verrückt zu kribbeln und heiße Ströme schießen kreuz und quer von unten nach oben. Die Hose liegt klatschnass und eng an ihren Beinen und hält sie von großen Bewegungen ab. Das rechte Knie pocht am schlimmsten. Vermutlich kniete sie die ganze Zeit auf einem spitzen Stein, ohne es zu merken.

»Roch es hier in all den Jahren immer so muffig?« Elli kann sich nicht erinnern, jemals einen derart widerlichen Geruch bemerkt zu haben.

Das Polizeifahrzeug kommt abrupt an der roten Brücke zum Stehen, und dahinter erscheint das Feuerwehrfahrzeug der Ortsgemeinde. Kurz darauf trifft auch ein Krankenwagen ein und der Fahrer stellte das große Fahrzeug direkt vor das Polizeiauto, fast auf gleicher Höhe mit dem Wasserfall. Mehrere Taschenlampen schwenken ihren Schein zu Elli hinüber, und gleich darauf klettern zwei Sanitäter über das Geländer zu ihr.

Auch ein Polizist und zwei Männer der Feuerwehr klettern geübt über das Geländer und eilen in gebückter Haltung zu Elli hin.

Auf der Wehrkrone wird es langsam eng. Der Polizist schlängelt sich an den vier Männern vorbei und fasst Elli an den Schultern.

»Richten Sie sich langsam auf, ja, so ist gut.« Trotz der Dunkelheit sieht Elli, dass er sie freundlich anlächelt und ihr dabei hilft, auf die Beine zu kommen. Sobald sie sicher aufrecht steht, führt er sie vorsichtig über die Wehrkrone zurück zur Straße. Dort wartet bereits ein junger Feuerwehrmann, der ihr helfend die Hände entgegenstreckt.

Wie sie über das Geländer zurückgekommen ist, weiß Elli nicht.

Jemand legt ihr eine Decke um die Schultern und stützt sie, bis sie sich in den Polizeiwagen setzen kann.

Die ganze Zeit lässt Elli alles einfach mit sich machen. Sie fühlt sich, als wäre sie in Trance und nicht mehr Herrin ihres eigenen Körpers. Vom Wagenfenster aus beobachtet Elli das emsige Arbeiten der Sanitäter und der Feuerwehr, auch wenn sie nur schemenhaft erkennen kann, was sie tun. Sie alle versuchen zusammen, den im Wasser liegenden Körper herauszuziehen. Auch zwei große Scheinwerfer, von zwei weiteren Feuerwehrleuten auf Stativen aufgebaut, beleuchten den Felsen.

Elli beobachtet aufgekratzt, wie zwei Feuerwehrleute in Gummihosen bis zum Bauch ins Wasser steigen und die Person an den Beinen halten. Zwei Sanitäter stellen sich rechts und links neben der Person auf und heben sie endlich aus dem Wasser. Sie legen den Körper der Länge nach auf der Wehrkrone ab und winken weitere Hilfsversuche ab.

»Das ist doch alles vollkommen absurd. So was gibt es doch nur im Film«, schießt es Elli durch den Kopf. Dies ist jetzt alles in ihrem Wohnort und in der Straße passiert, in der sie wohnt. Wer ist die Person, die dort im Wasser gelegen hat? Ist sie wirklich tot?

Auch aus den umliegenden Häusern kommen die Bewohner heraus, um sich das Ganze anzuschauen.

Elli erkennt durch die beschlagene Autoscheibe den oberschlauen Hubert, der ein paar Häuser weiter stromaufwärts wohnt. Wie immer hält er eine seiner sündhaft teuren Zigaretten in der Hand, ohne die sie ihn noch nie gesehen hat. Elli hat sich schon mehrmals gefragt, was er eigentlich des Nachts macht und ob er auch mit einer Zigarette ins Bett zum Schlafen geht. Auch sein jüngster Spross ist dabei, dieser Hallodri.

Dieser Herr »Ich bin der Größte« fährt an schönen Wettertagen in seinem Cabriolet mit quietschenden Reifen mehrmals am Tag die Straße rauf und runter. Dabei startet er erst mit einem Kavalierstart, um anschließend mit Vollbremsung wieder zum Stehen zu kommen. Elli ist froh, dass sie sonst mit diesem Proleten nichts zu tun hat. Ausgerechnet jetzt muss der auch hier auftauchen. Elli kann sich bereits den Wortwechsel zwischen seinem Vater und ihm vorstellen.

»Da hat wohl ein Wanderer einen über den Durst getrunken, am Bach gepinkelt und dabei das Gleichgewicht verloren.«

»Genau, Vatter, wenn man das Saufen nicht vertragen kann, soll man's erst gar nicht anfangen.«

So ähnlich würde der Wortwechsel zwischen den beiden wohl lauten. Einer von beiden sagt bestimmt früher oder später, dass man nur ziemlich blöd sein muss, um hier im Bach zu ertrinken.

Ihr graust es vor den beiden, die so tun, als wüssten sie alles über jeden und vermutlich die vermeintliche Unglücksursache längst allen auf die Nase binden, die nicht rechtzeitig weggehen.

Auch aus dem Haus weiter flussabwärts kommen zwei Bewohner angeschlichen, um nachzuschauen, was am Wehr los ist. Trotz des schlechten Sichtverhältnisses erkennt Elli den alten Jakob und seine noch schlechter zu Fuß gehende Frau, die sich bei ihm eingehakt hat, an deren Gang.

»Nee«, denkt Elli. *»Die beiden sind doch schon über achtzig und immer noch sensationslustig. Da bleibt man doch in dem Alter und bei der Kälte und Dunkelheit lieber zu Hause.«*

Auf einmal sieht sie auch den direkten Nachbarn aus ihrer Doppelhaushälfte auf das Polizeiauto zukommen. Kurz schaut er zum Polizeiauto und zu Elli herüber und geht, eine Zigarette anzündend, zu Hubert und dessen Sohn. Vermutlich, um sich die neuesten Informationen berichten zu lassen.

Zu ihr, der er immerhin den Menschenauflauf zu verdanken hat, würde er sowieso nicht kommen. Der zieht lieber das Gesülze von dem schlauen Hubert vor.

Die Trage, die ein junger Feuerwehrmann aus dem hinteren Teil des Feuerwagens zieht und übers Geländer reicht, wird abgelehnt.

Missmutig geht er zu seinem Einsatzfahrzeug zurück und verstaut sie wieder im hinteren Teil des Wagens.

Es ist inzwischen offensichtlich, was geschehen ist, und doch will Elli es nicht wahrhaben. Da liegt nun ein Toter auf dem Wehr. Ein Toter! Ihr wird ganz flau im Magen und sie drückt beide Hände gegen den Bauch, um das Gefühl zurückzudrängen. Angespannt starrt sie durch die beschlagene Fensterscheibe und bemerkt plötzlich, dass alle zu ihr in dem Polizeiwagen schauen.

Was genau sehen sie? Sie spürt, wie ihr Körper erneut anfängt zu beben. Warum kommt niemand? Warum lässt man sie allein?

Elli schlingt die Arme um sich selbst, um zumindest irgendeinen Halt zu haben, und starrt zu den Menschen auf der anderen Seite des Wagenfensters. Sie schauen immer wieder zu ihr herüber, reden, schauen erneut, aber niemand kommt zu ihr.

Sie bleibt alleine unter vielen.

Langsam gehen alle Rettungskräfte vom Wehr zurück zum Geländer und klettern darüber wieder auf den Bürgersteig.

Hubert, sein Sohn und deren Nachbar stürzen sich sofort auf die zwei Feuerwehrleute und die beiden Sanitäter, um sie mit Fragen zu bombardieren. Zumindest sieht es so für Elli so aus.

»Mein Gott, was sind die penetrant.«

Ein Polizist tritt hinzu, spricht kurz zur neugierigen Menge und schiebt sich anschließend an den Leuten vorbei. Dabei greift er in seine aufgesetzte Jackentasche und zieht einen kleinen Block heraus. Mit langsamen Schritten kommt er auf das Fahrzeug zu, in dem Elli sitzt.

Sofort fühlt sie sich gefangen, wie eine Maus in der Falle.

Er öffnete die Wagentür, setzte sich auf den Fahrersitz und drehte sich zu ihr um.

»Ach du meine Güte«, denkt Elli. *»Den hab ich in der Dunkelheit und dem Nebel gar nicht richtig gesehen. Den kenne ich doch.«* Er wohnt auch im Ort, zwar am anderen Ende im Fasanenweg, aber sie kennt ihn. Leider, denn eigentlich möchte sie ihn gar nicht kennen. Er ist nämlich überhaupt nicht ohne. Schon das dritte Mal ist er verheiratet und seine Weibergeschichten sorgen seit Jahren für Gesprächsstoff im Ort. Außerdem beobachtet er in seiner Freizeit seine neue Nachbarin, wenn sie sich bei Sonnenschein im Badeanzug in den Liegestuhl zum Bräunen legt, wie sie gehört hat. Einfach ekelhaft.

Die beste Seite seines Charakters zeigt er, als nach der dritten Eheschließung seine Tochter nicht mit in das gemeinsame Haus einziehen darf. Seine Angetraute, ein verwöhntes Blag, hat es so gewünscht. Das arme Mädchen ist dann zu ihrer Tante gezogen und bis zum Beginn ihres Studiums bei ihr geblieben.

Und ausgerechnet der hat sich gerade hinter das Lenkrad gequetscht und sieht sie wortlos an. Dann räuspert er sich mehrmals.

Die Scheiben im Inneren des Wagens sind durch die viele Feuchtigkeit schon ganz beschlagen. Erst kratzt er sich am Ohr und streicht sich noch seinen Schnurrbart glatt. Dann atmet er hörbar tief ein. »Wissen Sie überhaupt, wer da im Wasser gelegen hat?«

Wieso will er das wissen? Elli spürt, wie die Furcht ihr Herz mit eiserner Faust umklammert. Sie hat die Person doch nur von hinten gesehen. Das Gesicht hat im Wasser gelegen und bei der Dunkelheit hat sie überhaupt nichts erkannt. »Ich … ich … ich habe nur vermutet, dass es ein Mann ist.« Ihre Stimme zittert. Hätte sie vielleicht noch in den Taschen nach dem Pass suchen sollen?

Wut ergreift sie und verdrängt die Furcht in ihr. Ein bisschen sensibler hätte dieser Beamte schon mit ihr umgehen können nach dieser Aufregung.

Der Mann schweigt und sieht sie dabei intensiv an. »Der Tote ist ein Bewohner des Ortes«, sagt er langsam und ruhig. »In seiner Jacke wurde sein Portemonnaie mit Ausweis gefunden. Der Name des Mannes ist Harald Ternes.«

Ihr Bruder!

Ein starkes Pochen breitet sich langsam hinter Ellis Stirn auf. In ihren Ohren klingelt und fiept es unerträglich. Sie spürt, wie ihr der Hals anschwillt, bis sie kaum noch atmen, geschweige denn schlucken kann. Sie japst, als hätte ihr letztes Stündlein geschlagen. *»Das ist alles nicht wahr«*, dreht sich ein Gedanke immer und immer wieder in ihrem Kopf. *»Das ist alles nicht wahr!«* »Das … das kann nicht sein«, stammelt Elli hilflos. Sie glaubt zu ersticken.

»Doch«, sagt der Beamte. »Diese Person ist Harald Ternes, da gibt es gar keinen Zweifel. Wir sind … wir waren miteinander sehr eng befreundet.« Er senkt die Stimme. »Die Zuschauer am Wehr wissen es bereits. Die Schaulustigen haben uns mit ihren Fragen einfach überrumpelt!«

»Na wunderbar. Ausgerechnet die Bagage wird als Erstes informiert. Das ist ja der Hammer. Diese Meute stellt jetzt bestimmt schon die wildesten Theorien auf.« Elli fühlt sich wie in einem Albtraum. Schicksal hin oder her, was ihren Bruder angeht, kann sie eigentlich nichts mehr erschüttern. Zumindest ist sie sich dessen bis vor Kurzem sicher gewesen. Aber so etwas … Elli ist überrascht, wie geschockt sie ist.

Harald hat es immer verstanden, sie zu ärgern. Sogar jetzt mit seinem eigenen Tod. Nur kann sie ihre Gedanken nicht aussprechen, sonst denkt der diensthabende Beamte und guter Freund ihres Bruders von ihr, dass sie kein Herz hat. *»Ach, das denkt der sowieso schon.«*

Das muss alles ein großer Irrtum sein. Nicht ihr Bruder, nicht Harald. Ausgerechnet ihr muss das hier passieren. Ausgerechnet Harald muss da im Wasser liegen. Warum hat der da eigentlich im Wasser gelegen?

Viele Fragen rasen durch ihre Gedanken, ohne Antwort.

Um Fassung bemüht, atmet Elli tief durch. Der Druck und das Pfeifen in ihren Ohren lassen allmählich nach.

Der Tote dort am Wasser ist ihr Bruder gewesen und ausgerechnet sie muss ihn auch noch finden. Elli meidet Orte, an denen er sich aufgehalten hat, wie der Teufel das Weihwasser. Was hat denn Harald überhaupt dort am Wehr gemacht?

Langsam wendete sie ihren Kopf wieder in Richtung Straße. Dort liegt seine bereits zugedeckte Leiche auf dem Bürgersteig.

Sie hat gar nicht mitbekommen, dass man ihn bereits über das Geländer gehoben hatte. Zu sehr ist sie über diese Nachricht geschockt.

Elli erfasst das Ausmaß dieses schrecklichen Ereignisses. Bis zum heutigen Tag plagen sie viele schlechte Erinnerungen an ihren Bruder. Nur schwer kann sie sich davon lösen.

Warum kann das hier kein Albtraum sein? Warum liegt sie nicht im gemütlichen Bett neben ihrem Hans? Und warum zwickt er sie nicht, damit sie aus dem bösen Traum erwacht?

2. Es kommt, wie es kommen muss

Zur gleichen Zeit sitzt Ursula mit ihren Töchtern Christina und Julia am Wohnzimmertisch. Letztere ist gerade dabei, ausführlich über ihren erfolgreichen Tag zu schwärmen, an dem ihr natürlich mal wieder alles gelungen ist.

Christina fragt sich, ob ihre Mutter wirklich zuhört. Irgendetwas an ihrem Gesicht zeigt, dass sie in Gedanken ganz woanders ist.

»Die Kollegen waren heute teilweise abwesend und manche nahmen noch ihren Resturlaub. Zwei Kollegen sind auch noch kurzfristig krank geworden, doch ich habe alles souverän managen können«, plappert Julia weiter. »Und bei all dem Stress ist mir noch Zeit geblieben, mir ein Tässchen Kaffee zu gönnen gekrönt mit einem Nusseckchen.« Sie kichert albern. »Und die ältere Kollegin, was war die mal wieder tapsig, ich musste ihr bestimmt zweiundsiebzig Mal zur Seite eilen, um ihr schon wieder alles zu erklären. Sie ist dann mit hochrotem Kopf hinter ihrem Aktenberg verschwunden.«

Selbstbewusst reckt sie ihren Oberkörper auf und nippt mit spitzen Lippen an ihrer heißen Schokolade.

Mutter wischt mit der rechten Hand die Krümel zusammen, die ihr beim Biss in das Stück Streuselkuchen neben den Teller gefallen sind und schaut bewundernd lächelnd zu Christinas Schwester herüber.

»Sicher ist die Arbeit für deine Kollegin eine große Umstellung. Du bist jetzt ihre Vorgesetzte und deine Kollegin hat selbst jahrelange ähnliche Arbeiten ausgeführt, deshalb solltest du schon ein wenig Geduld mit ihr haben«, sagt ihre Mutter. Dabei schiebt sie die Manschette ihrer Bluse ein Stückchen höher und schaut kurz auf ihre Uhr. »Aber ein abgeschlossenes Studium wie du es hast, ist noch mal etwas ganz anderes. Deshalb hast du ja diese Stelle bekommen und deine Kollegin muss sich wohl oder übel unterordnen. Du bist nun ihre Vorgesetzte, mein lieber Schatz. Sie wird es sicher noch lernen, denn sonst kann sie sich in eine andere Abteilung versetzen lassen oder sich sogar eine neue Stelle suchen.«

Christina traut ihren Ohren nicht, als sie ihre Mutter so sprechen hört. Sie gibt sich doch sonst nicht so von oben herab.

»Meinst du nicht, Julia, du könntest ein klein wenig netter zu ihr sein? Sie ist doch viel älter als du und schon so lange in der Firma«, wirft sie schließlich ein. Sie kann einfach nicht länger schweigen. »Das ist für die Frau auch nicht leicht, eine Neue und dazu noch viel Jüngere vor die Nase gesetzt zu bekommen. Versetzt dich mal in ihre Lage. Da kann man schon nachvollziehen, dass die arme Frau nervös wird.«

Sie schaut mit besorgter Miene zu ihrer Schwester über den Tisch und schnäuzt sich ins Taschentuch. »Schlimm, der Schnupfen. Fast die Hälfte meines Semesters hat ihn auch«, brummelt sie und wirft einen raschen Blick zu ihrer Schwester herüber.

»Papperlapapp, das meinst aber nur du. Die soll bloß nicht so tun, als wüsste sie alles und gehöre zum Inventar. Der kann ich noch ganz schön was zeigen und wer weiß, vielleicht ist sie ja auch bald weg.« Christina lehnt sich genervt zurück und bemerkt, dass ihre Schwester die Beine unter dem Pinienholzisch so ineinander verschlingt, als mache sie einen Knoten.

»*Mensch Julia*«, denkt Christina, »*wie kann man sich nur so verrenken und dabei noch ruhig sitzen, ohne Krämpfe zu bekommen? Aber du hast ja schon immer alles besser gekonnt als alle anderen.*«

Doch diesen Gedanken behält sie besser für sich. Zu oft hat sie erfahren müssen, dass, wann immer sie und ihre Schwester nicht ein und derselben Meinung sind, die Mutter sich meistens auf die Seite von Julia stellt und sie in Schutz nimmt. Und Christina kann es ihr noch nicht einmal wirklich übel nehmen, denn sie selbst ist damit aufgewachsen, dass ihre Schwester behütet werden muss. Sonst wird sie rückfällig.

Noch immer ist ihre Schwester auffällig rappeldünn – eine Folge der Magersucht, an der sie lange gelitten hat. Und von der natürlich kein Außenstehender etwas hat erfahren dürfen. Christina nennt sie heimlich für sich den Hungerhaken.

Christina selbst kennt nur einen Bruchteil der Umstände und was bei den vielen therapeutischen Sitzungen über die Ursache der Magersucht herausgekommen ist, hat man ihr nie verraten.

Auch darüber schweigt sich die restliche Familie eisern aus.

Sie vermutet, dass es etwas mit dem Vater zu tun haben könnte. Aber sie weiß nichts Genaues und sie wird sich hüten zu fragen.

»Hört mal, ihr zwei, streitet euch nicht wegen so was. Ist es doch gar nicht wert und du, Christina, schau mal zu, dass du noch für dein Studium lernst. Nächste Woche steht noch eine letzte

Klausur an, das sagtest du doch noch die Tage. Die darfst du nicht verhauen, sonst musst du die noch mal schreiben. Muss ja nicht sein, dass man sich das zweimal antut.« Ihre Mutter schaut auf die Uhr neben der Tür und fängt an, die Tassen und Teller ineinander zu stapeln. »Und blas mal eben die Kerze aus und leg die Zeitung auf ihren Platz, wo du sie hergeholt hast. Immer lässt du die Sachen rumliegen. Da ist doch Julia viel ordentlicher.« Sie schüttelt den Kopf.

Peng, da war es wieder. Christina tu mal, Christina mach mal. Julia ist viel ordentlicher als du. Und natürlich wird sie des Zimmers verwiesen und zum Lernen geschickt wie ein trotziges Kind.

Besser, sie geht wirklich, ehe sie sich noch mehr davon anhören muss.

In ihrem Zimmer schmeißt sie sich sofort aufs Bett. Wütend über das Geplapper ihrer Schwester und richtig sauer auf die Mutter, steuert sie den Schreibtisch erst gar nicht an, und ans Lernen denkt sie schon zweimal nicht. Zwar weiß sie, dass sie noch einiges tun müsste, aber das kann sie auch später erledigen.

Anders als Julia fliegt ihr das Wissen zwar nicht zu und sie muss es sich hart erarbeiten, aber dafür ist alles, was sie bis jetzt erreicht hat, ausschließlich auf ihren Fleiß zurückzuführen, und darauf ist sie stolz.

Nur langsam beruhigte sie sich wieder und zieht ihre Paul-Green-Boots aus. Davon bekam sie im Laufe der letzten Jahre mehrere Modelle von ihrer Mutter gekauft. Sie liebt diese Schuhe. Sie sind schick, bequem und können wegen ihres lässigen Aussehens zum Jeanslook getragen werden.

Stattdessen zieht sie sich bestickte Filzpantoffeln im Hüttenstil über ihre Füße. Mit denen darf sie auf dem Bett liegen, ohne dass ihre Mutter sie ausschimpft, als wäre sie noch ein Backfisch. Ihre Sinne schreien nach Schokolade.

Sie krallt sich ihre kleine Holzkiste, in der sie immer einen Vorrat an Naschereien sammelt.

Ihr Blick fällt beim Öffnen des Deckels auf Kekse, Schokoriegel sowie eine halbe Tafel Schokolade, und der Anblick beruhigt bereits ihr aufgewühltes Gemüt. Die halbe Tafel Schokolade ist kurz darauf verputzt und Christina erhebt sich seufzend, um endlich ihren Schreibtisch anzusteuern.

Der Anblick der Ordner und aufgeschlagenen Bücher lenkt sie endgültig von dem Ärger ab. Aus der Küche dringt eine lautstarke Diskussion zu ihr, deren Wortlaut sie in ihrem Zimmer nicht mit verfolgen kann. Zu undeutlich. Aber aufstehen und die Tür aufmachen, um zu lauschen, will sie auch nicht. Wenn es wichtig ist, erfährt sie es ohnehin.

Stattdessen setzt sich an ihren Schreibtisch und legt sich die Unterlagen für ihre Klausurvorbereitung zurecht.

Agrarwirtschaft. Sie liebt alles, was fliegen und krabbeln kann und fühlt sich in der Natur am wohlsten. Wenn es eine Möglichkeit gibt, das beruflich tun zu dürfen, wieso nicht? Zusammen mit ihrem grünen Daumen und ihrem guten Gedächtnis für die lateinischen Pflanzennamen sind das die besten Voraussetzungen für das Studium. Und außerdem macht es ihr einfach Spaß.

Sie stellt sich vor, wie sie mit ihrem Beitrag den zukünftigen Generationen helfen wird, erschwingliche Nahrung und ausreichend Futtermittel auch ohne Gentechnik und Pestizide möglich zu machen. Damit möchte sie zum Umweltschutz und für eine gesunde Lebensqualität von Mensch und Tier beitragen. In ihrer Welt werden Tiere artgerecht gehalten, sind sie doch Lebewesen wie die Menschen auch. Massentierhaltung ist grausam und unwürdig. Dann sollte lieber weniger Fleisch gegessen werden. Ist ihrer Meinung nach auch viel gesünder.

Das Gezeter in der Küche reißt sie aus ihren Träumen von einer ökologisch besseren Welt.

»Können die zwei nicht endlich damit aufhören? Was gibt es denn schon wieder so Wichtiges?«, fragt sich Christina. Und da soll sie lernen können?

Immer muss Julia etwas heraufbeschwören, um die Aufmerksamkeit auf sich zu lenken. Die kann einem echt damit auf den Keks gehen. Christina will gar nicht wissen, was die Kollegen auf der Arbeit von ihrer Schwester halten.

Endlich verstummt der Streit unter ihr und Christina seufzt erleichtert auf. Sie klappt den Ordner »Nachhaltigkeit in der Landwirtschaft« auf und steckt die Nase hinein.

3. Liebe macht blind

Langsam beruhigt Ursula sich wieder.

Julia ist schon immer ein schwieriges Kind gewesen. Als Baby hat sie sehr viel Zuwendung gebraucht, und alles hat sich nur um sie gedreht. Zart und klein ist sie auf die Welt gekommen und hat sich nur langsam entwickelte. Ständig hat sie geschrien, und auch das Tragen hat nicht die Ruhe gebracht, nach der sie und ihr Mann sich gesehnt haben. Oft haben sie Julia zwischen sich schlafen gelassen, damit beide sich etwas erholen können.

Sobald der Mutterschutz vorbei gewesen ist, ist sie ihrem heiß geliebten Beruf in der Firma wieder nachgegangen: Als Chefeinkäuferin in einem großen Modehaus ist Ursula öfters im Ausland unterwegs gewesen und hat damit sehr gut verdient.

Auch ihr Mann Harald ist öfters ins Ausland gereist, um für sein Telekommunikationsunternehmen die Abschlüsse wichtiger Firmenverträge zu überwachen und zu tätigen.

Julia ist während der Zeit, als sie noch in der Großstadt gewohnt haben, von einer Tagesmutter betreut worden, die selbst zwei Kinder gehabt

hat. Dort hat sie mit Sicherheit die nötige Für-
sorge erhalten, und gleichzeitig hat sie mit den
beiden Kindern der Tagesmutter Spielgefährten
gehabt. Was kann sich ein Kind mehr wünschen?

Selbst wenn die Tagesmutter einmal ausgefallen
oder eines ihrer beiden Kinder krank geworden ist,
konnte sie sich immer noch der Hilfe ihrer damaligen Nachbarin sicher sein. Diese hat Julia jeden
Tag von der Tagesmutter abgeholt und mit zu sich
nach Hause genommen, bis Ursula von der Arbeit
zurückgekehrt ist. Das konnte auch mal später
werden, wenn zum Beispiel die neuen Kollektio-
nen bestellt werden mussten oder sie auf einer
Messe unabkömmlich gewesen ist.

Aber Julia hat es trotzdem nie an etwas gefehlt.
Sie ist den ganzen Tag versorgt gewesen. Oder?

Als Julia ein Jahr alt geworden ist, sind sie in
den Heimatort von Harald gezogen. Dort haben
sie, bis ihr Haus fertig gebaut und bezugsfertig
war, in Haralds Elternhaus gelebt. Das Haus ist
groß genug für alle, und ihre Schwiegereltern sind
mit dieser Übergangslösung sehr glücklich gewesen.

Auf den ersten Blick also die beste Lösung.
Nur, dass am Anfang die Beziehung zu ihren

Schwiegereltern nicht besonders gut funktioniert hat.

Denn es hat vor Ursula schon einmal eine Ehefrau in Haralds Leben gegeben.

Sie hatte ihren Ehemann in einem Hotel in der Frankfurter City kennengelernt, wo sie sich zum dreitägigen Besuch einer Fachmesse für Modestoffe und er sich zu einem Verhandlungstermin mit dem Gesprächspartner eines amerikanischen Kommunikationsherstellers eincheckten.

Schnell hat es zwischen ihnen gefunkt – sie stammen aus der gleichen Gegend und Harald hat sich als herausragender, charmanter Kavalier erwiesen. Es hätte Ursula misstrauisch machen sollen, was er an seiner ersten Ehe kritisiert hat: Dass seine Frau Zeit mit ihm verbringen wollte. Dass sie wollte, dass er mit ihr zusammen ihre kranken Eltern besucht. Aber dafür ist sie viel zu verliebt gewesen, und eine leidenschaftliche Nacht hat gereicht, damit Julia auf die Welt kam.

Wie also sollten Haralds Eltern sie mögen, wenn sie als Ehebrecherin, noch dazu mit einem Kind auf dem Arm, in ihr Haus einzieht. Sie haben außerdem erst nach Julias Geburt geheiratet – aus Zeitgründen. Vorher hat Harald sich nicht

offiziell von seiner ersten Ehefrau scheiden lassen können. Dabei sind sie nur für Julia überhaupt erst in Haralds Heimatort umgezogen,
denn dort würde das Mädchen nicht mehr bei einer fremden Hausmutter, sondern bei ihren
Großeltern sein können, wenn beide arbeiten
würden.

Ursula lächelt. Trotz aller kleinen Widrigkeiten
ist sie recht zufrieden mit ihrem Leben.

Ja, leider hat Harald im Laufe der Jahre immer
wieder ein Auge auf andere attraktive Frauen geworfen, doch sie hat ihn noch jedes Mal davon
überzeugt, dass sie die einzige Frau ist, die zu ihm
passt. Um keinen Preis der Welt soll sie jemals das
Gleiche erleben wie ihre Vorgängerin. Damals
hat sie kein schlechtes Gewissen gequält. Das ist
ihr in ihrer Verliebtheit schlichtweg egal gewesen,
und auch nach all den Jahren kann sie nur daran
denken, dass sie den Spott und die Häme der
Dorfbewohner nicht ertragen könnte. Es darf
einfach niemals passieren. Dafür wird sie sorgen.

Dazu gehört für sie auch, viel Arbeit und Liebe
in ihr gemeinsames Zuhause zu investieren – eine
Dekorateurin hat ihr dabei geholfen, das Ambiente im Wohnzimmer so zu gestalten, dass es edel
und gemütlich zugleich wirkt.

Eigene, selbst entworfene und von einem befreundeten Schreiner gefertigte Möbel aus Pinienholz, eine Sofalandschaft aus schwarzem Leder und edle Drucke berühmter zeitgenössischer Maler sollen eine Atmosphäre zaubern, in der nicht nur Harald, sondern auch ihre zahlreichen Gäste gerne Zeit verbringen. Fliesen hat sie verlegen und sogar einen mit Ornamenten verzierten Kachelofen einbauen lassen. Dazu die Panoramafenster, die auf ihre große Terrasse hinausgehen und dafür sorgen, dass sie im Sommer noch mehr Platz zur Verfügung haben.

Ein Ort, an dem man gerne bleibt und zu dem man gerne zurückkehrt. So zumindest erhofft Ursula es sich.

Leicht beunruhigt schaut sie immer wieder auf ihre Armbanduhr.

Wo bleibt Harald eigentlich? Er müsste eigentlich schon zu Hause sein. Er ist doch sonst ein Ausbund an Pünktlichkeit.

4. Selbst der schlimmste Tag hat nur vierundzwanzig Stunden

Zum Glück bringt ein anderer Polizeibeamter Elli nach Hause. Obwohl er direkt neben ihr hergeht, vernimmt sie seinen Namen, Thomas Krämer, wie aus weiter Ferne und doch klingt er irgendwie beruhigend. Sie hätte keinen Augenblick länger mit dem guten Freund ihres Bruders sprechen können.

Kaum dass sie das warme Auto verlässt, zittert sie vor Kälte am ganzen Leib. Gefühlt liegt ihre Körpertemperatur mindestens zehn Grad unter null, vielleicht auch darunter.

Kein Wunder, sind doch ihre Hosenbeine bis oben hin pitschnass und die Ärmel ihrer Jacke ebenfalls, ganz zu schweigen von ihrem Haar und Gesicht. Da nützte auch die Decke um ihre Schultern nichts.

Der Bewegungsmelder springt sofort auf sie an und die Lampe über dem Eingang wirft ein sanftes Licht in den kleinen Vorgarten.

Nur beiläufig bemerkt Elli, wie wunderschön die Dolden der verblühten Hortensien trotz der verblassenden Farbe noch sind, aber selbst diese

Blütenpracht kann sie nicht aus ihrem Schockzustand herausreißen.

Mühsam klaubt sie den Schlüsselbund aus ihrer durchnässten Jacke. Ihre Hände zittern so sehr, dass er ihr aus der Hand fällt und sie sich danach bücken muss. Schwindel erfasst sie und sie muss sich an der Hauswand festhalten, um nicht zu stürzen. Besorgt fragt der Polizeibeamte, ob er ihr nicht doch helfen könne.

Elli hat ganz vergessen, dass er noch da ist. Sie nickt erleichtert.

Nach ein paar Versuchen, den richtigen Schlüssel ins Schlüsselloch zu stecken, schließt der Mann endlich die Haustür auf.

Langsam betreten sie den Flur, und Elli schaltet das Licht ein. Die Decke und ihre Jacke lässt sie einfach auf den Boden gleiten. In ihren Armen ist nicht mehr genug Kraft, um sie zu halten. Sie schlüpft aus den nassen Schuhen. »Kommen Sie bitte mit rauf«, bittet sie den Beamten und schafft es, ihn anzulächeln. Oben führt sie ihn in die Küche. »Wollen sie einen Kaffee?«

»Frau Kaiser, bitte. Ziehen Sie sich etwas Trockenes an, Sie holen sich sonst noch den Tod. Der Kaffee ist jetzt nicht wichtig.« Er sieht sie besorgt an.

»Danke.« Ellis Stimme zittert nur ein bisschen. Sie verschwindet kurz ins Bad, um die nasse Kleidung abzulegen und ihre Haare zu föhnen. Sie muss sich auf die Truhe setzen, so zerschlagen fühlt sie sich. Ihre Stimmung schwankt zwischen Angst und Trauer. Mühsam schert sie mit dem rechten Fuß die nasse Hose in die Ecke, nimmt sich die Jogginghose vom Wandhaken und streift sie über ihre eiskalten Beine.

In ihrer blauen Jogginghose und den kuscheligen grauen Filzpantoffeln geht Elli noch immer leicht schwindelig zurück in die Küche, stellt eine Tasse unter den Kaffeeauslauf und drückt auf die Taste, damit für den Polizeibeamten ein Kaffee durchläuft. Nur langsam beginnt die Kälte, aus ihrem Körper zu weichen.

Der Beamte sitzt bereits am Tisch. Er räuspert sich. »Frau Kaiser, bitte halten Sie sich morgen für eine ausführliche Befragung bereit.« Er wirkt so, als wäre es ihm unangenehm, ihr so förmlich entgegenzutreten.

Elli nickt. Das hat sie sich beinahe gedacht, schließlich hat sie die Leiche gefunden, und so wird es auch sie sein, die einige Fragen beantworten muss. Doch im Augenblick ist ihr nur noch nach ihrem Bett und Schlaf zumute. Aber ob sie den findet, bezweifelt sie.

Leicht benommen stellt sie dem Polizeibeamten die Tasse Kaffee hin und öffnet die Kühlschranktür, um ein Milchfläschchen herauszunehmen.

Ihre Hände zittern immer noch. Es ist ihr peinlich, wie ihr Körper reagiert, und sie versucht krampfhaft, die Hände ruhig zu halten. Doch je mehr sie sich anstrengt, desto schlimmer wird es. Und je schlimmer es wird, desto mehr ärgert sie sich, obwohl es angesichts all der Ereignisse wirklich verständlich ist und sie ja selbst lächerlich findet, wie sehr sie das aufregt.

Der Beamte schaute ihr mit einem nachdenklichen Gesichtsausdruck dabei zu, wie sie das Milchfläschchen auf den Tisch stellt. »Das ist völlig normal, Frau Kaiser. Regen Sie sich bitte nicht darüber auf. Jeder andere würde auch zittern bei so einem unschönen Erlebnis. Das ist nichts, wofür man sich schämen muss.«

Die Chorprobe an diesem Abend fällt dann wohl auch ins Wasser. Eigentlich hat Elli schon vor längerer Zeit beschlossen, nicht mehr hinzugehen. Ein paar Mal hat sie die Chorprobe bereits ausfallen lassen. So will sie sich allmählich und unauffällig aus dem Chorleben verabschieden.

Ausgerechnet wegen Harald. Ihr Bruder hat mit seinen kleinen Boshaftigkeiten das Chorleben im Laufe ihrer gemeinsamen Mitgliedschaft vergiftet. Und so wie es aussieht, mit Erfolg, denn die anderen Chormitglieder sind immer unfreundlicher ihr gegenüber geworden, bis das Ganze in regelrechte Schikane ausgeartet ist.

So durfte sie sich beim letzten Liederabend, der zusammen mit anderen Chören aus der Umgebung stattfand, nicht auf den freien Stuhl am reservierten Chortisch setzen. Dieser ist ihr regelrecht von einer anderen Sängerin mit der Aufforderung weggezogen worden, sich gefälligst woanders hinzusetzen. Man wolle sie nicht neben sich sitzen haben.

Das hat wehgetan.

Mit einem unter großer Anstrengung zustande gebrachten Lächeln hat Elli sich an den Tisch eines Männerchors aus dem Hunsrück gesetzt und ist dort für den Rest des Abends sitzen geblieben. Mit diesen Sängern hat sie trotz des unschönen Zwischenfalls einen gemütlichen und amüsanten Abend verlebt.

Schmerzlich wird ihr bewusst, dass sie nicht mehr mit den anderen in der Gemeinschaft singen möchte, erst recht nach Haralds Tod.

Singen sollte fröhlich sein, Spaß machen und befreien. Da ihr Bruder auch im Chor immer wieder unter Beweis stellen musste, was für ein toller Mann er war, hat seine laute Stimme ihr schon früher den Spaß genommen.

Sie hat ihn sogar bis ganz vorne in ihrer ersten Reihe der Altstimme gehört. Seine laute, durchdringende Stimme hat sie verunsichert und zu ihrer Verzweiflung hat das oft dafür gesorgt, dass sie manchen Ton nicht richtig getroffen hat, bis ihr das Singen immer weniger Spaß gemacht hat.

Einzelne Chormitglieder, die sich nicht an Haralds kleinen Intrigen gegen sie beteiligt haben, haben nur betreten weggesehen, wodurch sie als Mitläufer zu Tätern geworden sind.

Elli hadert schon seit Langem mit dieser Situation.

Ausgerechnet, nachdem ihr Chor das demnächst bevorstehende Weihnachtskonzert schon so lange geübt hat, muss dieses Unglück geschehen.

Elli hat sich immer wieder vorgestellt, dass dies ihr letztes Konzert während ihrer Chormitgliedschaft sein wird, ein krönender Abschluss vor dem Abschied. Die Liedtexte und die Melodien findet sie wunderschön und auch das weltliche Liedgut, das ihr Chorleiter ausgewählt hat, gefällt ihr ausgesprochen gut. Seit dem Sommer sind sie mit den Proben beschäftigt, und oft haben im Proberaum dreißig Grad geherrscht. Da lief der Schweiß in Strömen und sie haben Weihnachtslieder gesungen, viel gelacht und manchmal ein klitzekleines Gläschen Wein zur Erfrischung getrunken.

An diesem Abend braucht sie gar nicht erst hinzugehen. All jene, welche bereits durch die Dorftrommeln davon informiert worden sind, werden sich sowieso lieber darüber unterhalten, als zu singen.

Besonders die Hilde von der anderen Bergseite, die ihren Bruder mindestens genauso sehr gemocht hat, wie sie Elli hasst. Obwohl Elli ihr nie etwas getan hat, hat diese Frau so viel Gift und Galle über sie ausgeschüttet, dass Elli sich ernsthaft fragt, warum sie so ist. Nein, Hilde will sie an so einem Tag auf keinen Fall treffen.

*»Wie sollen die Chorproben überhaupt für mich weiter-
gehen? Wie verhalten sich die anderen mir gegenüber, jetzt,
da Harald tot ist?«*, fragt sich Elli. *»Wird die Anhä-
ngerschar meines Bruders zu einem normalen Miteinander
zurückfinden oder werden sie jetzt noch unfreundlicher
werden?«*

Elli mag diesen Gedanken nicht weiterverfol-
gen. Sie beschließt, mindestens zwei Wochen
nicht hinzugehen und dann zu überlegen, ob sie
überhaupt zurückkehren möchte – vielleicht,
wenn sich die Gemüter im Ort etwas beruhigt haben. Die anderen werden dafür mit Sicherheit
Verständnis haben.

Sie sieht wieder zum Polizeibeamten, der sich
nicht rührt, obwohl er bestimmt langsam ungeduldig werden muss, wenn sie so lange in ihren
Gedanken versinkt.

Elli wünscht sich, Hans wäre bereits zu Hause
bei ihr. Nur er kann ihren aufgewühlten Seelenzustand verstehen und sie beruhigen. Wenn Hans
erst mal da sein wird, kann sie vielleicht sogar ein
paar Stunden schlafen. Einfach nur schlafen.

Der Polizeibeamte steht auf. »Ich denke, es ist
besser, wenn ich morgen Vormittag noch einmal
vorbeikomme. Wäre das in Ordnung? Legen Sie
sich doch bitte hin und erholen Sie sich.«

Elli nickt halb abwesend. »Vielen Dank, dass Sie mich nach Hause begleitet haben.« Sie erhebt sich schwerfällig vom Stuhl und geht mit ihm in den kleinen Flur, der zur Treppe hinunterführt.

Im nächsten Moment hört Elli, wie das Garagentor mit einem lauten Knall zufällt. »*Gott sei Dank, Hans ist zu Hause.*« Erleichtert atmet sie auf. »Bitte, bleiben Sie doch noch einen Augenblick. Mein Mann ist gerade heimgekommen und ich glaube, Sie sollten mit ihm sprechen«, sagt sie zum Beamten und betritt zögernd wieder ihre Wohnküche.

Einen Augenblick später betritt ihr Mann Hans mit gerötetem Gesicht die Küche. Hastig gibt er dem Beamten die Hand, stellt sich kurz als Ellis Ehemann vor und dreht sich zu ihr um. »Liebes, in was für eine schreckliche Situation bist du geraten? Meine liebe Elli, das tut mir so leid!« Er zieht sie in seine Arme und hält sie einfach fest.

In seinen Armen kommen ihr die Tränen. Endlich kann sie weinen. Lange stehen sie einfach nur da und Elli lässt zu, dass das Leid der letzten Stunden mit ihren Tränen wieder aus ihr herausgewaschen wird. Erst dann kann sie sich fangen.

Gemeinsam setzen sie sich an den Küchentisch.

Stockend erzählte sie Hans diese unwirkliche Geschichte vom grausigen Fund und bricht dabei wieder in Tränen aus.

»Das klingt, als wäre das geschwisterliche Verhältnis zwischen Ihrem Bruder und Ihnen nicht das beste gewesen?« Der Beamte sieht Elli nachdenklich an.

Elli nickt. »Vermutlich werden Sie die wildesten Gerüchte hören, sobald Sie andere Personen befragen. Aber glauben Sie bitte nicht alles, was Ihnen oder Ihren Kollegen gesagt wird.« Sie schnieft leise. »Menschen neigen dazu, nur das zu glauben, was sie glauben möchten. Für die meisten hier im Dorf ist es einfach, meinem studierten Bruder und seiner erfolgreichen Ehefrau mehr Glaubwürdigkeit zu schenken als mir. Sollen diese Menschen doch einfach mal hinter die Fassaden dieser Mitbewohner schauen, dann würden sie sich wundern!«

Hans streicht beruhigend über ihren Arm.

Nachdenklich nickt der Beamte. »Ich habe in meinem Beruf schon viel gehört und gesehen, wir dürfen aber ohnehin nur die Fakten festhalten, die dazu dienen, die Wahrheit herauszufinden. Gerüchte sind der Nährboden für viel Leid und bedeuten der Polizeiarbeit nichts. Wir wurden darauf geschult, Gerüchte von verwertbaren Informationen zu trennen. Machen Sie sich keine Sorgen.« Er steht auf und lächelt Elli beruhigend an. »Wie gesagt, halten Sie sich morgen zur Zeugenvernehmung bereit, dann sprechen wir darüber, was Sie gesehen haben.« Er drückt Elli fest die Hand.

Hans steht ebenfalls auf, begleitet den Beamten die Treppe hinunter und verabschiedet sich seinerseits von ihm. Er schließt die Haustür ab und schaltet unten im Treppenhaus das Licht aus.

Jetzt fällt es Elli wieder ein, wie der Polizeibeamte heißt – Thomas Krämer. Eigentlich ist der doch sehr nett gewesen. Er tut auch nur seine Arbeit und muss sich bestimmt viel Wahres, Kurioses und Unwahres in seinem Berufsalltag anhören. Elli bleibt gar nichts anderes übrig als zu hoffen, dass er die Wahrheit gesagt hat und dass die Beamten sich nicht von ihren Nachbarn oder gar ihrer Mutter beeinflussen lassen werden.

Sie weiß aus eigener Erfahrung, zu welchen Dingen Menschen in der Lage sind. Ausgerechnet die Personen, die sich aus dem Fenster lehnen und ihr Übles nachsagen, haben sich selbst nicht gerade mit Ruhm bekleckert.

Ihr toller Bruder hat immer wieder kleine Bemerkungen hier und da gemacht und Erfolg damit. Elli sei ja so eine schlechte Tochter und wolle der Mutter bei deren Eheproblemen nicht beistehen. Er würde seine Mutter psychisch unterstützen und ihr mit Rat und Tat zur Seite stehen, damit die Mutter sich gegen den Vater zur Wehr setzen könne. Auch wolle Elli angeblich nur an das Erbe, deshalb habe er mithilfe seiner Mutter dem Vater geraten, seiner Schwester die Vorsorgevollmacht und die Patientenverfügung schriftlich zu entziehen.

Dass der Vater tatsächlich darauf eingegangen ist, hat Elli erst einige Zeit später erfahren, als sie ein Paket entgegengenommen hat. Die Briefträgerin hat es ihr sofort brühwarm erzählt und Elli erst einmal sprachlos zurückgelassen.

Das ganze Dorf hat es gewusst.

Vor ihr.

Am liebsten hätte sie Harald damals in der Luft zerrissen.

Wehmut mischt sich in diese Gedanken. Es heißt schließlich, man solle über die Toten nicht reden oder wenn, dann nur Gutes sagen. Aber sie hat einfach keine guten Worte, keine guten Gedanken für ihren Bruder mehr übrig.

»Erben, lieber Harald kann man nur, wenn jemand verstirbt. Außerdem hat man kein Recht zum Erben.« Was Elli nicht freiwillig und mit lieben Händen bekommt, um das lohnt es sich auch nicht, darum zu kämpfen. Das würde ihr persönlich keine Freude bescheren. Sich mit ihrer Mutter und dem Bruder über Geld oder Wertgegenstände auseinanderzusetzen, das ist es nicht wert. Überhaupt auf so eine Idee zu kommen.

Da haben die beiden sich schon seit Jahren Gedanken ums Erbe gemacht, obwohl der Vater noch unter ihnen geweilt hat.

Und jetzt ist er tot, der gute Bruder. Irgendwie wundert Elli das nicht.

Was führt ihr Bruder auch so ein Stressleben und muss ständig im Rampenlicht stehen, sei es in der Familie, im Chor oder im Kirchenrat? Ständig will er allen im Ort beweisen, wie toll er ist. Damit hat er sich bestimmt nicht überall Freunde gemacht. Harald ist nicht der einzige im Dorf, der sich immer für den Größten gehalten hat. Ein anderer Gutmensch glaubt sogar, dass er sich bereits einen Platz im Himmel gesichert hat. Er habe in seinem Leben so viel Gutes für die Menschen getan, dass ihm ein Platz neben dem lieben Gott sicher sei.

Als Elli davon gehört hat, hat sie herzhaft gelacht.

5. Die Erinnerung ist das einzige Paradies, aus dem wir nicht vertrieben werden können

Sobald der Beamte gegangen und die Haustür abgeschlossen ist, lässt Hans die Rollläden herunter und setzt einen Wasserkessel auf, um für sie beide noch einen Tee zu kochen. Wie ein Häufchen Elend sitzt sie da, seine Elli. Teilnahmslos schaut sie ihm zu, unfähig, zu lächeln oder etwas zu sagen. Nachdem er ihre großen Henkeltassen mit einem Teebeutel Pfefferminz und jeweils zwei Stück Kandiszucker bestückt hat, setzt er sich zu ihr auf die Ofenbank und nimmt ihre Hand.

Schweigend sitzen sie beieinander, in ihren eigenen Gedanken versunken.

Das Pfeifen des Wasserkessels reißt ihn aus seinen Gedanken und Hans beeilt sich, den schrillen Ton abzustellen, indem er den Kessel vom Herd nimmt. Vorsichtig füllt er das kochend heiße Wasser in die Tassen und kommt mit ihnen zum Tisch zurück.

Er sieht Ellis rot geweinte Augen, in denen sich schiere Verzweiflung spiegelt. Es bricht ihm fast das Herz, sie so elend zu sehen. Hans stellt die Tassen ab, stellt sich neben die Ofenbank und drückt Elli fest an sich. Dann erst setzt er sich neben sie und gemeinsam schlürfen sie schluckweise den heißen Tee.

»Du solltest ins Bett gehen, du siehst total fertig aus.« Er streichelt sanft ihre Hand.

Elli schüttelt den Kopf. »Ich will nicht ins Bett. Glaubst du, ich kann auch nur einen Augenblick die Augen schließen? Ich … ich glaube, ich bleibe besser hier.« Sie fährt sich durch die Haare und legt erschöpft den Kopf auf die Tischplatte.

***

Zu viele Gedanken rasen durch Ellis Kopf, um sie schlafen zu lassen, viel zu viele.

Sicher arbeitet die Kripo an diesem Fall weiter, und auch eine Obduktion wird bestimmt durchgeführt werden, um festzustellen, warum ihr Bruder gestorben ist.

Elli kann sich bereits ausmalen, wie es ausgehen wird. Womöglich kommt sie zum Schluss noch hinter Schloss und Riegel.

Sie hegt keinen Zweifel daran, dass Haralds Frau Ursula und ihre Mutter alles dafür tun werden, sie als das schwarze Schaf hinzustellen.

Darin hat ihre Familie schließlich langjährige Übung. Nur ein kleines bisschen Stolz ist ihr geblieben, und das kann ihr weder die Mutter noch der Bruder jemals nehmen.

Elli ist eigentlich eine Optimistin. Eine Frau, die sich selbst als lebensfroh und fest im Leben sieht. Doch sogar ihre Nerven haben den Intrigenspielchen ihres Bruders und ihrer Mutter auf Dauer nicht standgehalten.

Ellis Gedanken wandern zu ihrem verstorbenen Vater. Er hat ihr Zeit seines Lebens immer Mut zugesprochen und geholfen, sie unterstützt und ihr sein Verständnis und Liebe geschenkt. Dafür ist sie ihm dankbarer denn je. Die letzten Jahre haben es ihr deutlich gemacht, denn um seine Liebe hat sie nie zu kämpfen gebraucht. Sie hat sie freiwillig bekommen und das hat sie starkgemacht gegen all die Anfeindungen, denen sie besonders seit seinem Tod ausgesetzt ist.

Obwohl er gezwungen worden ist, Teil des sinnlosen Mordens im Zweiten Weltkrieg zu werden, obwohl er in diesem Krieg seinen geliebten Zwillingsbruder verloren hat und schwer verletzt worden ist, ist er ein Mann gewesen, den nichts so leicht erschüttern konnte.

Selbst vom Lazarett aus hat er für seine Mutter gekämpft, nachdem sie für einen Kohlediebstahl während der harten Kriegsmonate ins Gefängnis geworfen worden war.

Das Kriegsende hat er als Möglichkeit des Neuanfangs betrachtet, als das Geschenk eines neuen Lebens. Und er hat um seiner selbst willen versucht, die Zeit im Krieg zu vergessen.

Elli hat ihren Vater nie in ihrem Leben weinen gesehen – bis die Terroristen der Roten Armee Fraktion 1977 das Passagierflugzeug Landshut entführt haben.

Elli hat mit ihrem Vater täglich die zähen Verhandlungen und die erlösende Befreiung der Passagiere nach sechs Tage langer Gefangenschaft durch eine Spezialeinheit der GSG 9 verfolgt. Bei der im Fernsehen übertragenen Trauerfeier für den erschossenen Piloten sind ihrem Vater die Tränen über das Gesicht gelaufen.

Sie kann sich noch genau an diesen Tag erinnern, auch daran, dass sie die Hand ihres Vaters in ihre Hand genommen und sie festgehalten hat.

Durch diesen traurigen Anlass aufgewühlt, hat er ihr erzählt, wie schlimm seine Soldatenzeit gewesen sei und wie sehr er versucht hat, alles zu vergessen. Die Entführung und übertragene

Trauerfeier hatte in ihrem Vater eine Erinnerung geweckt, die ihn zu überwältigen gedroht hat. Dass er seinen Zwillingsbruder im Krieg verloren hat. Dass er unfassbares Leid über Menschen gebracht und selbst eine schwere Verletzung erlitten hat: Als sein Flieger abgeschossen worden ist, hat er mehrere Knochenbrüche und einen Schädelbasisbruch erlitten. Monatelang hat er im Lazarett gelegen. Ein Gutes hatte es – danach ist er nicht mehr in der Lage gewesen, Wehrdienst zu leisten.

Alle haben damals liebe Menschen verloren. Größenwahn zeigt immer dann sein wahres Gesicht, wenn es bereits zu spät ist. Elli kann ihren Vater gut verstehen.

Seine Kriegsgeneration hat alle diese Dinge durchlebt – und nur teilweise überlebt.

Aus dem Buch: »Der schwarze Obelisk« von Erich Maria Remarques fällt Elli ein wunderbarer Dialog dazu ein.

»Wirklich über den Krieg könnten nur die Toten urteilen; sie allein haben ihn ganz erlebt.«

Er sieht mich an. »Erlebt?«, sagte ich »erstorben«.

Ob die Folgen dieses Kriegs schuld sind oder sein erhöhter Zigarettenkonsum, das weiß Elli nicht, aber ihr Vater hat mit gerade einmal fünfzig Jahren einen heftigen Schlaganfall erlitten. Nur mühsam hat er sich davon erholt und das Sprechen wieder erlernt. Seine positive Lebenseinstellung hat ihm während dieser Zeit geholfen und er hat sich wieder ins Leben zurückgekämpft.

Die Zeit hilft zu überleben.

Elli ist davon ebenfalls überzeugt. Ihr Vater hat sie schon als kleines Kind unterstützt und dazu motiviert, mutig zu sein, Neues zu entdecken und dabei fürs Leben zu lernen.

Vater hat ihr viel von seiner Zeit geschenkt.

Schon als Kind ist es Elli merkwürdig vorgekommen, wie wenig ihre Mutter sich mit ihr befasst hat. Nie hat sie nach ihren Erlebnissen gefragt oder sie für ihre kleinen Erfolge gelobt. Wenn sie krank geworden ist, ist sie zwar ins Bett gesteckt worden, doch die Mutter ist nur zu ihr gekommen, wenn es ihr wirklich schlecht gegangen ist. Nie hat sie sich an ihr Bett gesetzt, um ihr etwas zu erzählen, ihr vorzulesen oder sie einfach nur zu trösten. Elli zu umarmen, zu streicheln oder ihre Hand zu nehmen, hat sie vermieden.

Wie oft hat Elli den Fehler bei sich gesucht und sich doppelt angestrengt, um der Mutter zu gefallen. Sie hat immer gedacht, dass sie etwas falsch gemacht hat, denn ihr Bruder Harald hat in Mutters Liebe gebadet.

Dabei hat der Grund gar nicht bei ihr gelegen. Es ist die Ehe ihrer Eltern gewesen, die längst zerbrochen ist und nur noch für die Außenwelt aufrechterhalten worden ist. Plötzlich erfahren alle im Dorf, dass ihr Vater seit mehr als zwanzig Jahren eine Freundin gehabt hat. Mutter hat die Ansicht vertreten, der Vater sei ein schlechter Mensch und die Kinder müssten zu ihr halten.

Dafür hat Elli ihren Vater zu sehr geliebt. Außerdem hat sie eine solche Entscheidung nicht gewollt und darum versucht, ihre Mutter davon zu überzeugen, dass sie sich selbst mit ihrem Mann auseinandersetzen müsse und professionelle Hilfe hinzuziehen solle, falls ihr dies zu viel werde.

Immer und immer wieder hat Elli versucht, ein Gespräch mit ihrer Mutter zu führen, um ihr zu erklären, warum sie ihren Vater nicht verurteilen kann. Denn er ist für sie immer ein guter Vater

gewesen. Sie liebe beide Elternteile gleicherma-
ßen und würde darum bitten, dass sie als Mutter
ihre Entscheidung respektiere.

Etwas, das ihrer Mutter nicht geschmeckt hat.
Laut und ausdauernd hat sie Elli mit obszönen
Worten beschimpft und sie dafür mitverantwort-
lich gemacht, dass sie ein verkorkstes Leben geführt habe und sich ihre Träume nicht erfüllten.
Eine Schimpftirade, die einfach nicht geendet
hat, egal wie lange Elli die Worte erdulden muss,
folgte. Und eine, die sich für immer in ihrer Seele
eingebrannt hat.

Elli hat nur, vom Gefühlsausbruch ihrer Mutter
vollkommen gelähmt, dagestanden und hat es
über sich ergehen lassen. Zu groß war ihre Angst,
die Mutter könne sie noch anspucken. Ihr Vater
hat hilflos daneben gestanden und gestammelt,
wie sie so etwas ihrem Kind antun könne.

Ihre Mutter hat ihr ins Gesicht geschleudert,
dass sie Elli niemals gewollt hat und der Vater
Schuld sei, dass sie überhaupt auf der Welt ist. Elli
wäre ein Arschloch und sie würde sich wegen ihr
schämen und sie hätte in ihrem Leben keine Daseinsberechtigung mehr. Elli solle aus ihrem Leben verschwinden.

Worte, die wie Messerstiche tief in Ellis Herz eingedrungen sind und große Wunden hinterlassen haben.

»Ich habe NIE einen Fehler in dieser Ehe gemacht! Du, Elli und auch du, Karl, ihr seid die Nägel auf meinem Sarg!«, hat sie mit heiserer Stimme gebrüllt. Ellis Vater hat sich erschüttert, umgedreht, und ist mit gesenktem Kopf ins Wohnzimmer gegangen. Dort hat er sich eingeschlossen.

Hans ist bei diesem letzten Versuch seitens Elli, mit ihrer Mutter ein versöhnliches Gespräch zu führen, anwesend gewesen und so geschockt über diese Worte, dass er Elli am Arm genommen und zu ihrer eigenen Sicherheit zur Seite genommen hat. »Ich bin das Jüngste von vier Geschwistern und meine Eltern hatten nie viel zu beißen. Sie mussten jeden Pfennig zwei Mal umdrehen. Aber etwas so Entsetzliches hätte meine Mutter nie zu mir oder meinen Geschwistern gesagt«, hat er mit fester Stimme zu seiner Schwiegermutter gesagt, sich umgedreht und Elli aus diesem Haus gezogen.

Elli schämt sich der Worte, die ihr um die Ohren geflogen sind. Wenn ihre eigene Mutter so schlecht von ihr denkt und spricht, dann werden es sicher auch alle anderen Verwandten, Freunde und ihre Mitmenschen ebenso sehen. Kein Wunder, dass sie so ausgeschlossen und angefeindet wird. Eine teuflische Spirale ist mit Mutters Worten in Gang gesetzt worden, die sich nicht mehr stoppen lässt.

Oft denkt Elli in den Momenten ihrer Traurigkeit, was gewesen wäre, wenn sie ihren Mann und die Kinder nicht gehabt hätte. Wenn niemand bei ihr gewesen wäre, wann immer Elli in der Nacht und in ihren unruhigen Träumen die Mutter vor sich stehen sieht und ihre Worte selbst im Schlaf noch hört.

An so eine schlimme Entwicklung in ihrem Elternhaus hat sie selbst mit ihren fast vierzig Jahren nie im Traum gedacht. Umso dankbarer ist Elli Ihrer eigenen kleinen Familie, die ihrem Leben einen Sinn schenkt und sie von den Worten der Mutter ein wenig abgelenkt.

Ihre Arbeit im Büro, der Haushalt und die Kinder sind zwar in der Lage gewesen, sie tagsüber von ihrem Schmerz abzulenken, doch nachts hat sie stundenlang wach gelegen und hat die Worte der Mutter immer und immer wieder durch den Kopf laufen lassen. Sie haben so intensiv geschmerzt, dass sie lange Zeit nicht in der Lage gewesen ist, diesen Schmerz herauszuweinen. Ihr Urvertrauen ist auf einen Schlag zerstört worden.

Sie hat sich durch die Worte der Mutter wie eine Aussätzige gefühlt.

Erst nach jahrelanger Seelenqual nimmt sie sich Hilfe bei einer Psychologin, damit ihre Familie nicht mehr unter ihrem Schmerz leiden muss.

Ihre Kinder sind inzwischen beide zu Jugendlichen herangewachsen und entsetzt darüber, dass ihre Oma derart schlecht und voller Hass ihre Mutter verurteilt und beschimpft hat.

Sie möchten mit ihrer Oma nichts mehr zu tun haben, suchten dennoch den Kontakt zu ihrem Opa. Ähnlich wie Elli haben auch sie von jetzt auf gleich zwischen zwei Stühlen gesessen. Mit ihrer Oma haben sie nichts mehr zu tun haben wollen, aber den Kontakt zu ihrem Opa haben sie weiter gesucht.

Den haben sie jetzt nur besuchen können, wenn sie gewusst haben, dass Oma beim Friseur oder auf einer Seniorenveranstaltung weilte.

Opa Karl hat dann mit ihnen telefoniert und ihnen Bescheid gegeben, dass die Luft rein sei und sie kommen könnten.

Diese Besuche haben mit zunehmendem Alter von Ellis Vater schließlich nachgelassen, bis sie irgendwann ganz eingestellt worden sind, nachdem Ellis Mutter hinter dieses Geheimnis gekommen ist.

So ward am Ende auch ein Keil zwischen den Großvater und seine Enkelkinder getrieben worden.

Viele Gespräche mit der Psychologin helfen ihr, den Schmerz zu begreifen und zu verarbeiten. Schritt für Schritt haben die grausamen Worte ihrer Mutter einen Sinn erhalten und ihre Seele ist endlich in der Lage, zu weinen und sich zu befreien.

Sie selbst hat die Ehe ihrer Eltern nicht als eine liebevolle Partnerschaft erlebt. Deren Interessen und Weltanschauungen sind von Anfang an so unterschiedlich gewesen, dass beide sich im Laufe der Jahre noch mehr auseinandergelebt haben. Nur der Trauschein und die Kinder haben sie noch zusammengehalten. Sie haben sich arrangiert und nebeneinander gelebt. Hauptsache, nichts davon gelangte nach außen und ruinierte den guten Ruf der Familie.

Und als ob das alles nicht schon schlimm genug gewesen ist, hat ihr Bruder die Situation für sich ausgenutzt: Bei jeder sich bietenden Gelegenheit hat er seine Sicht auf den Ehestreit und Ellis Rolle dabei verbreitet. Dabei ist er bei der Eskalation der Mutter gar nicht dabei gewesen. Natürlich hat er bei seiner Darstellung die Informationen von seiner Mutter erhalten, und die hat schon immer gewusst, wie sie Klatsch verbreiten muss, damit er ihr nützt.

Elli hat erst von den Gerüchten erfahren, als erst Bekannte, anschließend leider auch einige Freunde angefangen haben, sich ihr gegenüber reserviert und bisweilen spöttisch zu verhalten.

Sie hat angefangen, genauer zu beobachten.

Vier Menschen, von denen sie geglaubt hatte, dass sie ihre Freunde seien, haben den Kontakt zu ihr abgebrochen und sie aus dem gemeinsamen Freundeskreis ausgeschlossen. Nachbarn haben aufgehört, sie bei ihren kleinen Begegnungen auf der Straße zu grüßen und das Singen im Chor hat sich zu einer Tortur entwickelt.

Ihr ganzes Umfeld hat sich verändert.

Die Aufträge in Hans' Firma sind zurückgegangen und oftmals haben die beiden sich Gedanken um ihre finanzielle Situation gemacht – und wie es bis zu seiner Rente weitergehen könnte.

Zu den regelmäßig stattfindenden Geburtstagsfeiern im Freundeskreis sind Hans und Elli ebenfalls nicht mehr eingeladen worden.

Haben sie kleine Festlichkeiten wie das traditionelle Dorf- oder Weinfest besucht, sind viele Bekannte ausgewichen.

Die wenigen guten Freunde, die ihnen geblieben sind, haben die Feste nicht immer besuchen können – oft sind sie gerade selbst im Urlaub gewesen oder haben die Zeit mit ihrer Familie verbracht.

Hätte Elli nur geahnt, was der Versuch, mit ihrer Mutter ein Versöhnungsgespräch zu führen, ans Tageslicht fördern würde, sie wäre nie zu ihrer Mutter hingegangen.

Durch die verschiedenen Versionen des Streits haben sich auch bei nahen Verwandten, Freunden und anderen Mitmenschen Seiten gebildet – einige haben Elli geglaubt, andere ihrer Mutter. Das Dorf ist in zwei Lager gespalten worden, die einander unversöhnlich gegenüberstehen.

Im Laufe ihres Lebens ist Elli zu der Erkenntnis gelangt, dass die Seele ihrer Mutter irgendwann einmal dermaßen zerrissen und verletzt worden ist, dass sie ein Opfer gebraucht hat, auf das sie ihren ganzen Hass abwälzen kann. Was liegt da näher, als die ungeliebte Tochter zum Sündenbock zu machen?

Sie hat sich aufrichtig gefragt, was sie getan hat, um eine solche Reaktion bei ihrer Mutter auszulösen. Selbstvorwürfe inklusive – denn irgendwann hat sie selbst daran geglaubt, dass sie für das unglückliche Leben der Mutter verantwortlich ist.

Hans hat immer wieder gemeint, Elli solle sich das Gespräch mit ihrer Mutter aus dem Kopf schlagen, die Frau wäre gestört. Aber dazu ist Elli nicht in der Lage gewesen, dafür hat es sie viel zu sehr aufgewühlt und so hat sie keine andere Wahl gehabt, als zu handeln.

Erst Tage später gelingt es Elli, sich telefonisch mit ihrem Vater in Verbindung setzen, ohne dass die Mutter sich zuerst am Telefon meldet. Um sich ungestört mit ihm unterhalten zu können, verabreden sie sich in der gemütlichen Imbissbude im Nachbarort.

Vielleicht kann er ihr eine Erklärung oder einen Grund nennen, aus dem ihre Mutter sie mit so abscheulichen Worten aus ihrem Leben verbannt hat.

So fährt sie mit ihrem Rad zum Imbiss, setzt sich an den freigewordenen Fensterplatz und starrt hinaus.

Elli überlegt, wie sie ihren Vater dazu bewegen kann, ihr einen Grund für das Verhalten ihrer Mutter zu nennen, ohne ihn noch zu demütigen.

Vielleicht eine oder zwei Minuten, nachdem sie sich gesetzt hatte, kommt er in seinem neuen, knallroten Papamobil angefahren.

Nachdem er seinen Führerschein aus Altersgründen abgeben hat und sich zuerst wie auf einem Eiland vorgekommen ist, kann Elli verstehen, dass er sich nach Mobilität und Selbstständigkeit gesehnt hat. Jeden Tag nur mit Ellis Mutter unter einem Dach zu sein, dafür hat er keine Nerven mehr gehabt. Doch dann entdeckte er drei Monate vor dem katastrophalen Streit diesen fahrbaren Untersatz im Wartezimmer einer Arztpraxis in einer Seniorenzeitschrift und musste ihn unbedingt haben.

Das Geschoss hat ihm noch gefehlt. Er hat die Telefonhotline direkt angerufen und sie haben ihm versprochen, ein ausführliches Prospekt zuzusenden.

Ein Mobil zur Probe hat er bereits eine Woche später geliefert bekommen, und Papa ist so begeistert gewesen, dass er es gleich behalten hat. Endlich kann er wieder ein eigenständiges Leben führen und muss nicht irgendjemanden erst fragen. Er hat mit dem Papamobil gleichzeitig ein Stück Freiheit mitgeliefert bekommen.

Nun parkt er sein Vehikel neben dem Blumenbeet am Eingang und steigt sehr vorsichtig vom Sitz. Das Aufrichten bereitet ihm altersbedingt sichtlich Schwierigkeiten. Doch Elli kennt ihren Vater, der sich nie und nimmer helfen lassen will. Also lässt sie ihm die Zeit, die er braucht, und bleibt sitzen.

Ihr Vater hat sich an seinem Mobil eine Halterung für seinen Gehstock anfertigen lassen. Den zieht er heraus und kommt auf ihn gestützt in die Imbissbude. Er grüßt nach links und rechts, um anschließend durch die Tischreihen zu ihr zu gelangen. Auch an diesem Tag trägt er einen Hut, den er recht umständlich abnimmt und auf den freien Stuhl legt. Er fühlt sich unsicher und verlegen, das sieht Elli ihm sofort an.

Er ahnt vermutlich bereits, dass sie ihn auf die ungeheuren Äußerungen ihrer Mutter ansprechen will und von ihm Antworten erwartet.

Um nicht direkt mit der Tür ins Haus zu fallen, steht Elli auf, hilft ihm, die Jacke auszuziehen, und schenkt ihm eine kurze Umarmung.

Sobald sie einander gegenübersitzen, bemerkt Elli die zitternden Hände und geröteten Augen ihres Vaters und fragt sich, ob sie überhaupt ein Recht dazu hat, ihren Vater auf diesen Horrortag anzusprechen.

Würde sie nicht noch tiefere Wunden graben mit ihrem Nachhaken und dem Bedürfnis nach Aufklärung?

Mit Sicherheit leidet er genauso wie sie an dem Verhalten und den hysterischen Äußerungen ihrer Mutter. Ein junges Mädchen bringt die Kännchen Kaffee, die sie für beide im Voraus bestellt hat, und stellt noch ein Milchkännchen dazu. Sobald die Bedienung gegangen ist, fasst sich Elli ein Herz und fragt ihren Vater gerade heraus, was die Mutter damit gemeint habe, als sie zu ihr sagte, sie sei kein Wunschkind.

Erst reagiert ihr Vater nicht. Er rührt nur die ganze Zeit mit dem Löffel in der Kaffeetasse herum, sodass Elli sich schon fragt, ob er ihr überhaupt zugehört hat.

»Für mich bist du ganz sicher ein Wunschkind, mein liebes Kind«, sagt er plötzlich sehr leise und seine Stimme bebt. »Ich war überglücklich, dass du ein Mädchen geworden bist. Aber deine Mutter … Sie hat sich zu dem Zeitpunkt bereits seit fünf Jahren um Harald gekümmert. Und als du geboren wurdest, war er darüber überhaupt nicht glücklich. Er wollte deine Mutter ganz für sich alleine haben. Du warst von Anfang an nichts als eine Konkurrentin, die ihm die Aufmerksamkeit der Mutter wegnahm. Und die forderte er vehement ein. Immer wieder erfand er Geschichten oder stellte irgendetwas an, und damit erreichte er immer, dass sich alles um ihn drehte.« Er schüttelt leicht den Kopf. »Wenn ich spät nachmittags oder erst gegen Abend von der Arbeit nach Hause kam, erlebte ich oft die tollsten Überraschungen, leider nicht im guten Sinn. Noch im letzten Jahr seines Kindergartenbesuches sorgte Harald regelmäßig für Aufsehen, indem er andere Kinder verhaute oder ihnen die Spielsachen fortnahm. Man durfte ihn nicht mit dir alleine lassen. Er schubste dich schon mal, damit du hinfielst, oder kniff dich in die Arme. Seine

Aggression gegen dich ... sie fing an, unser Familienleben zu vergiften, verstehst du?«

Elli nickt. Sie versucht, den Kloß in ihrem Hals mit Kaffee wegzuspülen, doch vergebens.

Ihr Vater spricht derweil weiter. »Wir dachten, es wird besser, wenn er eingeschult ist, aber das wurde es nicht. Als dein Bruder in der dritten Klasse noch verhaltensauffälliger wurde, wussten wir uns keinen Rat mehr, und ich beschloss nach langen Diskussionen mit deiner Mutter, dass wir Harald in einem Internat anmelden müssen, denn so ging es nicht mehr weiter. Er tanzte uns allen auf der Nase herum und machte mit deiner Mutter, was er wollte.« Er seufzt und sieht Elli traurig an. »Die ersten Monate seines Internatsaufenthalts waren, so traurig es auch klingen mag, einfach viel ruhiger für uns alle. Die nervigen Auseinandersetzungen und Streitereien zwischen deiner Mutter und mir ließen spürbar nach und du brauchtest keine Angst mehr vor seinen kleinen Gemeinheiten zu haben. Erinnerst du dich?«

»Ja. Ich erinnere mich. Aber nur flüchtig.« Das war die Zeit, in der sie etwas mehr Zuwendung von ihrer Mutter erhalten hat. Die Zeit, als ihre Mutter richtig munter und fröhlich geworden ist.

»Harald hat mit seinem aufsässigen Verhalten das ganze Haus durcheinandergebracht, sodass selbst die Familie deiner Tante darunter gelitten hat. Alles drehte sich nur noch um Harald.«

Ihr Vater scheint in der Zeit zu versinken, über die er erzählt. Die Worte strömen regelrecht aus ihm heraus. »Damals habe ich geglaubt, dass der Internatsaufenthalt die Lösung für unsere Probleme mit Harald sei, doch darin habe ich mich gewaltig geirrt. Deine Mutter fing zu jammern an, dass sie sich jeden Tag nach ihrem Sohn sehne und ihn so vermissen.«

Er seufzt. »Ich bedauere so sehr, dass du eigentlich nur so nebenbei herangewachsen bist und groß wurdest. Glaube mir, es tut mir unendlich leid. Damals konnte ich so wenig daran ändern, die Zeiten waren anders und ich musste tagsüber das Geld verdienen. Ich war deiner Tante sehr dankbar, dass sie dich oft in ihren Wohnbereich in der Villa genommen hat, damit du mit deinen beiden Cousins spielen konntest.« Ihre Tante ist eine sehr liebe Person gewesen, daran kann sich Elli sehr gut erinnern. Sie haben alle in der großen Villa zusammen gelebt, doch jeder hatte seinen eigenen Wohnbereich gehabt. Vater erzählt ihr, dass es ihm immer wichtig gewesen sei, an den

Wochenenden und in den Ferien viel Zeit mit ihr zu verbringen, weil er es gewusst hat, dass sie ihm wichtig ist und er sie liebt.

Elli schießen Tränen in die Augen und sie nickt berührt.

»Ich habe deiner Mutter oft erklärt, dass sie Harald eher schadet, wenn sie ihn weiterhin so verwöhnt und verhätschelt. Aber da hätte ich auch gegen eine Wand sprechen können. Also habe ich meine Zeit und Liebe dir geschenkt, damit du die Liebe deiner Mutter nicht zu sehr vermisst. Ich konnte ohnehin nichts ändern, also habe ich versucht, wenigstens das Ungleichgewicht ein wenig auszugleichen.« Er sinkt erschöpft in sich zusammen.

Elli ist zwar auf der einen Seite erleichtert, doch auf der anderen Seite sehr traurig über das Gehörte. Zum ersten Mal nimmt sie wahr, wie alt ihr Vater geworden ist. Seine fünfundachtzig Jahre machen sich deutlicher als sonst bemerkbar und trotzdem ist es ihm wichtig gewesen, seiner Tochter seine Sicht zum Verhalten der Mutter mitzuteilen.

Das Mädchen kommt noch einmal zu ihnen und fragt, ob sie noch einen Wunsch hätten.

Elli möchte ihren Vater nicht zwingen, die Vergangenheit weiter zu durchleben. Um sie beide auf andere Gedanken zu bringen, bestellt sie für beide zwei Portionen Pommes frites mit Ketchup und Mayo und zwei Cola light.

Sie weiß, wie sehr ihr Vater Fritten mag, wie gerne er sie mit den Fingern ist. Noch etwas, was sie gemeinsam haben, genau wie sie.

Sie selbst nutzt die Zeit, um über das Gesagte nachzudenken. Alles, was er ihr erklärt hat, klingt für sie traurig, aber nachvollziehbar, und dafür ist sie ihm sehr dankbar. Vorsichtig greift sie nach seinen Händen. »Du bist für mich der beste Papa auf der Welt. Und das ist das Wichtigste.«

6. Ein Abschied ist ein bisschen wie sterben

Ihre Gedanken schweifen zurück und die Erinnerung holt sie ein.

Elli und ihr Vater verlassen gemeinsam die Imbissstube. Vor der Eingangstür des Imbisses nehmen sie sich in die Arme und verharren ohne viele Worte.

Elli spürt das Beben ihres Vaters an ihrer Brust. Es fällt ihr unsagbar schwer, sich von ihm zu trennen, nachdem er ihr so viel Bewegendes aus seinem Herzen erzählt hat. Angst beschleicht sie, dass dieses vertraute Zusammensein das letzte sein könnte.

Langsam geht sie mit ihm zusammen zu seinem Papamobil und wartet so lange, bis er Platz genommen hat. Seinen Stock befestigt sie für ihn in der Halterung hinter dem Sitz.

Traurig schaut er sie an und streichelt kurz über ihre Wange. Dann dreht er den Schlüssel im Zündschloss um und setzt den Blinker, um schließlich in einem großen Bogen vom Parkplatz zu fahren.

Lange schaut Elli ihm nach, und ihr ist, als wäre ein Teil von ihr mit ihm weggefahren und eine tiefe Traurigkeit überfällt sie dabei. Er wird nicht mehr der Vater sein, der er ihr all die vielen Jahre gewesen ist. Er muss jetzt an seine Zukunft denken, an die Zeit, die ihm noch verbleiben wird.

Deshalb ist ihre Kind-sein-Zeit endgültig vorbei. Das wird ihr in dem Augenblick klar, in dem sie ihn fortfahren sieht. Ihr Schmerz darüber ist so gewaltig, dass sie sich am liebsten in einer dunklen Ecke verkriechen würde, bis er irgendwann verebbt. Aber es ist keine dunkle Ecke weit und breit für sie da.

Auf dem Hinweg ist Elli entlang des Weges mit ihrem Rad an einer kleinen Heiligenkapelle vorbeigefahren und hat dort eine Bank gesehen. Immer noch gefangen in dem Schmerz dieser Endgültigkeit, dass ihr Vater ein gebrechlicher Mann geworden ist und sie ihn so leben lassen muss, dass er in Ruhe und Frieden mit seiner Frau seine letzten Lebenstage verbringen darf, hält sie auf dem Rückweg mit ihrem Rad an der Kapelle und setzt sich auf die Bank, um sich zu beruhigen.

Das Gespräch mit ihrem Vater ist eins seiner letzten Geschenke, gewesen, ein Zeichen seiner Zuneigung an sie.

Dabei schweifen ihre Gedanken ins Jahr 1999 ab – dem Jahr, in dem ihr Vater ihr die langjährige Beziehung zu einer anderen Frau gebeichtet hat.

Sie war geschockt gewesen. Zum einen, weil es ihr merkwürdig vorgekommen ist, dass er ausgerechnet mit ihr, seiner Tochter, über so intime Dinge sprechen wollte, und zum anderen, weil sie von der Tat an sich geschockt gewesen ist. Er ist für sie immer ein aufrichtiger Mensch gewesen, dem sie Ehebruch und die damit verbundenen Lügen nicht zugetraut hätte.

Erst dank seines Berichts ist Elli klar geworden, dass auch er mit vielen Problemen zu kämpfen gehabt hat. In seiner Ehe ist er immer nur der Geldverdiener gewesen und hat für alle unliebsamen Arbeiten und Aufgaben parat zu stehen gehabt.

Erst nach seinem Schlaganfall hat er darüber nachdenken können, ob sein Leben bis an sein Ende so weiterlaufen soll, oder ob er auch wenigstens etwas Lebensfreude zurückgewinnen dürfe.

Ihm hat es in der Seele wehgetan, nicht ehrlich zu Elli und seiner Familie gewesen zu sein, aber seit er erfahren hat, wie schnell alles vorbei sein kann, hat er viel nachgedacht.

Sobald er von seinem Schlaganfall mit Krankenhausaufenthalt und anschließender Reha einigermaßen wieder genesen ist, hat er also sein ganzes Leben infrage gestellt.

Elli hat durch seine lange Beichte erfahren, dass er unter der Gefühlsarmut ihrer Mutter und ihrer stolzen Unnahbarkeit gelitten hat.

Es ist ihm nie gelungen, ihren Schutzpanzer zu knacken.

Warum sie darin gefangen ist, hat er nur erahnen können. Vielleicht ist sie in ihrem Elternhaus unterdrückt oder in den Kriegsjahren gedemütigt oder anderweitig seelisch verletzt worden und er bedauert, dass es ihm nicht gelungen ist, ihr Vertrauen zu gewinnen, sie zu verstehen und ihr somit zu helfen.

Zu der Zeit, als sie sich verlobt haben, haben sie sich nur an den Wochenenden gesehen und wenn, dann unter Aufsicht ihrer Eltern.

In der Nachkriegszeit, in der sich alles im Wiederaufbau befunden hat, ist es nicht möglich gewesen, eine Verlobung oder Ehe schnell zu lösen, denn dann hat der Mann als Verbrecher gegolten und die Frau ist ihr Leben lang als alte Jungfer gebrandmarkt worden.

Als sie also begriffen haben, dass sie nicht zueinander passen, ist es bereits zu spät gewesen. Weder haben sie jemals gemeinsame Interessen besessen, noch ist er in der Lage gewesen, ihre ständigen Zurechtweisungen zu ertragen.

Elli weiß, dass ihr Vater sehr herzlich und kommunikativ ist, schnell neue Bekanntschaften schließt und vielen Hobbys nachgeht.

Angeln ist sein Ausgleich zur Arbeit. Wenn er sich an einem Wochenende in der Früh an den großen Fluss setzt und seine Angel auswirft, beginnt für ihn so etwas wie Müßiggang. Er kann dabei abschalten und raucht dazu genüsslich seine Zigaretten.

Sogar Aale und Hechte landen als Fangbeute in der Bratpfanne und alle vierzehn Tage geht er mit seinen Kegelbrüdern im Gasthaus eine ruhige Kugel schieben.

Ihre Mutter dagegen braucht keine Hobbys. Weder der Garten noch der Turnverein wecken ihr Interesse. Stattdessen blättert sie die vielen Illustrierten des Leseabonnements von vorne bis hinten durch, um am Leben der Reichen und Schönen teilzunehmen.

Elli rollt heute noch mit den Augen, wenn sie an die vielen begeisterten Ausrufe ihrer Mutter beim Lesen dieser Schlagzeilen denkt.

Ihr ist bereits als Teenager klar geworden, dass die Reichen und Schönen im Käseblättchen mehr Gefühle in ihrer Mutter wecken als ihr Vater oder gar sie selbst.

Seine jahrelange und unerfüllte Sehnsucht nach Wärme und Geborgenheit hat ihren Vater dorthin geführt, wo viele Menschen sind, in ein Gasthaus. Dort hat er seine neue Bekanntschaft kennengelernt. Die Frau hat mit ihrer Mutter bei einem Glas Wein gesessen. Beide Frauen haben auf ihr bestelltes Essen gewartet.

Vater ist mit seinen Kegelbrüdern bereits zum gemütlichen Teil übergegangen und alle haben noch einige Runden Bier getrunken. Dabei haben sie jeweils an nebeneinanderliegenden Tischen gesessen.

Ellis Vater hat nach kurzem Geplänkel von ihr erfahren, dass sie für sich und ihre Mutter ein kleines Häuschen oder eine größere Wohnung suche. Hilfsbereit hat er Auskunft über leer stehende Mietwohnungen und Häuser gegeben, die im Ort infrage kommen könnten. In seiner

Beichte hat ihr Vater zu Elli gesagt, dass alles vorherbestimmt und nichts dem Zufall überlassen sein kann. Das habe ihm diese Begegnung gezeigt.

Die zwei Menschen haben sich mehr zueinander hingezogen gefühlt als erwartet. Sie ist seine Freundin geworden und hat nicht nur ein Häuschen gemietet, sondern ein eigenes Haus gebaut.

Bei jeder sich bietenden Möglichkeit haben sie sich dort in dem Haus getroffen und ihre Zeit miteinander genossen. Auch sind sie zu zweit in weit entfernt liegende Städte und Länder gefahren, um so oft wie möglich zusammen zu sein und an Veranstaltungen oder anderen Festlichkeiten teilzunehmen.

Elli kann sich bis heute nicht vorstellen, dass ihre Mutter von all dem nichts gewusst haben soll. Vielleicht hat sie nur nichts wissen wollen und es vor sich selbst verschwiegen. Immerhin hat diese Beziehung zum Zeitpunkt von Vaters Beichte schon fünfundzwanzig Jahre gewährt.

Als die Freundin ihres Vaters mit dreiundsiebzig Jahren erfahren hat, dass sie nicht mehr lange leben würde, hat sie Elli ihr Haus geschenkt.

»Die Liebe zu meinem Vater musste sehr groß gewesen sein«, hat Elli damals geschlussfolgert, überwältigt von dieser großzügigen Geste.

Sie selbst hat nur wenig Kontakt mit der Freundin ihres Vaters gehabt.

Vater und seine Freundin Margot haben es bewusst vermieden, dass ihre Beziehung an die Öffentlichkeit gelangt.

Doch wie es paradoxerweise ist, verhalten sich Personen, die etwas zu verbergen haben, erst recht auffällig und wecken somit das Interesse der anderen. Jedenfalls haben alle älteren Bewohner des Dorfs über diese Affäre Bescheid gewusst. Nur Elli hat in ihren Jugendjahren von all dem nichts mitbekommen.

Erst viele Jahre später, durch den Verkehrsunfall ihres Sohnes Leonard, hat sie von allem erfahren. Denn der Unfall ist der ausschlaggebende Grund gewesen, aus dem sich Margot entschlossen hat, ihr Haus an Elli zu verschenken, da sie selbst keine Kinder bekommen hat. Vaters Freundin hat nie geheiratet.

Bis zum Zeitpunkt ihres Kennenlernens ist sie nur mit ihrer Arbeit verheiratet gewesen und hat sich in ihrer knapp bemessenen Freizeit um ihre gesundheitlich angeschlagene Mutter gekümmert. Es ist so, als ob sie nur auf Ellis Vater gewartet hätte.

Mit dem Geschenk ihres Hauses ist das Verhältnis ihres Vaters öffentlich geworden und die Leute im Dorf haben viel zu quatschen gehabt. Da war vielleicht was los, in der Zeit. Doch die meisten, die sich das Maul darüber zerrissen haben, sind auch nicht das, was sie vorgeben zu sein; von wegen gute Christen.

Hach, Elli hat schon im Laufe der Zeit das eine oder andere Gerücht über ihre lieben Mitbürger zu Ohren bekommen. Sie sollen allesamt hübsch still sein und auf dem Teppich bleiben. Nichts ist so schlimm wie ein Schwätzer, der selbst dumm auffällt. Allen voran ihr Bruder. Er hat das Haus von Margot sogar das Liebesnest des Vaters genannt, der Doppelmoralist.

Wie sich zum Schluss herausgestellt hat, hat die Affäre im stillschweigenden Einvernehmen der Eltern bestanden. Ellis Mutter sind die kleinen Veränderungen am Verhalten ihres Mannes nicht lange verborgen geblieben, und sie hat sich mit der Situation arrangiert.

Sie hat von Margot sogar jeden Monat eine Art Haushaltsgeld erhalten, das sie für anfallende Reparaturarbeiten und Unterhaltungskosten des Hauses zur Verfügung gestellt bekam. Und zusätzlich noch Schweigegeld für sich.

Selbst nach all den Jahren kann Elli nicht begreifen, wie ihre Mutter damit gelebt und gleichzeitig nach außen hin gespielt hat, bei ihnen zu Hause sei das Familienleben glücklich und in bester Ordnung.

Nie hat Elli von ihrer Mutter eine negative Bemerkung über die Beziehung von Margot und ihren Vater gehört. Dies erfolgte erst viel später, nämlich dann, als alles drohte, in ihr auseinanderzubrechen.

Erst hat sich ihre Mutter beharrlich darüber ausgeschwiegen, als existiere das Verhältnis ihres Mannes gar nicht und dann hat sie letztendlich keinen Stein mehr auf dem anderen gelassen. Sie hat aufgeräumt, und dabei hat ihre Tochter Elli ihren ganzen Hass zu spüren bekommen.

Elli, die gar nichts mit dieser unschönen Geschichte zu tun hat, ist von ihrer Mutter derart hart bestraft worden. Noch heute fragt Elli sich fassungslos, wie ihre Mutter es all die Jahre geschafft hat, ihren Stolz zu schlucken und so zu tun, als sei nichts passiert.

Da ihre Mutter das Verhältnis akzeptiert hat, ist es öfters vorgekommen, dass ihr Vater übers Wochenende verreist ist.

Für Elli ist die Ausrede glaubhaft gewesen, ihr Vater unternehme auch mal eine Fahrt mit Kollegen aus früheren Zeiten.

Von wegen, heute kennt Elli auch das Geheimnis. Schöne Kollegen!

Als die Beziehung ihres Vaters zu dieser anderen Frau begonnen hat, ist Elli vierzehn Jahre alt gewesen und hat sich für Themen wie Disco, ihren ersten Freund und den Freundeskreis interessiert. Abends hat sie sich zum Kartenspiel verabredet und um mit Freundinnen zu quatschen. Die Schule hat sie auch nicht vernachlässigen dürfen und deswegen nach dem Mittagessen zuerst die Schulaufgaben erledigt. Dazu hat sie sich auf ihr Zimmer verzogen und nebenbei Musik über ihre Kopfhörer gehört.

Zwei oder drei Mal im Monat ist sie von ihrer Mutter gerufen worden, um den Streit zwischen ihren Eltern zu schlichten. Meist, wenn ihr Vater mit seinen Kegelbrüdern einen über den Durst getrunken hat und ihre Mutter ihm deswegen Vorhaltungen gemacht hat.

Eine Aufgabe, die sie jedes Mal überfordert hat. Elli hat diese Streitereien immer als schlimm empfunden und ein schlechtes Gewissen bekommen. Warum sollte sie sich immer wieder zwischen ihren Eltern entscheiden?

Harald ist ihr dabei nicht nur keine große Hilfe gewesen, sondern hat meistens auch noch durch Abwesenheit geglänzt. Er hat seine freie Zeit lieber mit seiner ersten Liebe verbracht und sie bald darauf auch geheiratet. Er hat die Streitigkeiten also entweder gar nicht mehr mitbekommen oder sie ignoriert.

Trotzdem kann Elli sich gut vorstellen, dass ihre Mutter mit ihrem Sohn über ihre Probleme mit Vater gesprochen hat. Schließlich ist der Sohn doch derjenige gewesen, der ihr am wichtigsten gewesen ist. Sicher wird Harald ihr gute Ratschläge gegeben haben, wie zum Beispiel, dass sie durchhalten soll oder aber dass irgendwann alles wieder gut wird. Hauptsache, sie sei finanziell gut versorgt. Und wenn ihr Bruder sich samstags mal zu Hause hat blicken lassen, dann ist er der netteste und liebste Junge gewesen, den die Mutter sich hat vorstellen können.

Elli hat nach dem Abschluss der Hauptschule die Handelsschule in der nächsten

Kreisstadt besucht. Danach ist sie nach Düsseldorf in die Nähe ihrer ersten Liebe gezogen und hat dort Arbeit bei einem Fernmeldeamt bekommen.

Ihre kleine Wohnung hat ganz in der Nähe ihrer Patentante Ingelore gelegen. Die Jahre in Düsseldorf sind für Elli glücklich gewesen. Ihre Tante ist ihr immer eine warmherzige und liebevolle Patin gewesen, bei der sie immer willkommen war und die ihr mit rheinländischem Humor viele Lebensweisheiten auf den Weg gegeben hat. Vier Jahre später hat es Elli wieder nach Hause in ihren Heimatort gezogen, und zwei Jahre später hat sie ihren Hans geheiratet.

Kaum ist sie wieder in ihren Heimatort gezogen, hat sich ihr Bruder von seiner ersten Frau getrennt.

Während seines Studiums hat er eine Neue kennengelernt und sich in sie verliebt. Mit Folgen – neun Monate später ist er Vater eines Mädchens geworden. Seine Ehe ist nach dem Trennungsjahr geschieden worden und er hat kurz darauf seine neue Frau – Ursula – standesamtlich geheiratet. Dass er dann auch noch die sieben Jahre seiner ersten Ehe hat annullieren lassen wollen, konnte niemand verstehen.

Doch es ist ihm gelungen, seine erste Frau und auch die Eltern davon zu überzeugen, dass es besser wäre, unter diese zu früh geschlossenen Ehe einen Schlussstrich zu ziehen und diese Jahre als nicht gewesen zu vergessen.

Zuerst haben ihr Bruder und seine zweite Ehefrau noch in Frankfurt gewohnt und Pläne geschmiedet, ein Reihenhaus zu bauen. Nach allem, was Elli von Harald wusste, wäre er besser im schönen Hessen mit seinem sparsamen hessischen Humor geblieben. Ihre Eltern und ganz besonders ihre Mutter jedoch haben ihn dazu überredet, auf dem Grundstück neben dem Elternhaus zu bauen.

Er könne sich aus wichtigen privaten Gründen von seinem Arbeitgeber in die Heimat versetzen lassen, das sei gar kein Problem.

»So ist das eben mit den Müttern und den Söhnen. Gab es da nicht so eine Geschichte mit dem Ödipuskomplex?«, fragt sich Elli.

Vermutlich hat selbst Harald während der Trennung von seiner ersten Frau bemerkt, dass seine Mutter depressiv geworden ist, denn sie hat ihre erste Schwiegertochter sehr gemocht und ist glücklich und stolz auf sie gewesen: Eine Frau aus einem guten Elternhaus und noch dazu eine gute Partie.

Elli kann sich noch gut an einen Sonntagnachmittag erinnern, als sie mit ihrer Schwägerin und ihrer Mutter am Kaffeetisch beieinander gesessen haben und ihre Mutter den Tisch verlassen hat, um anschließend mit ihrem Schmuckkästchen wiederzukommen. Sie hat die ganze Schatulle umgekippt und ihre gesamten Klunker sind auf den Tisch gerollt.

Dabei hat sie Elli angesehen und gemeint, dass sie bloß nicht denken brauche, dass sie nach ihrem Tod den gesamten Schmuck bekommen würde, denn ihre Schwiegertochter bekäme die Hälfte davon und sie könne sich den Schmuck schon mal anschauen.

Elli ist damals so überrascht gewesen, dass sie erwidert hat, sie könne gut auf diesen Schmuck verzichten. Heute, Jahre später, kann die Mutter ihren Schmuck zwischen ihrer ersten und der zweiten Schwiegertochter ja aufteilen. Bei dieser Vorstellung muss Elli grinsen.

Die Zeit hat viele Veränderungen mit sich gebracht, und in der Familie sind die Karten neu gemischt worden. Ihre erste Schwägerin ist kurzerhand gegen Nummer zwei ausgetauscht worden und wegen des ganzen Hickhacks um Haralds Fremdgehen ist ihre Mutter so depressiv geworden, dass Vater und sie Angst um sie gehabt haben.

Elli hat sich, während die Scheidung ihres Bruders in vollem Gang gewesen ist, sehr um ihre Mutter gesorgt, ist mit ihr oft spazieren gegangen, zur Tante nach Düsseldorf gefahren oder hat ihre Mutter zu sich nach Hause genommen. Aber nie hat Elli das Gefühl gehabt, dass ihre Mutter sich darüber gefreut hat.

Erst als Harald mit seiner zweiten Ehefrau und der kleinen Julia zu ihnen in den Wohnort gezogen sind und sie sich näher kennengelernt haben, sind die Depressionen ihrer Mutter verschwunden und sie hat begonnen, sich über ihr erstes Enkelkind zu freuen. Hat sie ja auch gleich mitgeliefert bekommen.

Da Harald mit seiner neuen Frau direkt neben den Eltern gebaut hat, haben Vater und Mutter tagsüber die Bauaufsicht übernommen, damit die Handwerker alles richtig machten und abends die Baustelle besenrein verließen. Elli findet es bis heute ganz »wunderbar«, dass ihre Eltern die kleine Julia mitversorgt haben, sodass Ursula nach dem Mutterschutz wieder gearbeitet hat.

Die hat der Familie nämlich vollmundig mitgeteilt, sie habe nicht studiert, um für ein Kind zu Hause zu bleiben.

So richtig warm ist Elli mit diesem Familienidyll nicht geworden. Ihr ist alles zu perfekt und zu durchdacht gewesen, um echt zu sein. Die Mutter hat auch noch angefangen, Elli mit Ursula zu vergleichen, natürlich immer zu Ellis Ungunsten, und das hat Elli nie gemocht.

Hans und sie haben fast zur selben Zeit wie Harald und seine Frau auch ihr erstes Kind bekommen: Johanna. Ihre Tochter hat es plötzlich sehr eilig gehabt und ist auf den Tag genau sechs Wochen zu früh auf die Welt gekommen. Bei der Geburt hat Johanna eine starke Neugeborenengelbsucht gehabt. Auch hat an ihren Ohren die Form einer Muschel gefehlt und unter den Füßchen haben sich noch kleine Härchen befunden, wie bei einem Äffchen. Fünf Pfund hat Johanna gewogen, doch nach ein paar Monaten hat man ihr nicht mehr angemerkt, dass sie ein Frühchen war, denn sie hat sich prächtig entwickelt.

Viel später hat sich bei einer Routineuntersuchung herausgestellt, dass Johanna leider einen Herzfehler hat.

Ellis Mutter hat um ihr zweites Enkelkind Johanna nie so ein Tamtam gemacht wie um das Kind von ihrem Harald. Vielleicht, weil es bereits das zweite Enkelkind war oder auch nur, weil es Ellis Kind war.

Elli hat damals schon bemerkt, dass die Mutter ihren Enkelkindern unterschiedlich zugeneigt gewesen ist. Das hat sie gewurmt.

Ihr Vater dagegen hat das Opasein in vollen Zügen genossen und den beiden Mädchen viel Zeit und Aufmerksamkeit geschenkt. Wohlwollend hat er ihre ersten kleinen Fortschritte in ihrem jungen Leben erlebt und sie oft in ihren Kindersitzen auf seinem Fahrrad mitgenommen.

Julia hat vorne am Lenker im Kindersitz und Johanna hinter ihm auf dem Rücksitz gesessen. Dabei hat er ihnen, während sie fuhren, kleine Kinderlieder vorgesungen und ihnen an Wiesen und Bach die Blumen und kleinen Tiere gezeigt.

Es hat aber auch Situationen gegeben, in denen Ellis Mutter dazwischengefunkt ist und gemeint hat, ihn maßregeln zu müssen, weil angeblich Julia weniger Aufmerksamkeit bekäme, als Johanna.

Nach zwei Jahren ist Johanna ihr Bruder Leonard gefolgt, ebenfalls ein Wunschkind.

Die Strapazen der komplizierten Geburt hat Elli schnell vergessen, sobald sie ihren Sohn in den Armen gehalten hat. Mit Leonard ist ihr Familienglück perfekt gewesen.

Nach dem Besuch des Kindergartens hat für die beiden Mädchen die Schulzeit begonnen. Johanna und Julia sind sehr gute und wissbegierige Kinder gewesen, die sich damals noch prächtig verstanden haben. Bis Harald angefangen hat, die Noten der beiden Kinder zu vergleichen, Johannas Leistungen vor der Mutter schlechtzureden und die Freundschaft der zwei Cousinen schleichend zu zerstören.

Harald. Egal wohin Ellis Gedanken schweifen, sie kehren immer zu ihrem Bruder zurück. »*Wieso ist er jetzt tot? War es wirklich ein Unfall gewesen oder hat jemand nachgeholfen und wenn ja, wer kann das denn gewesen sein? Kennen wir ihn?*« Elli grübelt vor sich hin.

7. Licht am Ende des Tunnels?

Endlich liegen sie in den Betten. An einen gemütlichen Fernsehabend ist überhaupt nicht zu denken gewesen. Aufregender als in Ellis Leben hätte das Programm im Fernseher an diesem Abend sowieso nicht sein können.

»Lieber Gott«, betet Elli im Stillen, *»warum muss mir ausgerechnet das hier passieren, kannst du mir darauf eine Antwort geben?«* Warum ist ihr Bruder nicht von einer anderen Person gefunden worden und warum hat er überhaupt dort gelegen? Sie zermartert sich den Kopf und wälzt sich unruhig hin und her. Bleibt wieder still liegen und schaut hinauf.

Die Lichter der vorbeifahrenden Autos huschen schemenhaft an der Zimmerdecke entlang. Obwohl es bis auf die doofen Außenstrahler ihrer Nachbarn einigermaßen dunkel im Zimmer ist, registrieren ihre geschlossenen Augen an diesem Abend jeden Lichtstrahl.

Scheinbar ist das ganze Dorf über die Ereignisse am Wehr informiert worden und jeder ist in Schuhe und Jacke gesprungen, um noch schnell gucken zu fahren und Informationen zu bekommen.

Leise steht Elli noch einmal auf, um die Rollläden ganz hinuntergleiten zu lassen.

Die sind selbst in einer stilleren Nacht als dieser dringend notwendig, da ihre Nachbarn einen Spleen haben: Sie beleuchten mit Strahlern und Spots auf der anderen Straßenseite jeden Busch und Strauch. Sogar im Erdreich haben sie einen großen Strahler montiert. Dessen Licht erhellt bis in die Puppen ihre Zimmerdecke. Pünktlich um achtzehn Uhr schaltet sich die ganze Beleuchtung ein und brennt stundenlang. Erst um ein Uhr morgens schaltet sich die Illumination wieder aus. Auf dem Beet, das fast so aussieht wie ein Grab, brennen zusätzlich noch kleine Lichter.

Ihre Nachbarin, die »edele Superreinemachefrau«, ist auf jeden Fall hin und weg von ihrem »Pahaaaark«. Sie betrachtet nämlich diese Grünanlage mitsamt Beleuchtung als ihr gemietetes Eigentum und feiert in diesem Ambiente so jeden Furz, den man feiern kann.

Solange Piloten, die den Flughafen Frankfurt anfliegen, sich nicht irritieren lassen und annehmen, hier sei bereits der Anfang ihrer Landebahn, können Hans und sie des Nachts getrost weiterschlafen.

Ob der Herr Bürgermeister dafür sein Portemonnaie öffnet und die Stromrechnung aus der Portokasse der Gemeinde bezahlt oder vielleicht sogar selbst sein Scherflein dazu beiträgt, interessiert Elli dagegen schon, denn in ihrem Wohnort ist so ziemlich alles möglich, besonders dann, wenn man sehr gut und vor allem an den richtigen Stellen putzt.

Elli kuschelt sich wieder in ihr warmes Bett und legt sich sachte an ihren Hans, um ihn nicht zu stören.

Er nimmt sie in den Arm und flüstert, dass er auch nicht schlafen kann.

Und so liegen sie beide, jeder mit seinen Gedanken beschäftigt, still beieinander.

Plötzlich schrillt das Telefon.

Hans stöhnt laut auf und greift mit dem linken Arm nach dem kleinen LED-Spot, der auf dem Nachttisch liegt, um auf seine Uhr zu schauen. »Wer ruft denn jetzt um diese Uhrzeit noch an?«, fragt er Elli, greift nach dem Mobiltelefon und meldet sich mit Familiennamen. Und dann erstarrt er.

Einige Sekunden lang kann Elli ihn nur erschrocken anstarren, ohne dass etwas passiert. Dann schluckt er schwer und legt den Hörer wieder weg.

»Was war denn jetzt los, ist jetzt noch etwas passiert?« Sie setzt sich im Bett auf und schaut Hans ängstlich an.

Er räuspert sich mehrmals, richtet sich so weit auf, dass er knien kann, und dreht sich zu ihr. »Da hat doch so ein Idiot wirklich die Frechheit besessen und uns als Mörder beschimpft.« Der Schock darüber ist ihm immer noch ins Gesicht geschrieben. Hastig legt er sich wieder hin und zieht sich die Decke bis unter das Kinn hoch.

Elli schlüpft in seine Armbeuge und schmiegt sich an ihn. Sie sucht dort Schutz und Geborgenheit.

Was für eine Nacht. Ein Albtraum war das alles. Elli hat das Gefühl, unter Strom zu stehen, und gleichzeitig fühlt sie sich wie betäubt. Wie soll das jetzt nur weitergehen?

»Hans«, sagt sie leise. »Hans, hör doch mal. Da muss es doch hier eine Person geben, die den lieben Harald auch nicht leiden kann, ihn vielleicht sogar hasst. Hans, überlege doch mal, wer kann das denn sein, wo doch angeblich alle so gut mit ihm in Kontakt sind? Der Supermann liegt doch nicht einfach so im Wasser und ist tot. Ob da einer nachgeholfen hat? Irgendwas muss doch da passiert sein?«

Sicher kann er auch zufällig gestürzt sein, aber das glaubt sie nicht. Der macht doch jeden Schritt mit Überlegung, sogar das Fallen. Ob Harald jemandem in die Quere gekommen und dafür bestraft worden ist? Könnte doch durchaus irgendjemand auf ihn gelauert haben, der noch ein Hühnchen mit ihm rupfen wollte. Vielleicht jemand aus früheren Zeiten. Wundern würde Elli das nicht.

Harald hat sich bereits in seiner Jugendzeit dem einen oder anderen Mitschüler und anderen Jugendlichen gegenüber von seiner widerwärtigen Seite gezeigt.

»Dann«, überlegt Elli laut weiter, »bin ich ja nicht die Einzige, die ihn wegen seiner kleinen Gemeinheiten nicht leiden kann. Die Obduktion wird sicher herausfinden, wie er zu Tode gekommen ist und ob da jemand nachgeholfen hat, was meinst du dazu?« Hans brummt, bereits im Einschlafmodus, dass ihn das überhaupt nicht wundern würde.

Mit dem Gedanken, dass mit Sicherheit andere mit im Spiel sind und man ihr keinen Vorwurf machen kann, beginnt sich ihr Pulsschlag zu beruhigen. Elli kuschelt sich in ihr Federbett ein und merkt, wie sich tiefe Ruhe in ihr ausbreitet. Sie braucht sich nichts, aber auch gar nichts vorwerfen zu lassen. Soll die Polizei festnehmen, wen sie will, sie wird es jedenfalls nicht sein. Irgendeiner wird früher oder später dafür die Verantwortung übernehmen müssen.

Die Kriminalpolizei und die Spurensicherung mit den technischen Untersuchungen in ihren Labors und diesen DNA-Abgleichen werden schon die Wahrheit ans Licht befördern. Davon ist sie fest von überzeugt. Nun wird alles gut.

So viel Pech kann sie wirklich nicht haben, dass der tote Harald auch noch ihr zugerechnet wird. Mit der lustigen Vorstellung, dass in den nächsten Tagen und Wochen einige Personen im Ort mit dicken Lippen vom Tratschen und Klatschen herumlaufen werden, schlummert Elli endlich ein.

8. Träume sind Seelengeister, die entfliehen

Elli träumt. Unruhig wälzt sie sich im Bett herum.

Im Traum erscheint ihr plötzlich die Mutter. Kindheitserlebnisse ziehen wie ein Film an ihr vorbei.

Sie sieht ihre Mutter, immer in Sorge um den geliebten Sohn, sich hastig die Strickjacke überwerfen, um nach draußen zu laufen. Ihre Aufmerksamkeit ist durch lautes Brüllen vom nahe gelegenen alten Sportplatz geweckt worden. Schlimmes ahnend, hat sie Hals über Kopf die Küche verlassen und ist dorthin gelaufen, um zu schauen, ob ihr Harald womöglich in einen erneuten Streit geraten ist.

Ihre Besorgnis ist begründet gewesen, doch haben nicht, wie sich herausgestellt hat, die übrigen Jungen den Streit angefangen, sondern ihr Sohn Harald. Unter seiner sich aufbäumenden Kraft hat sie ihn schließlich fortgezogen, damit er nicht die Prügel bekam, die er sich verdient hätte.

Die Genugtuung an der ganzen bizarren Angelegenheit haben die zurückgebliebenen Jungen gehabt. Sie haben ihm schadenfroh hinterhergerufen, dass er ein Muttersöhnchen sei.

Mama – wie würde sie diese entsetzliche Nachricht aufnehmen? Schlagartig ist Elli wieder wach. Ihre Mutter! Elli hat sie in ihrer Aufregung ganz vergessen. Sie setzt sich auf die Bettkante und weint leise, um ihren Hans nicht zu wecken.

Der Traum hat ihr gezeigt, dass sie sich immer noch Sorgen um ihre Mutter macht, obwohl ihre Mutter dies in ihrem Leben nie verstanden und nie geschätzt hat.

Wenn Elli an die Zeit zurückdenkt, in der ihre Mutter durch die Scheidung ihres Sohnes depressiv und in sich gekehrt geworden ist oder als sie diesen Bandscheibenvorfall mit dem Kribbeln in den Beinen gehabt hat und Elli ihr bei der computertomografischen Untersuchung die Hand gehalten hat, damit sie diese laute und lange Untersuchung aushalten konnte, erinnert sie sich immer daran, wie sie ihr beigestanden hat. Das alles ist ihrer Mutter nie gut genug gewesen.

Ihr Bruder hat nichts für sie getan und hat trotzdem die ganze Aufmerksamkeit der Mutter erhalten und sie, Elli, hat immer nur eine kleine Nebenrolle in Mamas Leben gespielt.

Elli knipst die Lampe auf ihrem Nachttisch jetzt doch noch an und setzt sich auf. Das dicke Kopfkissen klemmt sie sich hinter den Rücken und greift zu ihrem Roman »Das Dorf der Mörder« von Elisabeth Hermann.

»*Passt genau*«, denkt Elli und grinst zu Hans hinüber, doch der schläft tief und fest.

»Wenigstens einer hier, der schlafen kann«, murmelt sie vor sich hin und versucht zu lesen. Wenige Minuten später gibt sie es auf. So spannend der Inhalt des Romans auch ist, sie kann sich einfach nicht darauf einlassen. Immer wieder schweifen die Gedanken zu ihrer Mutter.

Wie mag es ihr wohl gehen? Weiß sie es schon?

Selbst wenn ihr Bruder sich einige Eskapaden, wie ein kleines bisschen Fremdgehen oder diverse andere Geschichten erlaubt hat, ist das für ihre Mutter nie einen Tadel wert gewesen.

Sie hat nie über ihn geurteilt oder ihn mit anderen verglichen. Egal was er macht, es ist immer alles in Ordnung. Das hat Elli nie verstanden.

Und nun ist ihr Bruder tot. Wird Mutter daran zerbrechen? Elli weiß es nicht. Ihre Mutter hat mit bösen, lieblosen Worten so viel in ihr kaputtgemacht, dass sie heute noch daran zu knabbern hat.

Dass ihre Mutter sie nie gewollt und sie in ihrem Leben keine Daseinsberechtigung mehr habe, hat Elli zutiefst verletzt und Spuren hinterlassen. Kalte Worte.

Und das alles nur, weil sie ihrem Befehl, Vater links liegen zu lassen und sich auf ihre Seite zu stellen, nicht nachgekommen ist. Sie müsse sich selbst mit ihm auseinandersetzen und sich fragen, wieso es so weit gekommen ist. Sie als ihre Tochter ist dafür nicht verantwortlich und will nicht darüber urteilen. Außerdem soll sie bitte ihre Kinder aus dieser Angelegenheit heraushalten.

»Hätte ich bloß den Mund gehalten, dann wäre ich nicht die schlimme, böse Tochter geworden, die angeblich nicht zu ihrer Mutter hält«, denkt sie.

Hätte, hätte Fahrradkette.

Immer wieder stellt Elli sich die Frage, warum ihre Mutter sie nicht genauso lieben kann wie ihren Bruder. Vielleicht konnte ihre Mutter sie nicht lieben, weil sie selbst keine Liebe von ihrer eigenen Mutter bekommen hat. Das wäre zumindest eine plausible Erklärung.

Was ist vor vielen Jahren im Elternhaus ihrer Mutter vor sich gegangen?

Ihre Mutter stammt aus einer Kaufmannsfamilie, was sie bei jeder sich bietenden Situation erwähnt.

Elli weiß, dass ihre Mutter noch zwei Geschwister gehabt hat und sie das Sandwichkind ist.

Der Bruder heißt ebenfalls Harald und ist ein studierter Mann. Die jüngere Schwester ihrer Mutter hat den gesamten Haushalt versorgt und die Pflege der in die Jahre gekommenen und gebrechlichen Eltern übernommen.

Ihre Mutter hat nach ihrem Handelsschulabschluss Buchhalterin im Familienunternehmen gelernt. Ihr Gehalt ist ebenfalls Teil des Familienbudgets gewesen. Nachdem sie Ellis Vater geheiratet hat, sind ihre Rentenbeiträge in die Rentenversicherung ihrer Schwester eingezahlt worden, da sie durch die Heirat mit Ellis Vater nun gut versorgt sei. So hat ihre Schwester später ebenfalls einen Anspruch auf eine kleine Rente gehabt. Diese Regelung war in den Nachkriegsjahren gar nicht so ungewöhnlich.

Viele Soldaten sind erst in den Fünfzigerjahren aus der Kriegsgefangenschaft zurückgekehrt und haben sich oft für lange Zeit nicht mehr im Leben zurechtgefunden. So ist das auch in der Familie ihrer Großeltern gewesen.

Diese traumatisierten Männer haben viel Pflege und ein Zuhause gebraucht. Ihre Tante, die jüngere Schwester ihrer Mutter, ist eine warmherzige Frau gewesen und hat diese Aufgabe zusätzlich zu der Pflege der Eltern übernommen. Deshalb hat sie auch die Rentenbeiträge, die ihrer älteren Schwester zugestanden hätten, eingezahlt bekommen.

Ob ihre Mutter damit einverstanden gewesen ist, weiß Elli nicht.

Als ihre Tante bereits mit nur einundsechzig Jahren gestorben ist, hat ihre Mutter dann ihrerseits die Rente ihrer Schwester verlangt. Als Ellis Onkel Josef dadurch Witwer geworden und es ihr verweigert hat, hat sie einen großen Aufstand in der Familie gemacht.

Das Wissen darum bringt Elli nicht weiter. Es reicht nicht aus, um wirklich beurteilen zu können, ob ihre Mutter in ihrem Elternhaus geliebt worden ist.

Elli beschließt, gar nicht zu ihr zu gehen. Was soll sie ihrer Mutter auch sagen, waren doch all ihre Bemühungen in den letzten Jahren, mit ihr ein versöhnliches Gespräch zu führen, im Sand verlaufen.

Ihre Mutter hat doch eine super Schwiegertochter, die ihr mit Sicherheit hilfreich zur Seite steht und alles Nötige für sie regelt, soll sie nur machen, denn sie, Elli, wird es ganz bestimmt nicht tun.

Und doch keimt in Elli die kleine Hoffnung auf, dass sich ihre Mutter vielleicht daran erinnert, dass sie noch eine Tochter hat.

9. Leben ist das, was passiert, während wir dabei sind, Pläne zu machen

Ein ungutes Gefühl ergreift von Ursula Besitz, als die Haustürglocke erklingt.

Sie steht auf und erkennt durch die Glasscheibe der Haustür zwei Polizisten. Ihr Herz klopft laut und die Wände scheinen sich ihr entgegen zuneigen. Sie drückt die Hand fest auf den Bauch, um die Übelkeit zu vertreiben, und atmet tief durch. Zögerlich geht sie die wenigen Schritte durch den kleinen Zwischenflur und öffnet widerwillig. Zwei Polizisten vor der Haustür können nichts Gutes bedeuten, davon ist sie überzeugt.

Die Polizisten stellen sich als Kommissar Müller und Wachtmeister Schulz vor und fragen Ursula höflich distanziert, ob sie eintreten dürfen, um ihr eine traurige Mitteilung zu machen.

Ursula schafft es mit großer Mühe, die beiden Beamten ins Wohnzimmer zu bitten und ihnen einen Platz anzubieten. Selbst setzt sie sich kurz auf den Stuhl im Flur, ehe ihr die Beine versagen. Unter Aufbringung ihrer gesamten Kräfte gelingt es ihr, sich zu erheben und den beiden Beamten ins Wohnzimmer zu folgen.

Die Beamten fühlen sich sichtlich von unwohl in ihrer Haut. Einer von ihnen räuspert sich kurz. »Wir haben leider keine gute Nachrichten. Ihr Mann ist heute verstorben.«

»Was sagen Sie da, das kann überhaupt nicht stimmen.« Ursula fasst sich an den Hals und sucht am Treppengeländer halt. »Ich habe ihn doch noch vor einer guten Stunde gesehen. Sie müssen sich irren.«

»Leider nein«, erwidert der ältere Beamte, »leider ist ein Irrtum ausgeschlossen. Wir haben ihn tot im Wasserfall gefunden und wissen noch nichts Genaues über die Ursache. Es tut uns leid, Ihnen das sagen zu müssen.«

Julia tritt aus dem angrenzenden Esszimmer und fängt an zu schreien. Laut schluchzend sinkt sie anschließend in den Sessel, knüllt das Sofakissen zusammen und wimmert vor sich hin.

Ursula wankt vom Wohnzimmer zum Esstisch. Ihr Gesicht fühlt sich eiskalt an, als wäre jedes Blut daraus verschwunden. Sie sieht ihre eigenen Bewegungen und alles um sich herum nur noch wie in Trance. »W… wie konnte das passieren?« Ihre Lippen beben. Geistesabwesend starrt sie das Gemälde von Miró an, welches an der gegenüberliegenden Wand hängt.

»Ich …« Ursula braucht ein paar Minuten, um sich halbwegs zu fassen. »Wir … wir sind doch beide noch spazieren gegangen, bevor wir mit dem Wagen in die Stadt fahren wollten. Wir haben uns beide heute einen freien Tag genommen, um gemeinsame Einkäufe und kleinere Besorgungen erledigen zu können. Unterwegs habe ich nichts Auffälliges gesehen!« Sie schluchzt und verbirgt ihr Gesicht hinter den Händen. »Wir haben uns so wunderbar unterhalten, wie schon lange nicht mehr, wir waren so glücklich, der Tag war so schön und jetzt ist er … Wie kam er denn da hin und wieso lag er im Wasser?«

Vorsichtig fragt einer der Beamten nach, über was genau sie sich unterhalten haben.

»Nichts von Bedeutung«, antwortet sie aufgebracht. »Was man eben so miteinander bespricht. Hauptsächlich war unsere Tochter Christina das Thema. Wir müssen jetzt den Gürtel etwas enger schnallen, weil Christina ein Studium begonnen hat. Das verschlingt pro Semester schon so einiges an Geld und deshalb können wir uns nicht mehr alles wie sonst an Urlaubsreisen leisten, da wir unserer Tochter die Miete für ihre kleine Wohnung bezahlen.«

Die beiden Beamten sehen sich vielsagend an, sagen jedoch nicht dazu. »Wann sind Sie von diesem Spaziergang zurückgekehrt?«

Ursula berichtet etwas gefasster, dass sie kurz vor Beendigung ihres Spaziergangs den steilen Wirtschaftsweg oberhalb vom Wasserfall hinunter gestapft seien. »Vor der großen Brückenzufahrt haben sich unsere Wege getrennt. Das muss so um sechzehn Uhr gewesen sein. Ich wollte wie abgemacht nach Hause, um mit meinen beiden Töchtern noch Kaffee zu trinken, und Harald ist sich noch unschlüssig gewesen, ob er noch die Route in Richtung Hotel einschlagen wolle. Er plagt sich seit einigen Monaten mit Diabetes vom Typ zwei herum und sollte etwas für seinen Gewichtabbau tun. Die Ernährungsumstellung fiel ihm schon sehr schwer, da er ein Genussmensch ist.«

Wie zur Bestätigung deutet Ursula mit der Hand auf den Humidor, den Harald vor einiger Zeit gegenüber der Stereoanlage hat aufstellen lassen. Eine exquisite Auswahl guter Weine von ortsansässigen Winzern ist dort in drei Ebenen und unterschiedlichen Trinktemperaturen gelagert. Die Beleuchtung im Inneren des Schrankes lässt ein sanftes Licht auf den Fliesenboden fallen und verbreitet eine Heimeligkeit, die nicht zu Ursulas Gefühlen passen will.

Die Beamten werfen beide einen kurzen Blick darauf und nicken.

»Doch der Arzt sagte ihm, als seine Erkrankung festgestellt wurde, dass Bewegung wie Wandern, Walking und auch moderates Spazierengehen eine effektive Möglichkeit ist, seinen Zuckerspiegel im Blut etwas zu reduzieren. Bei seiner sitzenden Tätigkeit im Büro sei eine solche Art der Bewegung, wenn er sie regelmäßig ausübt, sehr gut«, ergänzt Ursula und blickt vom Humidor wieder zu den Beamten auf.

Sie schaut immer wieder zu ihrer Tochter Julia hinüber und die Tränen schießen ihr erneut in die Augen, als sie ihre Tochter wie ein Häufchen Elend im Sessel kauern sieht.

Ursula entschuldigt sich bei den beiden Beamten, geht zu ihrer Tochter, nimmt sie in den Arm und hält sie umschlungen.

Die Beamten bemüht, etwas Ruhe in die aufgewühlte Situation zu bringen, versicherten Ursula, dass in Kürze noch ein Notfallmediziner zu ihnen kommen würde, um ihr und eventuell der Tochter eine medizinische Versorgung zukommen zulassen. Erst dann verabschieden sich hastig, nicht ohne zu erwähnen, dass sie morgen wieder vorbeikommen werden, um ihr erste Erkenntnisse mitzuteilen oder weitere Fragen zu stellen. Ihr Mann sei bereits auf dem Weg in die Gerichtsmedizin, damit die Todesursache festgestellt werden kann. »Aber erwarten sie keine allzu schnellen Ergebnisse, die sind in der Gerichtsmedizin so was von überlastet«, lässt Kommissar Müller sie noch wissen. »Das dauert bestimmt noch zwei Tage, bis die zuständigen Mediziner Ihren Mann untersucht haben.«

Zum Schluss geben sie Ursula die Hand und verabschieden sich mit den Worten, dass alles Weitere frühestens nach der Obduktion erfolgen werde. In Trance schließt Ursula die Haustür.

10. Schneeweißchen und Rosenrot

Christina hört in ihrem Zimmer die immer lauter werdenden Gespräche und den Aufschrei ihrer Schwester. »*Haben die sich denn schon wieder in die Haare bekommen? Keine ruhige Minute hat man in diesem Haus.*« Sie schlägt mit Schwung ihr Buch zu und verlässt das Zimmer, um unten nach dem Rechten zu schauen.

Doch was sie beim Betreten des Wohnzimmers sieht, erstickt all ihre schon zurechtgelegten Worte im Keim.

Mama sitzt mit ihrer Schwester im Arm in dem engen Sessel und wiegt sie wie ein kleines Kind hin und her. Beide weinen bitterlich.

»Kann mir mal einer sagen, was hier los ist? Warum heult ihr zwei denn? Ist was mit der Oma?«

Julia springt wie von der Tarantel gestochen aus den Armen ihrer Mutter. »Der Papa ist tot, der Papa ist tot! TOT!«

»Was ist los, das kann doch gar nicht sein!«, ruft Christina ärgerlich. »Der war doch heute Mittag beim Essen noch putzmunter.«

Ihre Mutter steht schwerfällig auf, geht weinend zu ihr und nimmt sie in den Arm. »Doch, Christina. Es ist wirklich so, der Papa ist tot.

Die Polizei war bis eben hier und hat uns mitgeteilt, dass sie ihn tot am Wasserfall aufgefunden haben. Hast du wieder die Handystöpsel in den Ohren gehabt und die Türglocke nicht gehört? Dann wundert es mich überhaupt nicht, dass du hier nichts mitbekommen hast. Wer soll denn jetzt runter zur Oma gehen und ihr das sagen? Ich kann das nicht machen und Julia ist dazu überhaupt nicht in der Lage. Am besten gehst du runter zur Oma und bringst ihr das schonend bei. Du hast die besseren Nerven von uns allen und wirst das schon gut machen.«

Christina starrt sie fassungslos an. Sie soll was machen? Sie selbst hat eben erst erfahren, dass ihr Vater tot ist, und soll mal eben zwischen Tür und Angel der Oma diese furchtbare Nachricht mitteilen? »*Wofür hält Mutter mich?*«, fragt sie sich verzweifelt. »*Mit Julia sitzt sie zusammen und tröstet sie wie ein Baby und ich werde nur kurz in den Arm genommen und soll dann die Botin für sie machen? Die spinnt wohl, das kann sie selbst machen. Ist zwar meine Oma, aber schließlich auch Mamas Schwiegermutter.*«

Bestürzt stürmt Christina aus dem Wohnzimmer, immer zwei Stufen auf einmal nehmend, die

Treppe hinauf und rennt in ihr Zimmer. Mit einem lauten Knall wirft sie die Tür zu und schließt hinter sich ab.

Niemanden, niemanden möchte sie mehr sehen.

Sie wirft sich wieder aufs Bett und vergräbt das Gesicht im weichen Bettzeug. Leise schluchzt Christina in ihr Kopfkissen. Ihr ganzer Körper schmerzt und sie kann sich kaum bewegen. Nicht einmal klar denken kann sie. Sie weiß nur, dass niemand sie unten hören darf.

Keiner ist für sie da, um ihr Trost zu spenden. Sie fühlt sich so allein, als wäre sie auf einem fernen Stern, unendlich weit weg von ihrer Familie entfernt.

Christina weiß nicht, wie lange sie dort gelegen und gelitten hat. Vielleicht ist sie zwischenzeitlich auch mal kurz eingeschlafen, ohne es zu merken, denn als sie die schmerzenden Augen öffnet, ist es sehr still im ganzen Haus.

Wahrheit kann so furchtbar wehtun, und Christina erkennt, dass die Liebe ihrer Mutter zum größten Teil ihrer Schwester gehört. Die Hälfte von Mutters Liebe hätte sie gerade jetzt so dringend gebraucht. Aber es gibt sie nicht, diese Hälfte.

Schon oft hat sie die Erfahrung gemacht, dass die Mutter ihrer Schwester Julia viel mehr Zeit, Verständnis, Unterstützung, Geduld und auch Bewunderung schenkt als ihr.

Jetzt, da sie ihren Vater verloren hat, müsste die Mutter auch für sie da sein. Vielleicht ist Sie aber auch so geschockt, dass sie mit ihren Gefühlen überfordert ist und nicht mehr weiterweiß. Ja, so wird es wohl sein.

Mit diesem Gedanken tröstet Christina sich ein wenig und empfindet sogar Verständnis für ihre Mutter.

»Mach dir doch nichts vor«, sagt eine innere Stimme. »*Überleg doch mal selbst*«, wisperte sie weiter, »*im Normalfall tröstet immer eine Mutter ihr Kind, auch dann, wenn sie selbst großen Kummer im Herzen hat und nicht umgekehrt.*« Die Stimme verstummt und die Tränen kullern wieder heiß aus Christinas Augen.

11. Wie soll es weitergehen?

Am liebsten würde sie im Bett liegen bleiben. Alles an ihr fühlt sich schwer an. Bleischwere Beine, schwere Arme, und der Kopf erst recht.

Beim Blick in den Spiegel sieht Elli ihre vom vielen Weinen geschwollenen Augen, und beim Waschen verwechselt sie den Seifenspender mit dem Spender der Körperlotion. Auch die Zahnbürste fällt ihr aus der Hand, und beim Sockenanziehen verheddert sie sich dermaßen, dass sie einen Schlenker macht und fast umkippt. Wie gut, dass der hohe Schmutzwäschekorb ihren Sturz verhindert hat. In Schlafanzug und Socken geht sie hinunter in die Küche.

Dort geht auch so manches schief. Ein Löffel vom Kaffeepulver verfehlt beim Einfüllen den Filter, und beim Wassereinfüllen entsteht ein kleiner See auf der Arbeitsplatte, weil sie das Wasser zu hastig in den Wassertank schütten will.

Endlich, sobald sie alles in Ordnung gebracht hat und der Kaffee gluckernd durch die Maschine läuft, geht es Elli deutlich besser. Sie riecht den frischen Kaffeeduft, der ihre Vorfreude auf die erste Tasse weckt.

Hans rumort noch oben im Badezimmer herum. Sicher wird er auch gleich hinunterkommen und mit ihr gemeinsam den ersten Kaffee in ihrem neuen Leben trinken. Dass das Geschehene einen tiefen Lebenseinschnitt bedeutet, das ist ihr gestern im Bett bereits klar geworden.

Bis zum anonymen Anruf zur späten Stunde haben Hans und Elli sich keine weiteren Gedanken um ihre Situation gemacht, doch dieser Anruf hat ihnen gezeigt, wie bescheuert manche Menschen sein können und was daraus entstehen kann.

Elli fragt sich, wer sie bei ihrer Runde durch das Dorf gesehen haben könnte.

Beim Lokal an der Kirche hat wie immer die Tür sperrangelweit offen gestanden. Einige Männer haben an der Theke gesessen und ihre Bierchen getrunken. Darunter auch der stinkende Kurt. So nennt Elli ihn heimlich, denn in seiner Nähe kann man es in geschlossenen Räumen nicht aushalten.

Am Friedhof ist die alte Frau Färber unter dem Torbogen herausgekommen und in Richtung ihres Wohnhauses gelaufen. Sie haben sich im Vorbeigehen freundlich begrüßt. Die Frau hat bestimmt ein Lichtlein bei ihrem verstorbenen Mann aufgestellt.

Gleichzeitig ist auf der unteren Dorfstraße das Glockenluder vorbeigefahren. Elli nennt die Küsterin heimlich so und einige anderen Dorfbewohner, das weiß sie, ebenfalls. Die Mundwinkel des Glockenluders sind ständig nach unten gezogen und ihr Gesichtsausdruck signalisiert, dass man sie bloß nicht ansprechen soll, da sie ja so einen Stress hat.

Da überlegt man sich als Kirchgänger, ob es der Küsterin gerade genehm oder nicht genehm ist, für den lieben Verstorbenen bei ihr eine Messe zu bestellen. Denn es kann je nach aktueller Laune passieren, dass man angeblafft wird, dass man die Messe gefälligst in der Sakristei bestellen soll. Sie hat eben ein sehr christliches und freundliches Wesen, die Gute.

Sofort geht es ihr besser. Da sie jetzt weiß, dass mehrere Personen sie auf ihrer Runde gesehen haben, hat sie ein Alibi, und der Kaffee schmeckt ihr trotz der vielen Missgeschicke jetzt richtig gut.

Elli denkt daran zurück, wie hilfsbereit sie und Hans damals gewesen sind, als Harald und Ursula in ihren Wohnort gezogen sind. Sie haben ihren Bruder und seine zweite Frau in ihren Freundeskreis aufgenommen, und die beiden sind gut empfangen worden.

Geburtstagsfeiern und Wanderungen haben Hans und sie mit ihren Freunden immer gemeinsam gemacht, und ihr Bruder Harald mit seiner Ursula sind seitdem auch mit von der Partie gewesen.

Als sie ein paar Jahre später unerwartet kurz vor dem Start einer neu organisierten Wanderung ausgeladen worden sind, sind Elli und Hans geschockt gewesen.

Sie haben im Laufe der Zeit nicht mitbekommen, dass Harald mal hier mal da in ihrem Freundeskreis bereits seine Boshaftigkeiten getrieben hat.

Da ist vor ein paar Jahren eine ganz ekelhafte Sache gewesen. Ihre Freundin Gisela hat all die Jahre eine Wanderung mit Übernachtung organisiert.

Hans und sie sind die eine oder andere Tour auch mitgewandert, wenn auch nicht regelmäßig, sondern so, wie Hans von seiner Terminplanung abkömmlich gewesen ist. Dieses Mal wollten sie wieder mit »on tour« sein und haben sich schon närrisch darauf gefreut.

Drei Tage bevor es losgehen soll, hat Gisela weinend angerufen und gefragt, ob sie sich mit ihnen unterhalten könnte, sie habe ihnen etwas sehr Unangenehmes zu sagen und ihr sei gar nicht wohl.

Ein halbes Stündchen später haben sie gemeinsam im Wohnzimmer gesessen und Gisela hat ihnen uns unter Tränen berichtet, dass ihre Nachbarn, der Bulle und seine bessere Hälfte, ihr gesagt haben, dass sie an der Wanderung nicht teilnehmen, wenn sie mit dabei sind. Schließlich seien sie ja die besten Freunde von Harald, und das mit uns, das möchten sie sich nicht antun.

Um das Ganze noch zu toppen, haben sie Gisela erklärt, dass wenn sie wegen Elli und Hans nicht mitgehen, dann würden ihre Obermieter, die Rosenbergers und die Kremers auch nicht mitwandern wollen, und wenn die schon nicht mit von der Partie sind, würden vielleicht noch mehr Leute aussteigen. Gisela müsse die bestellten Zimmer absagen und könnte gucken, wie sie das gebügelt bekommt.

Platt von so viel Unverfrorenheit, ihre Freundin Gisela so unter Druck zu setzen, verzichteten sie schweren Herzens auf ihre Teilnahme. Die Wanderung hat stattgefunden, doch haben Hans und Elli anschließend erfahren, dass keine rechte Stimmung aufgekommen ist. Und Gisela, Gisela hat seitdem nie wieder eine Wanderung geplant.

Elli nippt an ihrem heißen Kaffee und wundert sich, dass sie gerade jetzt an diese blöde Wanderung von damals denken muss.

Bald hört Elli auch ihren Hans die Treppe herunterkommen. Sie beide werden auch diese Zeit gemeinsam durchstehen. Wohlgemut gießt sie sich noch einen Kaffee ein.

12. Abends um sieben ist die Welt nicht mehr in Ordnung

Ursula hat mit ihrer Schwiegermutter sehr lange in der Küche gesessen.

Während sie zum Wohnhaus der alten Frau hinuntergeht, dreht sich ihr fast der Magen um, so schlecht ist ihr, und kalt ist ihr auch noch.

Nicht nur die Kälte des Novembers beißt ihr ins Gesicht, nein, viel schlimmer ist diese eisige Kälte, die sie in jeder Faser ihres Herzens empfindet. Ursula weiß, dass sie diese Kälte nicht einmal mit der wärmsten Kleidung in ihrem Besitz vertreiben kann. Selbst die dicke Lammfelljacke, die sie erst kürzlich von ihrem Harald geschenkt bekommen hat, weil sie ihr so gut gefällt, braucht sie erst gar nicht anzuziehen.

Das, was sie bei jedem Schritt empfindet, ist keine gewöhnliche Kälte. Es ist der gefrorene Lebenssaft in ihrem Körper.

Der Bewegungsmelder im Hof registriert ihre Schritte und die angeschlossene Lampe erleuchtet den Hof im kalten Licht.

»War das Licht schon immer so?«, schießt es ihr durch den Kopf.

Trotz ihres hohen Alters besitzt ihre Schwiegermutter ein unglaublich gutes Gehör. Sie hört einfach alles, so auch jetzt. Schon steht sie an der Tür zum Hof und öffnete den Riegel.

Ob sie sich zum Fernsehen etwas hingelegt hat? Ihre Haare stehen struppig ab und sie schaut besorgt in Ursulas Gesicht. »Warum war denn die Polizei oben bei euch? Ist was mit den Kindern? Du siehst gar nicht gut aus!« Sie spricht ohne Pause und zieht dabei Ursula am Ärmel in die Küche. »Das ist ja vielleicht kalt geworden«, sagt sie, setzt sich auf ihren Küchenstuhl und gibt Ursula ein Zeichen, sich zu ihr zu setzen. »Nun sag schon, was ist denn los gewesen bei euch da oben?«

»Wie fange ich an?« Ursula nagt nachdenklich an ihrer Unterlippe. Dabei versucht sie, Ordnung in ihre Gedanken zu bringen, um ihrer Schwiegermutter die entsetzliche Nachricht schonend beizubringen. »*Wie fang ich es bloß an?*« Plötzlich schwitzt sie wie verrückt und ihr ist so heiß, dass sie sich am liebsten die Haut von den Armen gekratzt hätte.

»Mama«, spricht sie leise, »du musst jetzt sehr tapfer sein. Es ist etwas ganz Furchtbares geschehen mit Harald. Er ist … er ist tot aufgefunden worden oben, am Wasserfall. Er lag dort einfach im Wasser und ist wohl ertrunken.«

Weiter kommt sie nicht. Hilflos blickt sie ihre Schwiegermutter an, die starr auf ihrem Stuhl sitzt und sich nicht mehr rührt. Unruhig rutscht Ursula auf ihrem Stuhl herum. Was, wenn ihre Schwiegermutter einen Schlag bekommt und einfach vom Stuhl fällt?

Lange sitzen sie beisammen und schweigen.

Ursula wüsste auch gar nicht, was sie tun soll und starrt die ganze Zeit nur die Orchideensammlung auf der Fensterbank an.

In allen denkbaren Farben stehen die Exoten dort am Fenster, aufgereiht wie die Zinnsoldaten. An jedem Geburtstag oder Muttertag bekommt ihre Schwiegermutter ein neues Exemplar dazu. Sogar Orchideen mit blauen Blüten befinden sich darunter.

Ursula hat jedes Zeitgefühl verloren und macht sich gleichzeitig große Sorgen um ihre Schwiegermutter.

Nur das Ticken der Wanduhr erinnert Ursula daran, dass die Zeit tatsächlich weiterläuft. Verstohlen schaut sie zur Uhr. Fast zwanzig Minuten sitzen sie schon schweigend beieinander, als die alte Frau langsam aufsieht. Ursula ergreift ihre Hände und umschließt sie mit ihren.

»Ich hab schon den Krieg miterlebt und überlebt und viele aus meiner Familie sind mir durch den Tod entrissen worden, dann werde ich das hier auch überleben«, stößt die Schwiegermutter plötzlich aus und steht so heftig auf, dass der Stuhl über das Linoleum kratzt. Hastig geht sie zur Spüle, reißt den Wasserkessel aus dem oberen Regal, füllt ihn mit Wasser und stellt ihn auf die Herdplatte.

Ursula starrt ihre Schwiegermutter an und bewegt die Lippen, aber vor Schreck bekommt sie keinen Laut heraus. Mit so einer Reaktion hätte sie weiß Gott nicht gerechnet. Wie kann ihre Schwiegermutter nur so reagieren? *»War sie schon immer so beherrscht, so diszipliniert und so kalt?«*, fragt sich Ursula. *»Es ist doch ihr Sohn, den sie über alles liebt, und umgekehrt doch auch.«* Es schüttelt sie regelrecht.

Sie hätte damit gerechnet, dass ihre Schwiegermutter hilflos zusammenbricht oder weint. Dann hätte Ursula sie in den Arm nehmen und trösten können. Damit hätte sie umgehen können. Aber die Gefühllosigkeit der Schwiegermutter trifft sie mitten ins Herz.

»Ob sie womöglich einfach unter Schock steht? Ursula fühlt sie sich noch hilfloser und schrecklich allein. »Mama, soll ich bei dir bleiben?«, fragt sie, um Fassung bemüht.

»Ja, das mach mal«, antwortet ihre Schwiegermutter. »Jetzt trinken wir einen Tee zusammen und da erzählst du mir Genaueres.« Sie klappert am Herd mit den Teegläsern und den Untersetzern. Das Wasser kocht bald. Sie nimmt den Kessel mit Schwung von der Platte und gießt heißes Wasser in die Gläser. Den Kessel stellt sie auf der Spüle ab, dreht sich zum Tisch und reicht Ursula ihr Teeglas. Sie selbst geht mit ihrem Glas in der Hand langsam um den Tisch herum und setzt sich wieder.

Ursula fängt erneut an zu weinen. Stockend berichtet sie ihrer Schwiegermutter, was die Polizei ihr mitgeteilt hat.

Kurz innehaltend bemerkt sie, dass ihr die Schwiegermutter gar nicht richtig zuhört. Ratlos sitzt Ursula ihr gegenüber und überlegt fieberhaft, was sie tun soll.

»Komm«, sagt sie in einem plötzlichen Einfall zu ihr. »Komm, zieh deine Jacke und die festen Schuhe an. Die Hausschuhe nehmen wir mit und dann kommst du mit nach oben zu uns. Hier ist es doch nicht auszuhalten, und alleine bleiben kannst du hier auch nicht. Dies geht überhaupt nicht, dann hab ich noch zusätzlich Kummer und keine ruhige Minute mehr, weil ich mir noch Gedanken um dich mache. Oben sind die beiden Mädchen und ich, und du bist nicht alleine. Wir vier zusammen werden irgendwie den Abend und die Nacht überstehen.«

So machen sie sich, nachdem die Balkontür verriegelt, die Lichter gelöscht und die Haustür abgeschlossen ist, nach oben auf.

13. Mittendrin und doch außen vor

Sobald Christina sich einigermaßen von der furchtbaren Nachricht erholt hat, zieht sie sich die Schuhe wieder an. Langsam steigt sie das dunkle Treppenhaus herab und öffnet leise die Verbindungstür zur Wohnetage.

Durch den kleinen Spalt der geöffneten Wohnzimmertür sieht sie ihre Schwester sitzen, doch nicht mehr heulend und jammernd.

Nein, Julia hält ihr Handy in der Hand und hämmert mit ihrem Zweifingerschreibsystem auf die kleinen Tasten ein. Sicher schickt sie diese unglaubliche, noch nicht zu fassende Nachricht vom Tod ihres Vaters bereits in ihren Freundeskreis.

Christina schluckt und geht zurück ins Treppenhaus, zur Haustür und späht hinaus.

Kalt ist es geworden. Sie zieht die Strickjacke, die sie sich vorhin angezogen hat, enger zusammen.

Das Licht unten im Hof ihrer Oma brennt und auch im Haus von Oma sind mehrere Lampen eingeschaltet. Oma ist ja so was von sparsam, was die Beleuchtung und die Stromrechnung betrifft. Wenn sie aber etwas Außergewöhnliches feiert oder Besuch von ihren Cousinen bekommt, dann ist auch bei ihr in jedem Zimmer Festbeleuchtung angesagt.

»*Aha*«, schlussfolgerte Christina, »*Mama ist also doch alleine zu ihr heruntergegangen.*«

Die Stufen zum Hof ihrer Oma geht Christina nicht so schnell wie sonst und hält sich dabei vorsichtig am Geländer fest. Verwundert über ihr unbewusstes Verhalten ist sie dankbar, dass ihr das Geländer den Halt gibt, den sie so dringend braucht.

Am Treppenende angelangt, geht sie bebend vor Anspannung durch den Hof zu Omas Küche hinüber und späht vorsichtig durch das Fenster. Beide sitzen sie am Küchentisch, Mama und Oma.

Mama weint.

Oma sitzt einfach nur da, starrt auf die Wachstuchtischdecke und regt sich nicht. Wie eine Puppe aus Madam Tussaud's Wachsfigurenkabinett sitzt Oma in ihrer Kittelschürze am Tisch.

Christina steht im Dunkeln und kann so die Szenerie in der Küche beobachten, ohne selbst gesehen zu werden. Vorsichtig lehnt sie sich in ihrer dünnen Strickjacke an den Türrahmen der Balkontür und wartet auf ein Lebenszeichen ihrer Oma.

Wie lange Oma so dagesessen und das Blumenmuster auf der Tischdecke angestarrt hat, weiß Christina nicht, doch langsam beginnen ihre Beine zu schmerzen. Außerdem friert sie in der einsetzenden Nacht.

»Wenn Oma nicht bald ein Lebenszeichen von sich gibt und anfängt, sich zu bewegen, kippt sie womöglich doch noch vom Stuhl«, denkt Christina verzweifelt. Sie will sich gerade anklopfen, um sich bemerkbar machen, als Oma den Kopf hebt und Christinas Mutter ansieht.

Christina lässt die angehaltene Luft langsam entweichen.

Ihre Mutter streckt die Arme über den Tisch und nimmt Omas Hände in ihre. So sitzen beide da, Mama immer noch weinend und Oma immer noch stocksteif. Zwei Frauen, jede auf ihre Weise geschockt.

Christina will der Szene nicht länger beiwohnen, dazu friert sie zu sehr.

Durchgefroren stößt sich von der Hauswand ab und geht auf leisen Sohlen wieder zu ihrem Elternhaus. Dort schleicht sie durch das dunkle Treppenhaus zurück in ihr Zimmer und schließt sachte die Tür, und damit niemand sie hört und somit weiß, dass sie ihr Zimmer verlassen hat, verzichtet sie dieses eine Mal auf ihre abendliche Toilette. Sie will einfach niemanden mehr sehen.

Einfach nur ins Bett kriechen, die Decke über den Kopf ziehen und sich unsichtbar machen.

Christina zieht ihren abgeliebten Teddy aus Kindertagen an sich und weint leise in den spärlichen Pelz.

Einfach nur schlafen.

14. Motto: Immer optimistisch bleiben!

Hans kommt – wie immer bereits in Arbeitskleidung – in die Küche und begrüßt Elli mit einem kleinen Kuss auf die Wange. Er nimmt sich seine Lieblingstasse vom Wandregal und greift nach der Kaffeekanne. Mit der vollen Tasse geht er an den Küchentisch und nimmt seinen Platz auf der Ofenbank ein. Er sieht aus, als wäre er über Nacht zwanzig Jahre älter geworden, ein Zeichen dafür, dass die vergangene Nacht auch für ihn aufwühlend gewesen sein muss.

Sie beobachtet ihn, wie er die ersten Schlucke Kaffee trinkt und seine Gesichtsfarbe wieder lebendiger wird.

Wie so oft staunt Elli auch an diesem Morgen darüber, dass er den frisch gebrühten Kaffee trinken kann, ohne sich die Zunge oder den Magen zu verbrennen. Sie setzt sich wie an jedem anderen Morgen zu ihm auf die Ofenbank und freut sich darüber, einfach nur mit ihm zusammen am Tisch sitzen zu können. Wie schnell das vorbei sein kann, haben sie ja beide am gestrigen Tag gesehen.

Hans, nicht so gesprächig wie sonst, greift nach der Zeitung.

Er blättert als Erstes den Regionalteil zügig durch, um zu schauen, ob bereits irgendetwas über den Leichenfund und den Einsatz der Feuerwehr und Polizei drinsteht. Zu Elli gewandt sagt er: »Ach, nur ein kleiner Infoticker über den Fund in unserem Ort und das Ganze ohne nähere Angaben, mehr ist nicht zu lesen. Hier, schau mal, rechts unten auf der ersten Seite haben sie die Info klein gedruckt«, fügt er noch hinzu. »Na, da wird bestimmt in den nächsten Tagen, wenn die Ermittlungen fortgeschritten sind, noch eine größere Berichterstattung folgen.«

Dass die Zeitung ihre Infos auch von der Pressestelle der Polizei bekommt, ist ihnen dabei klar: So lange die Polizei der Presse nicht mehr erzählt, kann die Presse auch nicht mehr schreiben.

Elli nickt. »Mein Gott, und wenn dies der Redaktion nicht genügt, um die Auflagenzahl der Zeitung etwas zu steigern und die Sensationslust aufzubauschen, dann erfinden die Schreiberlinge noch etwas dazu.«

Ist doch bei jeder Zeitung gang und gäbe. Außerdem fragt die Redaktion auch sicherlich die Bewohner im näheren Umfeld der Fundstelle.«

Vielleicht kommen sie sogar zu ihr und fragen sie nach allen Einzelheiten aus. Schließlich hat sie ihren Bruder gefunden. Die Zeitung wird schon einige Spalten in den nächsten Ausgaben dafür vorsehen.

Beide trinken sie ihre zwei üblichen Tassen Kaffee und essen getoastete Brötchen von gestern. Zwei Scheiben Roggenbrot mit Wurst und Käse runden das Frühstück ab.

Hans isst gerne ein gekochtes Ei dazu, zum Glück ist eins vom Vortag übrig, das Elli ihm servieren kann. Bei ihrem Pech am frühen Morgen hätte so einiges schiefgehen können.

Elli krallt sich ihrerseits den Regionalteil der Zeitung und überfliegt die Kurzmitteilung. »Du Hans, hör mal, da unten drunter steht noch: Details folgen in Kürze. Siehst du, Hans, dies wird eine lange Geschichte werden. Warten wir mal ab, was dabei herauskommt.« Elli erhebt sich, um die beiden Rollläden am Küchenfenster hochzuziehen. Sie späht in Richtung Wehr in den langsam hell werdenden Tag.

Dort flattert etwas im Wind. Es handelt sich um das rot-schwarze Absperrband der Polizei, die den Fundort gestern Abend noch gesichert haben muss, um einer Spurenvernichtung durch weitere Gaffer vorzubeugen.

Elli will sich gerade zu Hans drehen und ihm von dem Absperrband erzählen, als die Wagen der Kriminalpolizei auch schon vorfahren und schön hintereinander am Nachbarzaun parken. Ein kleiner Bus, eine Art Sprinter, fährt hinter ihnen vor. Aus den Vordertüren stiegen zwei Personen in Zivil und aus der seitlichen Schiebetür klettern zwei weitere Personen.

Sofort entladen sie mehrere silberne Koffer sowie ein paar Stative und stellen sie an der Straße ab.

Elli ist sofort klar, dass es sich bei diesem Eintreffen um die Spurensicherung handeln muss. »Mit der Ruhe wird es gleich vorbei sein. Die werden sicher bei uns vorbeikommen, um uns noch Fragen zu stellen, Hans«, sagt Elli. »Wer weiß, was uns heute noch blühen wird. «

»Hans, ich geh mich mal duschen und anziehen. Bestimmt bekommen wir gleich Besuch von der Kripo, und im Schlafanzug mach ich bestimmt nicht die Tür auf.

15. Innere Stärke – hilft immer

Hans bleibt noch eine Weile in der Küche sitzen.

Elli hört beim Treppensteigen, dass er das Radio angeschaltet hat. Das typische dreimalige Piepsen des Regionalsenders ertönt gerade – der Hinweis darauf, dass die Nachrichten anfangen.

Wie immer kommen die Nachrichten aus aller Welt zuerst und Elli spitzt die Ohren, um nichts zu versäumen. Dann erst kommen die von ihr mit Spannung erwarteten Regionalnachrichten.

»Gestern Abend wurde in der kleinen Gemeinde Guldental eine männliche Leiche entdeckt.

Es handelte sich nach ersten Erkenntnissen um einen Bewohner des Ortes. Nähere Einzelheiten wurden aus ermittlungstaktischen Gründen noch nicht bekannt gegeben. Die Leiche wurde im Wasser gefunden.«

Das ist es auch schon. Mehr hat die Sprecherin nicht gesagt.

Ellis Herzschlag erhöht sich und sie spürt, wie sie sich wieder aufregt. Schon hunderte von Malen hat sie sich über ihren Bruder und ihre Mutter aufgeregt, sogar Panikattacken bekommen bei all den Vorwürfen und verletzenden Worten.

Die Worte haben so unendlich lange in ihr nachgehallt. Warum kann sie die nicht aus dem Kopf werfen?

Sie hat sich selbst schon die schlimmsten Vorwürfe gemacht, weil sie nicht in der Lage ist, das Gehörte aus ihrem Herzen zu werfen.

Es klappt nicht, denn die Wunden sind tief und schmerzen immer wieder, um ihr zu zeigen, dass da ist noch Heilungsbedarf ist.

Wenn es besonders schmerzt, spricht Elli in Gedanken mit ihrem Herzschmerz. Dabei schimpft sie auf ihn ein und befiehlt ihm zu verschwinden. Aber das geht nicht so einfach Simsalabim, wie von Zauberhand.

Elli weiß, dass es Zeit braucht, um zu heilen.

Zumindest hat es ihr schon so weit geholfen, dass sie sich nicht mehr jeden Tag die Frage stellt, wieso ausgerechnet sie schuld am unglücklichen Leben ihrer Mutter und an der Boshaftigkeit ihres Bruders sein soll. Sie wird die beiden nicht ändern können, aber ihre Einstellung zu diesem Zweiergespann, die kann sie ändern. Und ihre Einstellung zur Mutter und ihrem Bruder, die hat Elli bereits geändert.

Irgendwann bekommt jeder die Quittung für sein Tun. Auch ihre Patentante in Düsseldorf hat diese Ansicht vertreten, wann immer sie miteinander telefoniert und sich dabei über das Thema Mutter und Sohn unterhalten haben. Ihre beiden Cousinen sind der gleichen Ansicht und ihre wenigen, aber dafür wahren Freunde sind ebenfalls davon überzeugt.

Aber ist das wirklich so? Elli glaubt es bislang nicht. Früher im Kindergarten, von den Nonnen, und später in der Schule vom Religionslehrer ist ihnen eingebläut worden, dass man als guter Christ dem anderen nichts Schlechtes wünschen soll, oder? Elli wünscht niemandem etwas Schlechtes.

Elli schimpft mit sich selbst, über ihre abschweifenden Gedanken und über ihre Reaktion auf die kurze Nachricht des Senders. Sie sammelt ihre Kleidungsstücke aus dem Stapel frisch gebügelter Wäsche und der Kommode zusammen und geht jetzt endgültig ins Badezimmer, um sich zu duschen und anzuziehen.

Die heißen Wasserstrahlen sind eine Wohltat. Prasselnd lässt sie das Wasser über ihren Rücken laufen. So könnte Elli stundenlang stehen bleiben, wenn sie nicht genau wüsste, dass heute einiges auf sie zukommen wird. Eine zusätzliche Wohltat ist dabei das Duschgel, welches ihr die

Freundin Gisela im Sommer geschenkt hat. Es duftet nach Rosen und ist einfach herrlich cremig auf der Haut. Der feine Rosenduft weckt in ihr die Vorfreude auf den Frühling. Einfach wundervoll!

Der Wasserstrahl spült den ganzen Schaum von ihr ab, und zum Schluss braust sie ihre Beine eiskalt ab, bis sie anfangen, sich taub anzufühlen. Hellwach steigt Elli aus der Dusche, trocknet sich ab und zieht sich frische Kleidung an. Mit dem Gefühl zurückgewonnener Sicherheit nimmt sie den Föhn und fängt an, ihre Haare zu trocknen. Dabei trällert sie ein Liedchen.

***

Hans nimmt in der Zwischenzeit den Telefonhörer in die Hand und wählt die Rufnummer seiner Tochter Johanna in Kempen. Schließlich muss sie erfahren, dass ihr Patenonkel unter mysteriösen Umständen ums Leben gekommen ist.

Hans weiß schon im Vorfeld, dass das kein langes Gespräch werden würde, und tatsächlich ist Johanna recht kurz angebunden. Kaum hat er das

Gespräch mit ihr beendet, ruft er seinen Sohn Leonard an, der auf Montage in Frankfurt arbeitet.

Seine Kinder sind zwar hörbar überrascht, aber die jahrelange Missachtung und Verachtung, die sie von ihrer Oma und ihrem Onkel erhalten haben, hinterlassen ihre Spuren.

Johanna und Leonard sind von den beiden wie Aussätzige gemieden worden. Kein liebes Wort haben die beiden Kinder von ihrer Oma zu hören bekommen, seit das außereheliche Verhältnis ihres Opas ans Tageslicht gekommen ist. Im Gegenteil, ihre Oma wollte nichts, aber auch gar nichts mehr mit Johanna und Leonard zu tun haben. Es seien Kinder unter ihrem Niveau. Von ihrem Onkel Harald ganz zu schweigen.

Selbst als ihr Opa gestorben ist, sind die beiden Enkelkinder von der Oma links liegen gelassen worden. Es überrascht ihn wirklich nicht, dass Johanna und Leonard erst gar nicht zur Beerdigung ihres Onkels kommen möchten. Doch appelliert er an die Liebe zu ihrer Mutter, sie in dieser Situation nicht im Stich zu lassen. Nur Elli zuliebe sagen sie ihr Kommen zu.

Es tut Hans in der Seele weh, dass seine beiden Kinder so lieblos von ihrer Oma behandelt werden. Die beiden können doch am allerwenigsten dafür und werden so hart bestraft.

Einfach nur schlimm. Zeigt es Hans einmal mehr, was seine Elli in ihrem Leben an Lieblosigkeiten erdulden muss durch ihre Familie.

Hautnah hat er selbst viele Boshaftigkeiten miterlebt und oft um des lieben Friedens willen den Mund gehalten. Aber an dem Tag, als seine Schwiegermutter seiner Elli diese grauenhaften Sätze an den Kopf geworfen hat, da hat er ihr ebenfalls ein paar passende Worte gesagt. Nämlich, dass sie kein Herz in der Brust hat und so eine liebe Tochter gar nicht verdient habe. Seitdem haben er und Elli dieses Haus nicht mehr betreten. Wozu auch?

16. Ohnmacht

Ursula steigt mit ihrer Schwiegermutter langsam die Stufen zu ihrem Haus hinauf. Stufe um Stufe, weil ihre Schwiegermutter nicht mehr die Jüngste ist und zwischendurch mal nach Luft schnappen muss, aber sicherlich auch, weil einfach jeder Schritt nach dieser furchtbaren Nachricht unsagbare Kraft kosten muss.

Es ist, wie es ist. Ursula fällt aus irgendeinem Grund dieser kurze Satz ein, der in fünf Worten beschreibt, was nicht mehr zu ändern ist. In irgendeinem Krimi hat ein Psychologe diesen bedeutungsvollen Satz gesagt.

Es ist, wie es ist.

Sie kann es nicht mehr ungeschehen machen.

Jetzt muss sie schauen, wie sie, ihre Kinder und auch ihre Schwiegermutter damit zurechtkommen. Sie alle müssen weiterleben. Dies wird sehr schwierig werden. Sie muss die Starke sein. Viele Fragen sind noch offen und viele unangenehme Pflichten kommen auf sie zu: Das Organisieren der Beerdigung, aber auch die Gespräche mit den Polizeibeamten.

Voll Kummer ist Ursulas Herz, sobald sie an ihre beiden Mädchen denkt und ihr wird angst und bange.

Besonders Julia, die immer schon so eine kleine Zarte gewesen ist. Sie trifft es am allermeisten.

Christina ist die Robustere von den beiden. Auch ihr wird der Verlust Schmerzen bereiten, doch ihr Naturell ist stabiler und durchsetzungsfreudiger als das von Julia. Sie wird den Verlust ihres Vaters besser verkraften. Klar, auch sie braucht Zeit, doch sie hat generell eine positivere Lebenseinstellung als ihre Schwester und damit eine bessere Grundlage, um überhaupt damit zurechtzukommen.

Julia hingegen wird zusätzliche Hilfe benötigen. Sie ist einfach zu sensibel in und viel zu schnell am Boden zerstört. Den Papa zu verlieren, wird sie an die Grenzen der Belastbarkeit bringen und darüber hinaus. Da muss Ursula sich ihrer besonders annehmen, sie trösten und beschützen und einfach für sie da sein.

Ursula seufzt schwer und erhascht einen Blick ihrer Schwiegermutter. Sie sind inzwischen auf der letzten Stufe angekommen. Sichtlich erschöpft hält ihre Schwiegermutter einen Moment inne und betrachtet Ursula verstört.

Ein Blick, der Ursula durch und durch geht und alles ausdrückt, was sie selbst empfindet. Ohnmacht.

Ursula legt ihre Hand auf die Schulter der Schwiegermutter und dreht sie leicht in Richtung Haustür, schließt auf und hilft ihrer Schwiegermutter dabei, die einzige Treppenstufe in den Hausflur zu überwinden.

Sie sind endlich in ihrem schützenden Zuhause angekommen.

17. Sensationslust stirbt nie aus

Nachdem Elli fertig geduscht, sich angezogen und sich die Haare getrocknet hat, zieht sie sich vorsichtshalber auch gleich die Schuhe an. Es könnte ja sein, dass sie noch einmal zum Fundort gebeten wird, um über den Ablauf des gestrigen Nachmittags Auskunft geben zu müssen. Kaum gedacht, klingelt es auch schon an der Haustür.

In der Küche schabt der Küchenstuhl über die Fliesen.

Hans ist bereits auf dem Weg zur Sprechanlage, als sie die Treppe hinunterkommt. Er nimmt den Hörer ab und fragt mit seiner tiefen Stimme, wer dort sei. »Ah ja«, sagt er nach einer kleinen Pause, »na, dann kommen Sie mal nach oben in den ersten Stock, ich drücke ihnen jetzt die Tür auf.« Zu Elli gewandt, meint er gleichzeitig, die Kripo sei bereits da. »Jetzt wird's ernst, Elli.«

Zuversichtlich antwortete Elli, dass es für sie nicht ernst werden wird, sondern ganz bestimmt für jemand anderes, nur wüssten sie noch nicht, für wen. »Kennen werden wir diese Person wahrscheinlich auch nicht. Es sei denn, sie wohnt hier im Ort.« Noch ehe die Vermutung ganz verklungen ist, sind die beiden Beamten bereits oben angekommen.

Freundlich begrüßen Hans und Elli die beiden Beamten und bitten sie, in die Küche zu kommen. Gemeinsam setzen sie sich an den Tisch, und da noch Kaffee übrig ist, bietet Elli den beiden Beamten gleich einen an.

Zu ihrer Freude nehmen die Beamten das Angebot an und beginnen, sobald die Tassen auf dem Tisch stehen, ihre Fragen zu stellen.

Wann ungefähr sie auf der Höhe des Wehrs angekommen sei und ob sie irgendeine Person in der Nähe gesehen oder etwas Ungewöhnliches beobachtet habe. Auch wollen sie wissen, ob sie zuerst den Rettungsdienst angerufen oder zuerst nach der Person geschaut habe.

Bereitwillig beantwortet Elli alle Fragen und streicht dabei vor lauter Nervosität ständig mit der rechten Hand über den Tischläufer.

Ein Beamter schreibt in seiner mitgebrachten Schreibmappe schnell etwas auf einen Zettel und entnimmt der Mappe anschließend einen kleinen Laptop. Er klappt ihn auf, fährt ihn hoch und öffnet ein Programm, in dem sich Vordrucke für Zeugenbefragungen befinden.

Schnell übernimmt er Ellis Angaben und speichert.

Das Ganze dauert gar nicht so lange, wie Elli gedacht hätte.

Im Hinausgehen merkt einer der Beamten noch an, dass Elli eine Nachricht bekommt, wenn Ergebnisse vorliegen.

Hans und Elli begleiten die beiden Beamten zur Haustür und treten noch einen Schritt mit hinaus, um einen Blick zum Wehr zu werfen.

In der Zeit, in der sie in der Küche gesessen haben, und das sind höchstens zwanzig Minuten gewesen, hat sich wieder die halbe Nachbarschaft an der Fundstelle versammelt und schaut der Spurensicherung zu.

Dabei hat die vorsorglich ein neues Absperrband an den Bäumen befestigt, damit sie in Ruhe arbeiten kann. Unglaublich.

Hubert und sein Sohn sowie ihr Nachbar mit seinem lauten unechten Lachen, die beiden alten Leutchen von weiter unten, sie alle stehen draußen herum.

Und oh, ihre liebe Nachbarin Erna schaut ebenfalls interessiert aus dem oberen Fenster. Elli hat sie gestern Abend gar nicht auf der Straße gesehen und vermutet, dass sie nichts von dem Ereignis mitbekommen hat. Sobald Erna abends die Haustür abgeschlossen hat, macht sie sich ihr Abendbrot und setzt sich mit den ganzen Leckereien und einem Gläschen Wein vor den Fernseher. Da ihre Ohren nicht mehr die Besten sind, sieht sie fern und setzt sich dabei einen Kopfhörer auf.

Vermutlich weiß Erna noch gar nicht, was geschehen ist. Sie wird Erna jedenfalls nicht über den gestrigen Abend in Kenntnis setzen. »*Wofür gibt es denn in ihrer Nachbarschaft sonst den schlauen Hubert?*«, denkt Elli. Soll er doch Erna aufklären.

18. Schläge machen nicht brav – nur traurig

Nachdem Hans mit den Kindern telefoniert hat, macht er sich fertig, um zu seinem ersten Kunden zu fahren.

Seine Arbeitszeit beginnt morgens etwas später, da die meisten Hausfrauen ungern bei ihrem Frühstück oder ihrer Morgentoilette gestört werden. Dafür machte er abends umso länger, auch darum, weil dann die meisten Männer von ihrer Arbeit wieder zu Hause sind und sich hauptsächlich die Herren der Schöpfung um technische Probleme an Heizung oder Sanitäreinrichtung kümmern wollten und gerne bei den Reparaturarbeiten dabei sind.

Auch wenn es bisweilen die eine oder andere Ausnahme gibt.

Er gibt seiner Elli einen Abschiedskuss und eilt die Treppe hinunter.

Elli setzt sich zurück an den Küchentisch und gießt sich die letzte Tasse Kaffee ein. An diesem Morgen hätte sie eigentlich einen Termin beim Zahnarzt, doch darauf hat sie nach allem, was sie durchgemacht hat, wirklich keine Lust. Nicht, weil sie nicht gerne zum Zahnarzt geht, sondern weil sie dann, sobald sie ihr Auto aus der Garage gefahren hätte, an der gaffenden Meute vorbeifahren müsste, die immer noch die Arbeiten der Spurensicherung beobachtet.

Lieber nimmt sie den Hörer in die Hand und drückt die gespeicherte Rufnummer der Zahnarztpraxis, um den Termin abzusagen.

Sie braucht der Sprechstundenhilfe am Telefon noch nicht einmal zu sagen, warum.

»Kein Problem, das verstehe ich«, flötet die Sprechstundenhilfe mit verständnisvoller Stimme und unterbricht mit einem »Melden Sie sich einfach wieder, wenn Sie wieder in der Lage sind« die Verbindung.

Super. Die Nachricht von dem schrecklichen Fund gestern Abend scheint schon überall angekommen zu sein. Elli hält noch eine Weile den Hörer in der Hand und starrt ihn sprachlos an.

Wie so oft staunt sie über die schnelle Nachrichtenübermittlung. Via WhatsApp und Facebook ist ja heutzutage jeder auf dem neuesten Stand, was Sensationen betrifft. Sie nimmt ihrerseits das Handy zur Hand, loggt sich bei Facebook ein und scrollt die neuesten Infos rauf und runter, bis sie schließlich einen kurzen Infoticker vom Einsatz der Freiwilligen Feuerwehr am gestrigen Abend findet. Näheres steht jedoch nicht dabei. Wird bestimmt noch nachgereicht werden.

Ohne Vorwarnung und wie aus dem Nichts öffnet sich ein lang verborgenes Schublädchen von Ellis Vergangenheit. Sie ist vielleicht vier oder fünf Jahre alt gewesen. Damals haben sie noch in der alten Villa an der Flussmündung gewohnt, bevor ihr Vater beschlossen hat, ein eigenes Haus zu bauen.

Er ist die ständigen Streitereien von Ellis Mutter mit ihren beiden Geschwistern einfach leid geworden. Fast jeden Tag hat es einen neuen Anlass gegeben, sich manchmal sogar bis aufs Blut zu zanken.

Die alte Villa ist aufgrund des Testaments von ihren Großeltern mit gut gemeinten Gedanken an ihre drei Kinder zu gleichen Teilen vererbt worden. Somit haben nach dem Tod der Großeltern ihre drei Kinder mit ihren Familien alle unter einem Dach gelebt – was auf Dauer nicht gut gehen konnte.

Irgendwas ist damals geschehen. Vielleicht hat sie sich nicht brav verhalten oder irgendetwas kaputtgemacht. Elli weiß es nicht mehr. Aber sie erinnert sich sehr stark daran, dass sie damals auf die Straße hinausgelaufen ist und ihre Mutter mit dem Teppichklopfer hinter ihr her gerannt ist, um sie zu verhauen.

Und an der Kreuzung, wo die kleine Straße endete, ist sie stehen geblieben, wegen der Autos. Dort hat die Mutter sie zu fassen bekommen und Elli mitten auf der Straße eine Tracht Prügel verpasst.

Es tut weh, jetzt wieder und noch viel mehr als damals, dass sie öffentlich von ihrer Mutter auf der Straße geschlagen wurde. Sie spürt noch immer diese Schläge. Nicht körperlich, nein, vielmehr in der Tiefe ihrer Seele. Eine Luke in ihrer Seele öffnet sich und viele, noch nicht ausgeweinte Tränen überschwemmen sie nach all den Jahren wieder mit einem tiefen Schmerz. Wie konnte ihre Mutter sie derart schlagen? Selbst ein Tier schlägt man nicht.

Lange sitzt schniefend Elli am Küchentisch bis sie anfängt, zu frieren.

Noch immer tief von der Erinnerung eingenommen, trinkt sie den letzten Schluck kalt gewordenen Kaffees, steht auf und stellt die Tasse in die Spülmaschine. Obwohl es gerade erst mitten am Vormittag ist, ist sie vom Weinen völlig erschöpft.

Sie stellt sich ans Fenster und schaut erneut in die Richtung des Wehrs. Die Spurensicherung packt ihre Koffer zusammen und räumte sie in den Bus.

Die Gaffer haben sich bestimmt alle auf ihrer Arbeitsstelle krankgemeldet oder schnell einen Tag Urlaub eingereicht. Wie sonst erklärt sich dieser Menschenauflauf aus der Nachbarschaft? Es sind schließlich Arbeitnehmer, die Tag für Tag zu ihrem Dienst oder in die Firma fahren müssen.

Die beiden Beamten steigen ebenfalls in ihr Fahrzeug, fahren ruckelnd los und kommen fünfzig Meter weiter vor Ellis Haus zu stehen. Der Beamte, der auf dem Beifahrersitz gesessen hat, steigt aus und geht auf die Haustür zu.

Schnell beeilt sie sich, ihr Gesicht mit einem nassen Küchentuch zu kühlen, um die Spuren ihrer verheulten Augen zu beseitigen, als es auch schon klingelt. Elli drückt auf den Türöffner und geht dem Beamten die Treppe hinunter entgegen. Sie wünscht einen guten Morgen und sieht ihn fragend an. »Ist wieder etwas Schlimmes passiert?«

Er schüttelt den Kopf. »Außer jeder Menge Zigarettenkippen und zehn verschiedenen Fußspuren haben wir nichts Auffälliges entdeckt. Die Zigarettenkippen sind wohl gestern Abend von den vielen Zuschauern achtlos dorthin geschnipst worden. Im Bereich des Fundortes gibt es keine Anzeichen, dass dort ein Verbrechen stattgefunden hat. Dies müsste, wenn überhaupt, weiter flussaufwärts passiert sein. Wir suchen jetzt noch Meter für Meter den Bach ab, ob wir eine Stelle finden, an der Ihr Bruder gestürzt sein könnte. Oder wo es nach einem Kampf aussieht.«

Er sieht ihr prüfend ins Gesicht, sagt jedoch nichts.

Das ist auch gut so, denn sie hätte ihm keine Erklärung für ihr verheultes Gesicht geben können. Erleichtert reicht sie ihm die Hand und wünscht ihm viel Erfolg bei der Aufklärung.

Sobald er gegangen ist, geht sie ins Wohnzimmer, nimmt sich eine Wolldecke aus dem Wohnzimmerschrank und lässt die Rollläden herunter. Vielleicht kann sie wenigstens auf dem Sofa noch ein wenig schlafen.

19. Eine Geburtstagsfeier mit einigen Widrigkeiten

Im Traum feiert sie noch einmal ihren vierzigsten Geburtstag.

Dieser Geburtstagsfeier sind viele unschöne Szenen vorausgegangen. So, als wäre es erst gestern gewesen, erinnert sie sich im Schlaf an einen wohldurchdachten Wunsch ihres Vaters.

Wenn sie an seinen Wunsch denkt, das Elternhaus zu seinen Lebzeiten an eines seiner beiden Kindern zu übergeben und dies alles ohne Schwierigkeiten, dann fühlt sie ihrem Vater gegenüber noch viel mehr als damals eine große und tiefe Dankbarkeit. Denn oft genug hat er bei Freunden und Bekannten miterleben müssen, wie Streitigkeiten und regelrechte Kriege wegen des Erbes entbrannt sind.

Um den permanenten Streitigkeiten im Elternhaus von Ellis Mutter zu entgehen, die ihn nach Feierabend viele Nerven gekostet haben müssen, hat er angefangen, ein eigenes Haus zu bauen.

Ende der Sechziger- bis Anfang der Siebzigerjahre ist somit ein schönes, neues Haus nach seinen Vorstellungen entstanden – und das gar nicht so weit entfernt von der alten Villa.

Dieses Haus, ihr sogenanntes zweites Elternhaus, hat er mit warmen Händen und wohlbehütet übergeben wollen. Elli kann seinen Wunsch verstehen. Sie glaubt daran, dass es in der Natur eines jeden Menschen liegt, Erarbeitetes und Erschaffenes zu erhalten.

So hat ihr Vater im November 1999 den Versuch gewagt, sich seines Alters bewusst, sein Haus als Schenkung zu übertragen. Und für ihren Vater ist es klar gewesen, dass sein Sohn dieses Elternhaus erhalten soll. Elli soll von dem geschätzten Wert des Hauses die Hälfte in Form eines Geldbetrages erhalten.

Für sich selbst und Ellis Mutter hat er eingetragenes Wohnrecht verlangt. So weit, so gut. Harald hat von ihm die Order erhalten, sich mit einem entfernt verwandten Notar in Verbindung zu setzen, damit dieser einen Entwurf ausarbeite. Den Entwurf solle er Vater, ihrem Bruder und ihr mit der Post zusenden.

Zwei Wochen später hat Elli den Entwurf tatsächlich aus der Post geholt und ist aus allen Wolken gefallen. Ungläubig hat sie die beschriebenen Seiten angeschaut, nachdem sie den Umschlag geöffnet hatte. Fassungslos las sie die Zeilen immer wieder und wieder.

Ihr Vater solle weiterhin für alle weitere Reparatur- und Instandsetzungsarbeiten am Elternhaus zuständig sein. Des Weiteren dürfe er, gesetzt der Fall, Ellis Mutter stürbe vor ihm, sich ohne die Zustimmung ihres Bruders keine Freundin oder Betreuerin mit in das Haus nehmen.

Auch müsse sie, Elli, so lange auf die Hälfte der Summe des geschätzten Wertes des Hauses warten, bis Harald bereit sei zu zahlen. Die Zahlung, wenn sie überhaupt stattfinden würde, werde er natürlich nach seinen Vorstellungen in zwei Raten leisten. Außerdem müsse sie auf die gesetzlich festgelegte Fälligkeitszinsentschädigung verzichten, wenn er nicht bezahlen würde.

Dazu ist ihr wirklich nichts mehr eingefallen, denn solche Verträge dürfen gar nicht abgeschlossen werden. Oftmals werden Verträge zur Kontrolle noch einmal überprüft.

Sobald sie sich von dem ersten Schock erholt hatte, hat sie ihren Vater angerufen, um zu fragen, ob er auch schon seinen Entwurf vom Notar bekommen habe.

»Klar, der kam heute mit der Post, erwiderte er ihr Frage.«

»Und? Was steht denn bei dir so im Entwurf drin? Ist alles so, wie du es dir gewünscht hast?« Die Antwort hat sie schockiert.

»Na klar, alles wunderbar, genauso wie ich es haben wollte. Haben dein Bruder und der Notar echt gut gemacht.« Um am Telefon nicht vor Wut zu explodieren, versprach sie ihrem Vater, in einer Stunde bei ihm vorbeizukommen um dann die beiden Entwürfe miteinander zu vergleichen.

Wenn Elli sich aufregt, wird es ihr im Magen immer flau. So auch damals. »Bis gleich«, presste sie noch mühsam hervor, hängte den Hörer ein und rief anschließend ihren Hans an.

Hans war natürlich auf der Baustelle und hatte dort, Halleluja, Handyempfang. »Was gibt's?«, fragte er gut gelaunt.

Elli erzählte ihm bestürzt von dem Entwurf des Notars.

Hans war aufgebracht, das merkte Elli direkt an seiner Stimme. »So was gibt es ja gar nicht«, schimpfte er. »Was fällt deinem Bruder überhaupt ein, hat er denn gar keinen Anstand? Er muss doch wissen, dass das rauskommt!« Auf ihr Drängen hin versprach er, seine Mittagspause nach Hause zu verlegen, sie abzuholen und mit ihr zu ihrem Vater zu fahren.

Schnell stellte Elli den Herd aus und zog den Stecker des Bügeleisens. Ein bisschen ruhiger, wartete sie in Jacke und Schuhen, den Umschlag mit dem Entwurf unter den Arm geklemmt, vor der Haustür auf ihren Hans. Ungeduldig trippelte sie von einem Fuß auf den anderen Fuß.

Endlich sah sie sein Baustellenfahrzeug anfahren. Mit quietschenden Reifen hielt er direkt neben ihr, sodass sie direkt in das Führerhaus einsteigen konnte. Geschickt wendete er vor der Garage.

Bei Papa angekommen, gingen sie schnurstracks die Treppe zur Haustür hinauf und schellten an der Tür.

Papa schlurfte an die Haustür und öffnete lächelnd, sichtlich erfreut, dass sie gekommen sind. Doch die Freude währte nicht lange, als sie ihm den Grund für den schnellen Besuch mitteilten und ihm Ellis Entwurf hinhielten.

Auch Mutter kam hinzu, setzte sich in ihren Sessel am Fenster und sagte nichts.

Nachdem Papa seine Lesebrille aufgesetzt und sich etwas umständlich am Tisch niedergelassen hatte, begann er, Seite für Seite die verschiedenen

Entwürfe langsam durchzulesen und zu vergleichen.

Hans und Elli ließen ihm dazu die Zeit, die er brauchte, und warteten geduldig auf seine Reaktion.

Papa setzte die Brille ab und schaute sie sprachlos an. Dann schüttelte er den Kopf und wendete den Blick zu ihrer Mutter. »Wusstest du, dass dein Sohn den Entwurf für Elli abändern ließ?«, fragte er sie sichtlich verärgert.

»Ich bin mit allem einverstanden, was mein Sohn wünscht«, sagte sie nur.

Sich über die Wünsche ihres Mannes hinwegsetzend, hatte sie mit ihrem Sohn diese perfide Gemeinheit ausgeheckt. Die beiden haben Ellis Vater dafür bestrafen wollen, dass er jahrelang ein Verhältnis nebenbei geführt hatte. Und Elli gleich mit.

Da ihr Vater jedoch der alleinige Besitzer des Hauses gewesen ist, hat er zu ihrer Mutter gesagt, dass so etwas nicht infrage käme und die zu Lebzeiten stattfindende Eigentümerübertragung nur so stattfinden würde, wie er es sich das vorstellte. Das, was sie mit ihrem Sohn vorhabe, sei eine Niedertracht gegenüber ihrer eigenen Tochter. Sie solle sich einfach nur schämen.

Mit einem schalen Geschmack im Mund und traurig über diese Wendung, hat Elli mit Hans betrübt das Haus verlassen.

Hans fuhr sie nach Hause zurück und kam für einen Moment mit hinein, um sie in den Arm zu nehmen und zu trösten.

Wie sie so stumm im Hausflur gestanden haben, hat oben das Telefon geklingelt. Elli nahm zwei Stufen auf einmal, um den Hörer abzunehmen.

Es war die Kanzlei, in der die Entwürfe gefertigt worden waren, und der Notar höchstpersönlich am Apparat.

Verwundert fragte Elli nach dem Grund seines Anrufs und er fragte sie sofort, ob sie heute Post von ihm bekommen hätte. Sie bestätigte mit einem Seufzer.

Der Notar teilte ihr ohne Umschweife mit, dass ihr Bruder ein krummes Ding vorhatte und er ihr dies mitteilen wollte, auch aus seiner Verpflichtung gegenüber seinen Mandanten. Er hatte sich dagegen gewehrt und wollte sich auch weiter dagegen verwehren, doch ihr Bruder hatte unbedingt darauf bestanden, diese zwei Entwürfe anfertigen zu lassen.

»Ach«, sagte Elli ihm, »das weiß ich schon und ich bin entsetzt darüber, so etwas Unschönes erleben zu müssen.« Sie sagte ihm, dass sie bereits mit ihrem Mann bei ihrem Vater gewesen war und mit ihm über diese üble Machenschaft gesprochen hatte. Wie gut, dass ihr Vater noch alle Sinne beieinanderhatte und sich gegen Harald und seine Machenschaften wehren konnte.

Ihr etwas derart Widerliches anzutun und ihnen vorzugaukeln, dass alles in bester Ordnung sei, hatte ihm doch einen Stich versetzt. Von dieser Seite hatte er seinen Sohn noch nicht kennengelernt, teilte Elli dem Notar noch den Ausgang ihres Gesprächs mit dem Vater mit. Sie dankte ihm für seinen Anruf und legte, immer noch aufgeregt, den Hörer auf.

An ihrem vierzigsten Geburtstag, der ein paar Monate später stattgefunden hat, sagte ihre Mutter, als sie Elli alleine auf dem Weg zur Toilette antraf, dass ihr Vater und sie schuld waren, dass es ihr so schlecht ging. Sie würde sie verachten.

Die gute Stimmung auf Ellis Geburtstagsfeier ist für sie empfindlich getrübt worden und sie musste sich den Rest des Abends dazu zwingen, es niemanden merken zu lassen. Schließlich konnten ihre Gäste nichts dafür. Sie ahnten noch nicht einmal, wie gehässig ihre Mutter an ihrem Festtag zu ihr gewesen ist.

Ihren Bruder und seine Sippe hat sie damals gar nicht erst eingeladen. Zu sehr hat sie seine Dreistigkeit mit den verschiedenen Vertragsentwürfen aufgewühlt. Ellis andere Verwandte und ihre Freunde haben trotz allem mit kleinen Spielchen, Liedvorträgen und schönen Geschenken ihren vierzigsten Geburtstag zu einem schönen Tag werden lassen.

Ein kleiner Wermutstropfen bleibt – die lieblosen und gehässigen Worte ihrer Mutter.

Und dann erlöst das Klingeln des Telefons Elli aus ihrem unruhigen Schlaf.

20. Es wird schon werden

Noch leicht verkullert vom Schlaf greift Elli nach dem Telefon und meldet sich nicht mit dem Familiennamen, sondern mit einem einfachen Hallo. Sie hat keine Lust zu reden, geschweige denn zu telefonieren. Der Drohanruf der vergangenen Nacht hat ihr gereicht.

Außerdem erwartet sie keine Anrufe, jedenfalls nicht von Verwandten. Ihre Mutter und ihr Bruder haben in den vergangenen Jahren dafür gesorgt, dass sich fast keiner mehr für ihr Leben interessiert, außer ihren beiden Cousinen. Aber die zwei wohnen so weit weg, dass sie sicherlich noch nichts vom Tod Haralds gehört haben. Ihre Mutter würde sie sowieso nicht anrufen und darüber informieren. Dies hat sie in aller Deutlichkeit bewiesen, als Ellis geliebter Vater verstorben ist. Elli ist diejenige gewesen, die es ihren Cousinen damals mitgeteilt hat.

Also horcht Elli. Es könnte ja auch ein Kunde ihres Mannes sein, der eine Heizungsstörung oder eine undichte Leitung hat.

Am Apparat meldet sich der Pastor der Pfarrgemeinde. Hörbar verlegen nennt er seinen Namen und Elli merkt, wie schwer ihm das Sprechen fällt.

Er räuspert sich, als müsste er sich einen Ruck geben. »Sie wissen vermutlich bereits, warum ich anrufe.«

»Ja, das … das weiß ich«, antwortet Elli.

Der Pastor redet merklich erleichtert weiter. »Mein herzliches Beileid, das ist eine wirklich furchtbare Sache. Wie geht es Ihnen denn?«

Elli lächelt gerührt. Sie mag diesen Pastor recht gern. »Es … es geht mir … Nun ja, den Umständen entsprechend. Danke, dass Sie gefragt haben.«

»Ich möchte Sie auch nicht lange stören, aber ich würde Sie gerne besuchen. Auch wenn es sich in den letzten Jahren nicht gut entwickelt hat mit Ihrer Familie, gehören Sie für mich auf jeden Fall dazu. Und Sie haben den Toten gefunden, da dachte ich, Sie brauchen bestimmt seelischen Beistand. So ein Anblick ist erschütternd.«

Da Elli weiß, dass der Pastor nicht nur ein Mann des Glaubens, sondern auch ein aufgeschlossener Mitbürger der Gemeinde ist, der keine Menschen verurteilt, sagt sie ihm zu – und dass sie sich auf seinen Besuch freut.

»Das freut mich sehr! Bitte erschrecken Sie nicht, gleich läuten die Glocken hier, dann könnte es laut werden. Ihre Schwägerin und Ihre Mutter sind bereits vor einer guten Stunde zu einem Gespräch ins Pfarrhaus gekommen, aber wann die Beerdigung oder Beisetzung nun stattfinden wird, wissen wir alle noch nicht, weil Ihr Bruder noch in der Gerichtsmedizin liegt.«

»So etwas habe ich mir bereits gedacht«, erwidert sie und dankt ihm nochmals für seinen Anruf.

»Eine letzte Frage noch. Kann ich schon morgen Abend zu Ihnen nach Hause kommen? Da halte ich keine Messe in einer anderen Gemeinde und hätte für Sie Zeit.«

Elli spürt, wie ihr ein Stein vom Herzen fällt. »Sehr gerne, kommen Sie morgen Abend einfach vorbei!« Sie hat einige Fragen an den Pastor, die sie gerne beantwortet haben möchte. Sie möchte ihn gerne nach seiner Sichtweise zum Geschehen fragen und ob er auch an Schicksale glaubt.

Hans wäre bei dem Gespräch dabei, und dies gibt ihr ein bisschen mehr Sicherheit und den Mut, den Pastor zu fragen.

So beenden sie das Telefongespräch und Elli erhebt sich vom Sofa, streckt sich ausgiebig und überlegt, an diesem Tag doch noch etwas Nützliches zu tun.

»*Arbeit ist immer gut*«, denkt sie und ruft sich selbst zur Ordnung. Arbeit lenkt ein klein wenig von Kummer und Sorgen ab und ist wie Medizin, die man sich selbst verordnen kann.

Und genau das tut Elli: Sie verordnet sich, den Wäschekorb mit der Bügelwäsche zu holen, das Bügelbrett aufzuklappen, ihr pinkfarbenes Bügeleisen anzuwerfen und somit die kreisenden Gedanken aus dem Kopf rauszubügeln.

Genau in dem Augenblick, in dem die Kontrolllampe am Bügeleisen konstant brennt und signalisiert, dass das Bügeleisen die Arbeitstemperatur erreicht hat, fangen die Kirchenglocken an zu läuten. Der traurige Klang schallt bis ins Tal hinein.

Elli wird mulmig und ein Schauer läuft ihr über den Rücken, sobald sie dieses Läuten hört. Totenglockenläuten hat etwas Endgültiges, es ist so ein »Es wird nie mehr so sein, wie es mal war« Läuten und macht sie trotz allem irgendwie traurig.

Um sich abzulenken, dreht sie das Radio volle Kanne auf und legt mit dem Bügeleisen los.

21. Ahnungslos

Nach dieser schrecklichen Nacht, in der sie alle kein Auge zugemacht haben, sitzt Ursula still und bedrückt am Küchentisch. Die ganze Nacht hat sie sich den Kopf zermartert. Als sie von ihm weggerannt ist, ist er jedenfalls noch quicklebendig gewesen.

Hätten sie sich bloß nicht gestritten, dann wäre dies alles nicht passiert.

Die Angst sitzt ihr im Nacken. Irgendwie muss sie sich zusammenreißen. Schon wieder zusammenreißen. Wie oft hat sie sich schon in den vielen Jahren, die sie mit Harald verheiratet ist, zusammengerissen? Wenn sie nicht ständig so vernünftig wäre, sähe längst alles ganz anders aus.

Haralds kleine Schwärmereien für andere Frauen haben ihr bereits so manche schlaflose Nacht und viele Diskussionen eingebracht. Mit viel Nachsicht und Gesprächen, die sie der Kinder wegen und weil sie ihn liebt, mit ihm geführt hat, ist es ihr gelungen, diese Herausforderung zu meistern.

Sie hat um jeden Preis ihre Ehe erhalten wollen. Alleine schon aus dem Grund, weil sie selbst einer anderen Frau den Mann ausgespannt hat und diese Demütigung auf gar keinen Fall selbst erleben möchte. Die Leute hier im Ort würden sich darüber das Maul zerreißen.

Aber dazu kann es nicht mehr kommen. Sie ist ja schlagartig Witwe geworden. Unfassbar.

Sie füllt die große Kaffeemaschine und wartet anschließend in sich gekehrt auf ihre Schwiegermutter und ihre Töchter. Den Frühstückstisch hat sie nur notdürftig gedeckt: ein paar Scheiben Brot, Butter und Marmelade und ein Stückchen des restlichen Goudakäses. Zu mehr steht ihr nicht der Sinn. Sie legt jedem noch ein Frühstücksbrettchen mit Messer und Kaffeelöffel hin, das muss reichen.

Julia, noch im Schlafanzug, kommt in die Küche und setzt sich schluchzend auf die Eckbank.

»Ob die erste Tasse Kaffee ihr irgendwie helfen kann? Vielleicht ist doch alles nur ein Irrtum«, denkt Ursula. Aber ihr gesunder Menschenverstand sagt ihr, dass ein Irrtum ausgeschlossen ist.

Sie ist mit ihrem Mann die vertraute Strecke zum nächsten Ort spazieren gegangen und hat sich mit ihm anfangs über das anstrengende Studium von Christina unterhalten. Das Mädchen tut sich mit der Umstellung von Schule auf Uni recht schwer. Die Anforderungen sind hoch und ihre Tochter braucht mehr Zeit, als sie angenommen haben, um sich auf die neue Situation einzustellen. Das hat man an ihren ersten Klausuren gesehen, die nicht so rosig ausgefallen sind.

Doch Harald hat mal wieder nur mit halbem Ohr zugehört und, so hat sie es jedenfalls empfunden, und nichtssagende Kommentare dazu abgegeben. Als wäre er mit den Gedanken ganz weit weg gewesen.

Das hat sie den Polizeibeamten natürlich nicht erzählt, denn sie hätten die Information aufgegriffen, um weitere unangenehme Fragen zu stellen.

Ihre Schwiegermutter betritt ebenfalls in der Kleidung vom Vortag die Küche und setzt sich dazu. Still ist sie und blickt vor sich hin.

Ursula hat ihr für die Nacht schnell das Gästezimmer hergerichtet, das neben ihrem Schlafzimmer liegt. Da sie nicht richtig geschlafen hat, hat sie ihre Schwiegermutter gehört, wie sie sich stöhnend hin und her gewälzt hat.

Der Kaffee ist inzwischen durch den Filter gelaufen und die Maschine gibt einen letzten prustenden Zischlaut von sich. Ursula steht auf und füllte die bereitgestellten Henkeltassen.

Ihre Schwiegermutter sieht kurz auf und bittet sie leise, die Medikamente unten aus ihrer Küche für sie heraufzuholen, da sie diese gestern Abend vergessen hat.

Julia schnieft in ihr Taschentuch und blickt mit dicken roten Augen zu ihrer Oma. »Ich gehe die Medikamente für dich holen.«

Die Oma, offensichtlich gerührt, legt die Hand auf Julias Wange. Sie greift in ihre Schürze, die sie immer über der Kleidung trägt, zieht den Haustürschlüssel hervor und reicht ihn ihrer Enkelin. »Beim Verlassen des Hauses musst du den Schlüssel zweimal herumdrehen, wegen der Sicherheit.«

Ursula rollt die Augen. Wer denkt denn jetzt, ausgerechnet jetzt noch an die Sicherheit? Hat ihre Schwiegermutter etwa Angst, ihre Juwelen könnten gestohlen werden? Das ist schlimmer als in einem schlechten Film.

Ihre Gedanken spricht sie natürlich nicht aus, sondern nickt Julia nur aufmunternd zu, die im Schlafanzug schnell nach unten zum Wohnhaus der Oma huscht.

Ein bisschen außer Atem kehrt sie wenig später in die Küche zurück und stellt die Medikamentendose vor Oma hin.

Die Oma bedankt sich bei ihr, indem sie kurz ihren Arm streichelt, und öffnet dann die Dose mit den vielen Pillen.

Ursula sieht ihr stumm dabei zu und wundert sich, wie geschickt und sorgfältig ihre Schwiegermutter die vielen bunten Pillen, Dragees und Tabletten sortiert: Drei vor dem Kaffee, die restlichen fünf nach dem Kaffee.

»Je älter man wird, desto mehr Pillen braucht man anscheinend, um noch älter zu werden«, denkt sie.

Die Küchentür geht auf. Christina kommt, ebenfalls im Schlafanzug, herein und setzt sich dazu. Auch sie sieht verweint aus und wirkt wie am Boden zerstört.

Ursula streicht ihrer Tochter kurz übers Haar und schiebt ihr eine Tasse Kaffee zu, die Christina an sich zieht, ohne ein Wort zu sagen.

Das ist nichts Ungewöhnliches. Christina gibt nicht viel von ihrer Gefühlswelt preis. Sie macht sehr viel mit sich selbst aus, ist oft in sich gekehrt und meistens viel zu ruhig. Auch jetzt. Still sitzt sie da, nippt an ihrer Tasse, beobachtet unter halbgeschlossenen Lidern ihre Oma und sagt nichts.

Ursula wird schmerzlich bewusst, dass sie einen klaren Kopf behalten muss, um ihre Mädchen und die Schwiegermutter aus ihrer Niederge-schlagenheit herauszureißen, damit es irgendwie weitergeht in ihrem Leben.

Sobald sie alle zusammen am Tisch sitzen, schaut Ursula sie reihum an und sagt leise, dass sie sich nach dem Kaffeetrinken nochmals mit dem Pastor in Verbindung setzen müssten, um mit ihm zu reden. Reden, über das schreckliche Unglück, über die Beerdigung und was sonst noch auf sie zukommen würde. »Das können wir nicht aufzuschieben und es muss gemacht wer-den, ob wir wollen oder nicht.«

»Ich will auf keinen Fall zum Pastor ins Pfarr-büro!«, sagen Christina und Julia gleichzeitig.

»Das müsst ihr alleine machen«, fügt Christina hinzu. Julia weint erneut und Christina ver-schließt ihr Gesicht noch mehr. Beide erheben sich abrupt und verdrücken sich schnell aus der Küche.

Ursula bleibt mit ihrer Schwiegermutter zurück, an einem Tisch, und doch sind sie gedanklich weit voneinander entfernt.

Ursula beschließt, bei der Polizei anzurufen und nachzufragen, ob sich inzwischen irgendetwas er-geben hat. Sie nimmt den Zettel mit der Telefon-nummer vom Regal und wählt.

Den diensthabenden Beamten am Telefon kennt sie nicht. Er blättert in einer Akte oder Papieren, das kann sie am Rascheln hören. »Nein«, erwiderte er, »außer, dass Ihr Mann von einer Bewohnerin der Straße gefunden worden ist, die Untersuchungen noch am Laufen sind und noch ausgewertet werden müssen, ist noch nichts Konkretes bekannt.«

Zu ihrem Entsetzen nennt er ihr den Namen ihrer Schwägerin, Ellen Kaiser. Ihre Schwägerin hat ihren Mann, den eigenen Bruder gefunden.

Das darf nicht wahr sein. Darüber hat gestern keiner der Beamten auch nur einen Ton verlauten lassen. Ausgerechnet ihre Schwägerin, mit der sie seit Jahren keinen Kontakt mehr pflegen.

Ihre Schwiegermutter lässt kein gutes Haar an ihrer eigenen Tochter und das, obwohl die Zerwürfnisse damit zusammenhängen, dass Ellen hinter diverse Gemeinheiten der beiden gekommen ist und ihnen die Stirn geboten hat.

Sie selbst hat sich all die Jahre aus dem Konflikt herausgehalten. Es interessiert sie nicht besonders und schließlich ist sie in all den Jahren, in denen sie berufstätig ist, auf die Hilfe ihrer

Schwiegermutter angewiesen geblieben. Auch heute noch.

Deshalb will sie keinen Streit mit ihrer Schwiegermutter wegen Haralds Schwester anfangen. Harald hat ihr in den Jahren ihrer Ehe immer wieder zu verstehen gegeben, dass er seine Schwester nicht mag, ja, sie sogar verachtet.

Ursula hat einfach den Mund gehalten und in all den Jahren so getan, als ginge sie die ganze Angelegenheit nichts an. Es ist schwer genug gewesen, ihre Schwiegermutter auf ihre Seite zu ziehen, da ihr Miteinander am Anfang ihrer Ehe überhaupt nicht gut angelaufen ist. Sie ist immerhin die Nummer zwei in Haralds Leben, und die erste Frau von Harald muss eine liebe junge Frau gewesen sein, sonst hätte ihre Schwiegermutter ihr nicht so lange hinterhergetrauert.

Gott sei Dank hat sich dieses angespannte Verhältnis mit der Geburt von Julia und dank Ursulas unablässigen Bemühungen allmählich entspannen können. Heute redet keiner mehr von dieser Zeit. Alles hat sich eingespielt, bis auf ein paar Ärgernisse, die sie immer mal wieder mit ihrem Harald gehabt hat.

Und das möchte Ursula auch so erhalten.

22. Mut und Zuversicht

Elli weiß, dass sie nicht ewig im Haus bleiben kann. Sie muss beispielsweise dringend mal wieder einkaufen – und dazu muss sie fahren. Früher ist das Leben in ihrem kleinen Wohnort fast einer pulsierenden Stadt gleichgekommen, doch heute gibt es im Ort nicht mal einen Lebensmittelladen mehr. Alles hat sich fortschrittlich rückläufig entwickelt. Es gibt nur noch drei Kneipen, sonst nichts. Selbst eine Briefmarke bekommt man nicht mehr. Woher denn auch?

Die drei Bäckereien, zwei Metzgereien, eine Postfiliale und ein Andenken-Lädchen sind innerhalb kürzester Zeit geschlossen worden. Es hat sich kein Nachwuchs gefunden, der die Familienbetriebe weiterführen könnte – den nachfolgenden Kindern ist dies zu stressig. Als Bäcker muss man mitten in der Nacht aufstehen und anfangen zu backen. Da macht man die Nacht zum Tag, und dazu fehlt der nachfolgenden Generation Verständnis und vor allem die Lieben zum Handwerk. Bei den Lebensmittelläden ist es nicht viel anders. Der Gewinn ist so gering, dass es kaum möglich ist, davon zu leben.

Oft muss Obst und Gemüse weggeworfen werden, weil es nicht gekauft worden ist. Die meisten Bewohner des Ortes fahren mit ihren Autos ohnehin zum großen Supermarkt und decken sich direkt für eine ganze Woche mit all den benötigten Lebensmitteln ein.

Das gute Tante-Emma-Lädchen hat dabei auf ganzer Linie verloren und für immer die Tür geschlossen. Damit ist auch ein Teil der sozialen und gesellschaftlichen Kontakte im Ort gestorben.

Die jungen Leute haben fast alle ein Fahrzeug. Für sie ist es normal, schnell mal ins Auto zu springen und einkaufen zu fahren. Außerdem brauchen sie ihre Fahrzeuge, um zu ihren Arbeitsstellen zu gelangen. Kaum einer fährt noch mit der Bahn. Alles muss schnell gehen.

Doch die älteren Menschen fahren nicht mehr so gerne selbst und sind deshalb auf die Hilfe ihrer Kinder, Nachbarn oder Freunde angewiesen. Es ist schwierig für alle Bewohner des Ortes geworden. Nur merken es die wenigsten.

Selbst junge Familien sind betroffen. Es gibt keinen Kindergarten und keine Schule mehr für ihren Nachwuchs. Alle müssen fahren oder gefahren werden.

Die kleinen Kinder werden bereits früh morgens mit einem Kleinbus die wenigen Kilometer zum nächstliegenden Kindergarten kutschiert und nachmittags wieder abgeholt. Es sei denn, ihre Mütter fahren sie mit ihrem eigenen Wagen zum Kindergarten, weil ihnen der Zeitpunkt des Kindertransfers zu früh erscheint.

Elli ist froh, dass dies zu ihrer Kinderzeit noch ganz anders gewesen ist. Sie ist in den hiesigen Kindergarten gegangen, der von Nonnen geleitet worden ist, und hat sich dort sehr wohlgefühlt. Die Nonnen sind sehr mütterlich zu ihren kleinen Schützlingen gewesen, und deshalb hat Elli sie auch nach ihrer Kindergartenzeit gern des Öfteren besucht.

Sogar eine Volksschule hat es zu ihrer Zeit noch in ihrem Wohnort gegeben. Vier Jahre hat sie diese besucht und erst ab der vierten Klasse hat sie auf die näher gelegene Hauptschule gewechselt. Damit hat auch bei ihr die Busfahrerei angefangen. Bis zur neunten Klasse ist sie zusammen mit allen anderen Mitschüler jeden Tag hin und hier gefahren worden.

Nach dem kurzen Schläfchen auf dem Sofa und ihrem Erinnerungstraum geht es ihr besser, und so beschließt sie, die neun Kilometer zum Supermarkt in Angriff zu nehmen, um den Kühlschrank zu füllen. Wenn da nur nicht die Menschen in ihrem Wohnort wären, die ständig auf der Straße herumstehen und sich über Klatsch und Tratsch unterhalten.

An der Kirchenecke sind immer welche, ganz gleich, wie das Wetter ist, und stehen sich die Beine in den Bauch, und an dieser Ecke müsste sie wohl oder übel vorbeifahren, um in Richtung Ortsausgang zu kommen.

Elli graut es davor, doch es nützt nichts. Da muss sie jetzt durch. Sie schimpft sich mal wieder selbst aus, weil sie immer noch wegen dieser Personen in Panik gerät. Dabei hat sie sich nichts vorzuwerfen. Im Gegenteil! Eigentlich sind es doch die Personen, die sich für ihre schmutzige Fantasie und ihre Liebe zu Gerüchten schämen müssten. Doch dieses Wissen hilft ihr trotzdem nicht.

Sie kann ihre Erfahrungen der letzten Jahre nicht einfach abschütteln wie ein Insekt. Die üblen Verleumdungen, die ihr Bruder und auch ihre Mutter im gemeinsamen Wohnort verstreut haben, haben tiefe Wunden geschlagen.

Elli atmet tief durch und nimmt dann den großen Henkelkorb, den sie sich im letzten Urlaub
an der Nordsee gekauft hat. Unten im Flur nimmt
sie die dicke Strickjacke vom Bügel, zieht sie an
und öffnet die Haustür.

Ein eisiger Wind weht draußen an ihrem Gesicht vorbei und lässt sie erschauern. Doch fel-
senfest entschlossen, jetzt noch schnell einkaufen
zu fahren, lässt sie sich nicht von dem kalten
Wind abhalten, schließt die Haustür ab und geht
zur Garage. Den Korb verstaut sie auf dem Rücksitz, steigt auf ihren Fahrersitz und startet ihr Wä-
gelchen. Beherzt fährt sie aus der Garage und
rollt schon bald ganz langsam an dem Fundort
mit dem Absperrband vorbei. Kein Mensch ist
dort zu sehen.

Auch bis ins Dorf hinunter ist niemand auf der
Straße. Elli ist davon überzeugt, dass trotzdem je-
der im Ort bereits weiß, was am vergangenen
Nachmittag am Wehr passiert ist.

Sobald sie in die Oberstraße einbiegt, die im
weiteren Verlauf an der Kirche vorbeiführt, sieht
sie schon von Weitem die Klatschtanten auf der
Ecke stehen.

Es sind wie immer die Gleichen.

Langsam nähert sie sich mit Schrittgeschwindigkeit diesem speziellen Personenkreis, hält sich dann ganz rechts und fährt an ihnen vorbei die Kirchstraße hinunter, um den Weg zum Supermarkt im Nachbarort einzuschlagen. Dabei grüßt sie lächelnd und ist auf einmal mächtig stolz auf sich. Im Rückspiegel sieht sie, dass die Köpfe aller Klatschtanten sich nach ihr umdrehen.

Puh, das hätte sie geschafft. Sollen sie doch von ihr denken und reden, was sie wollen. Ihr leichtes Herzklopfen lässt allmählich nach und sie freut sich, dass sie diese Situation gut umschifft, beziehungsweise umfahren hat.

Nun muss sie nur noch einkaufen, schließlich will sie nicht verhungern. Dabei kann sie gleich noch ihren Blutdruck bei ihrem Hausarzt kontrollieren lassen. Ihr Hausarzt ist bestimmt schon über das schreckliche Ereignis informiert worden.

Elli vertraut ihm. Immerhin ist sie seit mehr als dreißig Jahren seine Patientin und hat ihn schon oft nach seiner Meinung zu ihren familiären Problemen gefragt. Die Gespräche mit ihm geben ihr immer neue Perspektiven auf ihre Situation. Noch schnell in der Praxis vorbeizufahren, um den Blutdruck messen zu lassen, ist ein guter Gedanke.

23. Es geht immer weiter – egal wie

Ursula ist nach dem Besuch beim Pastor mit ihrer Schwiegermutter aufgewühlt. Mit ihr und den beiden Mädchen sitzt sie nun zusammen beim Mittagstisch.

Schnell hat sie für alle einige Omelette mit Pilzen zubereitet. Dazu reicht sie geschnittenes Brot, belegt mit Wurst. Mehr kann und will sie nicht kochen. Das Essen will ihr ohnehin nicht schmecken.

Richtig sauer ist sie außerdem über das ständige Einmischen ihrer Schwiegermutter während des Besuchs beim Pastor.

Ursula ringt noch immer mit ihrer Fassung über die Gesprächsentwicklung im Pfarrhaus und ihre Schwiegermutter muss sich nach dem aufwühlenden und emotionalen Gespräch und dem Essen erst mal hinlegen.

Sie geht ins Wohnzimmer und legt sich dort auf das Sofa. Ursula hat ihr noch den Rollladen etwas heruntergelassen, damit die Mittagssonne sie nicht blendet, und ihr eine Wolldecke über die Beine gelegt, damit sie nicht friert.

Obwohl schon November, steht ihr Haus so günstig, dass sie noch ein kleines bisschen von der tief stehenden Sonne abbekommen.

Julia und Christina wollen natürlich genau wissen, was beim Pastor besprochen worden ist.

Nervös versucht Ursula, vom Besuch beim Pastor abzulenken, in dem sie erst einmal den Teekessel aufsetzt und den Mädchen die Keksdose vor die Nase hinstellt. Ihren beiden Töchtern beobachten dabei jede ihre Bewegungen mit Ungeduld.

Ursula, immer noch mitgenommen, berichtet ihren beiden Mädchen, dass der Pastor, sehr mitfühlend und verständnisvoll ob dieses schrecklichen Geschehens, sich ihrer und der Oma angenommen hat. Er hat ihnen sogar einen Tee angeboten, um anschließend in der ruhigen Atmosphäre seines Besuchszimmers mit seinem besonnenen Wesen vorsichtig nachzufragen, wie und was denn überhaupt passiert sei.

Ursula hat nur berichtet, was sie selbst von der Polizei erfahren hat. Und das ist im Moment wirklich nicht viel. Vor allem müssen sie warten auf die Freigabe der Gerichtsmedizin und auf weitere Nachrichten der Polizei warten. Doch sie glaube, dass dies nicht mehr lange dauern könne.

Was soll denn schon passiert sein? Sicher hat Harald einen Herzinfarkt bekommen. Bereits im Frühjahr hat er sich durch eine nicht auskurierte

Grippe leichte Beschwerden am Herz zugezogen, so die Ärzte. Dafür hat er Medikamente verordnet bekommen, die er regelmäßig einzunehmen hatte. Ursula vermutet jedenfalls laut, dass das wohl der Grund für seinen plötzlichen Tod sei.

Über dies und über die bevorstehende Beerdigung haben sie mit dem Pastor gesprochen.

Der Pastor hat gefragt, ob es eine Urnen- oder Sargbestattung sein soll, doch darüber haben sie sich noch nicht geeinigt, sie und ihre Schwiegermutter.

Die Schwiegermutter möchte auf jeden Fall eine Beerdigung wie früher mit Sarg und allem Drum und Dran.

Ursula dagegen zieht eine Urnenbeisetzung in Erwägung. Fast wäre es deswegen beim Pastor noch zum Streit gekommen. Froh sei sie gewesen, als sie das Pfarrhaus verlassen haben, ohne sich weiter darüber unterhalten zu müssen.

Der Pastor habe ihr bei der Verabschiedung an der Tür noch geraten, dieses und auch alles weitere Vorgehen mit ihren Töchtern zu besprechen und das wolle sie jetzt auch mit ihren beiden Mädchen machen. Es ist schon schlimm genug, dass dies alles passiert ist. Da muss man sich nicht noch drüber streiten, was schöner ist: Sarg oder Urne.

»Julia und Christina, was meint ihr dazu? Wie möchtet ihr euren Papa denn zur letzten Ruhe gebettet haben?«, fragt sie ihre Töchter und nimmt dabei von jedem Mädchen eine Hand in ihre Hände.

24. Nie wieder Indianer

Nach ihrem Einkauf und dem Besuch beim Hausarzt, der festgestellt hat, dass ihr Blutdruck wieder im Normalbereich liegt, räumt sie zuerst die verderblichen Lebensmittel in den Kühlschrank.

Anschließend verteilt sie, in der Hoffnung, dass sie genug eingekauft hat, um die nächsten fünf Tage nirgends hinfahren zu müssen, den Rest in ihren Vorratsschränken.

Sobald alles fertig verstaut ist, setzt Elli sich erst einmal hin und beißt mit großem Appetit in das belegte Brötchen, das sie sich noch im Hinausgehen aus dem Supermarkt am Bäckerstand gekauft hat. Es schmeckt richtig gut! So ein üppig belegtes Brötchen mit gekochtem Schinken, Käse, Ei und einer Gurke würde sie sich niemals selbst zubereiten.

Nachdem sie den letzten Krümel verputzt hat, beschließt sie, die liegen gebliebene Wäsche vom besagten Horrortag in Angriff zu nehmen und fertig zu bügeln.

Doch ihr Wunsch auf Ablenkung tritt nicht in Erfüllung. Auch die laute Musik aus dem Radio bringt sie nicht auf andere Gedanken. Im Gegenteil! Als ob sich ein Band in ihrem Kopf aufrollen würde, fällt Elli eine weitere längst verschüttete Erinnerung aus Kindertagen ein.

Sie ist ungefähr sechs Jahre alt gewesen und hat mit Petra und Heike, ihren beiden Freundinnen aus der Nachbarschaft, im Garten der Villa gespielt.

Einen tollen Wigwam hatten sie sich aus alten Pfählen und Decken zusammengebaut. Mit Stoffresten banden sie sich gegenseitig alte Vogelfedern um die Stirn und spielten, sie wären Winnetou, der Häuptling der Apachen, mit Frau und Kind. Winnetou hatte zwar in den Romanen von Karl May und den Verfilmungen keine Familie, aber das ist für die Kinder nicht wichtig gewesen.

Und wie sie so mit Feuereifer und großem Indianergeheul im Spiel versunken waren, schlich sich ihr Bruder heimlich über die Böschung an und zerstörte einfach den schönen Wigwam. Klar, dass dann das Geschrei und Geheule noch lauter wurde.

Alle drei Mädchen haben sich auf Harald gestürzt, der nur hämisch gelacht hat, schließlich ist er ja viel größer und stärker als sie gewesen.

Und als Elli ihm zu nahe gekommen ist, hat er sie so heftig nach hinten gestoßen, dass sie rückwärts auf den Hinterkopf gefallen ist. Elli erinnert sich wieder daran, wie sie weder in der Lage gewesen ist, den Kopf anzuheben, noch aufzustehen. Ihr Kopf hat sich nur noch wie ein einziges Karussell gedreht und sie hat sich ins Gras erbrochen.

Total verstört sind ihre Freundinnen zu Ellis Mutter ins Haus gelaufen, um Hilfe zu holen. Die Mutter kam auch gleich mit ihrer Schwester angelaufen und sah die Bescherung, die Harald angerichtet hat. Vorsichtig trugen ihre Mutter und ihre Tante sie ins Haus und legten Elli auf das alte Sofa, das in der Ecke des kleinen Wohnzimmers neben der Küche gestanden hat.

Mehr als sie dort hinzutragen und das Erbrochene abzuwaschen, konnten sie nicht für sie tun, sie übergab sich von der Erschütterung erneut.

Harald hat sich schnell verdrückt, um der Schelte zu entkommen.

Ihre Tante hätte am liebsten den Hausarzt angerufen, doch Mutter hat das scheinbar nicht gewollt. Bloß kein Doktor. Der hätte schließlich wissen wollen, wieso das passiert ist und darüber wollte sie wirklich keine Auskunft geben. Sie hat lieber erst einmal abgewartet, wie sich Ellis Zustand im Laufe des Nachmittags entwickelte. All dies nahm Elli nur schemenhaft wahr.

Gegen Abend kam Papa von der Arbeit nach Hause und setzte sich zu ihr ans Sofa. Er streichelte die ganze Zeit ihren Arm und sagte dabei immer wieder, dass alles wieder gut werden würde und sie ganz ruhig liegen bleiben sollte, damit sie nicht ständig Karussell im Kopf fuhr und sich wieder übergeben musste.

So hat Elli vierzehn Tage lang im kleinen Wohnzimmer gelegen. In den ersten Tagen konnte sie nur in kleinen Schlucken etwas trinken, meistens Kakao.

Nach diesen ersten kritischen Tagen, in denen das Karussellfahren im Kopf etwas nachgelassen hat und sie ihren Kopf leicht anheben konnte, versuchte die Mutter, sie mit kleinen Häppchen zu füttern.

Es ist Elli nicht leichtgefallen, diese zu essen, geschweige denn, im Magen zu behalten.

In den ersten Tagen, die sie auf dem Sofa im kleinen Wohnzimmer gelegen hat, hat sie anfangs gar nicht bemerkt, wie oft ihr Papa abends oft bei ihr saß. Meistens ist sie am späten Nachmittag in einen tiefen Schlaf gefallen und erst abends wieder wach geworden. Erst, als es Elli ein wenig besser ging, wurde ihr das bewusst. Sie hat angefangen, sich auf diese Abende, wenn ihr Papa von der Arbeit gekommen ist, zu freuen.

Er hat sich, nachdem er seinen Büroanzug gegen bequeme Kleidung getauscht hat, zu ihr gesetzt und von seinem Tag erzählt oder ihr aus einem Märchenbuch vorgelesen.

Viel, viel später hat Elli von ihrer Tante Margarete erfahren, dass ihr Bruder sich von Papa eine dicke Ohrfeige eingehandelt und in den vierzehn Tagen, die sie gelegen hat, kein Taschengeld bekommen hat. Außerdem hat er kleine Arbeiten im Haus verrichten müssen.

Das alles hat sie gar nicht bemerkt, weil sie das kleine Wohnzimmer in dieser Zeit ohnehin nicht verlassen hat. Ihre Eltern haben sie auch nachts dort schlafen lassen, um sie nicht die Treppen hinauf- und hinuntertragen zu müssen. Ihr Bettzeug hat in dieser Zeit ebenfalls im kleinen Wohnzimmer gelegen – tagsüber in einer Truhe verstaut.

Ihre Freundinnen Petra und Heike sind oft zu Besuch gekommen. Wenn auch nicht sofort – anfangs haben sie zu große Angst vor Harald gehabt und sich nicht getraut. Erst nach einigem guten

Zureden durch ihre Mütter haben sie sich ein Herz gefasst. Sogar eine Tafel Schokolade haben sie für Elli dabeigehabt.

Es sind trotz alldem schöne Nachmittage gewesen, an denen sie sich etwas erzählt haben oder Elli den beiden bei ihrem Mensch-ärgere-dich-nicht-Spiel zugesehen hat.

Als Elli wieder ohne Schwindelanfälle aufstehen konnte, war sie nur noch ein Strich in der Landschaft. Sie hat so viel Gewicht verloren, dass ihr Vater nach seiner Arbeit zur Apotheke in der Stadt gefahren und ihr eine Flasche Multisanostol mitgebracht hat. Mit den vielen Vitaminen, die in der Flasche drin sein sollen, hat er ihren Appetit anregen wollen, damit sie bald zu Kräften kommt.

Zum Frühlingsbeginn des gleichen Jahres hat Papa einem befreundeten Bauern ein altes Moped der Marke Zündapp abgekauft. Nachdem er an vielen Wochenenden erst einmal die kaputten Teile ausgebeult und lackiert sowie manches Teil für den Motor neu besorgt hat, ist er damit gerne zum Angeln gefahren.

Und dann, nach überstandener Gehirnerschütterung, hat er eine Überraschung für Elli parat gehalten. Er würde sie, Elli, auf der Zündapp mitnehmen.

Elli kann sich noch gut daran erinnern, wie sie vor Freude ganz aus dem Häuschen gewesen ist und angefangen hat, auf der Stelle zu hopsen. Ungeduldig hat sie auf diesen großen Augenblick gewartet.

Zum Glück nicht allzu lange. Schon an seinem freien Samstag ist er nach dem Frühstück mit ihr in den Unterstand, wo sein Moped geparkt ist, gegangen. Erst hat er in den Tank geschaut, ob genug Benzin eingefüllt ist, dann das Moped so herumgedreht, dass er, ohne noch mal wenden zu müssen, aus dem Unterstand herausfahren konnte.

Elli hat danebengestanden, alles haargenau beobachtet und ist sehr aufgeregt gewesen.

Doch bevor es mit der Fahrt losgehen kann, hat er erst noch den Sitzplatz für seine Elli hergerichtet. Dazu hat er einen großen geflochtenen Korb aus stabilem Metall vorne am Lenker und noch zusätzlich am Rahmen befestigt. Nachdem er alles noch mal überprüft hat, hat er ein Kissen für sie hineingelegt, damit sie es bequem hat. Vorsichtig hat er sie hochgehoben, in den Korb gesetzt und ist losgefahren.

Nicht schnell, sondern erst mal langsam und schön gemütlich, damit sie sich an den Fahrtwind gewöhnen konnte, der ihr ins Gesicht blies. Auch ist ihr Papa so langsam gefahren, weil sie keinen Helm hatte – es hat damals noch keine Helmpflicht gegeben.

An den darauffolgenden Samstagen ist er, je nach Wetterlage, nach dem Frühstück mit ihr zu seiner Mutter, ihrer Oma, gefahren. Oma hat immer einen Marmorkuchen unter der Glashaube auf ihrem Küchenschrank stehen gehabt.

Elli hat damals gedacht, die Oma könne hellsehen, wüsste daher immer im Voraus, dass sie kommen würden.

An einem anderen Samstag ist ihr Papa den alten Wirtschaftsweg entlang nach Mieden gefahren, wo sie in eine Eisdiele eingekehrt sind, um eine Kugel Eis im Hörnchen zu kaufen. Dies hat sie dann glücklich während der Rückfahrt geschleckt.

Ein andermal sind sie ins Dornbachtal gefahren und haben in der großen Forellenzucht beobachtet, wie die Forellen gefüttert werden. Die Forellen sind bis zu einem halben Meter aus dem Wasser gesprungen, um nach dem Futter zu schnappen.

An einem anderen frühen Samstagabend sind sie zu einem Felsenkeller gefahren, denn Papa hat schon mal ein gerne ein Bier getrunken. Elli hat sogar einen Orangensaft bekommen.

In dieser ersten Zeit nach Ellis schwerer Gehirnerschütterung hat er viele Samstage mit ihr verbracht und ist erst dann mit auf dem Moped nach Hause, wenn es für Elli Zeit gewesen ist, ins Bett zu gehen. So hat sie ihren Bruder kaum noch zu Gesicht bekommen. Traurig ist sie darüber jedenfalls nicht gewesen.

Sie kann sich allerdings nicht daran erinnern, dass ihre Mutter allzu besorgt um ihre Gesundheit gewesen wäre. Klar, sie hat zu essen und zu trinken bekommen und manchmal hat sie ihr einen frischen Schlafanzug angezogen. Aber an eine Umarmung, einen Kuss oder ein liebes, aufmunterndes Wort, daran kann sie sich während der ganzen Zeit nicht erinnern.

Nun, da Elli selbst Kinder hat, kann sie ihre Mutter noch weniger verstehen. Sie kann sich nicht im Entferntesten vorstellen, ihre Kinder liegenzulassen wie ein weggelegtes Buch oder, noch liebloser, wie einen lästigen Gegenstand. Es würde ihr das Herz brechen, wenn sie ihnen nicht helfen könnte, und würde sie unendlich traurig machen, sie nicht trösten zu können und nicht für sie da sein. Sie liebt ihre beiden Kinder über alles.

Das Bügeln hat ihr dieses verdrängte Ereignis aus ihrer Kinderzeit wieder gegenwärtig gemacht, so, als hätte der Druck des heißen Bügeleisens auf die Wäsche auch eine Erinnerungsschublade aufgedrückt, die sie nicht mehr schließen kann. Die Erinnerung an diesen Nachmittag vor fast fünfzig Jahren bricht mit einer unglaublichen Intensität aus ihr heraus, dass der Schmerz sie regelrecht überrollt.

Haralds plötzlicher Tod will ihr wohl mit aller Deutlichkeit zu verstehen geben, dass viele Verletzungen, die er ihr zugefügt hat, noch nicht verarbeitet sind und gerade deshalb jetzt aus ihr heraus müssen, damit er sie mit in sein Grab holen kann. Sein Tod soll ihr Leben freier machen und die tiefen Wunden schließen, die er verursacht hat.

Diese Chance auf Heilung nimmt sie dankbar an und zieht aufgewühlt den Stecker des Bügeleisens heraus, dreht das Radio wieder auf Zimmerlautstärke zurück und klappt das Bügelbrett zu. Die Tränen rinnen ihr übers Gesicht.

Trauer über seinen Tod empfindet sie nicht. Jedenfalls nicht, was man sich so im Allgemeinen unter Trauer vorstellt. Nein, sie empfindet eine Art körperlichen Schmerzes, der ihr den ganzen Brustkorb zusammenzieht.

Für einen kurzen Augenblick denkt Elli sogar, dass sie einen Herzinfarkt bekommt, und Panik flutet sie. Schließlich liest man doch überall in den Zeitschriften, dass sich so ein Herzinfarkt ankündigen kann.

Erleichtert atmet sie auf, sobald das Krampfen in ihrem Brustbereich und das Ziehen in ihrem linken Arm nach paar Minuten endlich nachlassen und ganz verschwunden sind.

Elli wird einmal mehr bewusst, dass ihr Vater gerade dann, wenn ihr wiederholt Übles widerfahren ist, stets tröstend und helfend an ihrer Seite gewesen ist. Er hat seiner kleinen Tochter immer das Gefühl von Geborgenheit gegeben und dass sie ihm wichtig ist, er sie liebt.

Sie hat ein unsagbares Glück gehabt, diesen wunderbaren Vater zu haben.

25. Camouflage

Das Telefon klingelt und Ursula nimmt den Hörer von der Ladestation.

Es ist die Kripo, die ihr mitteilt, dass sie in die Gerichtsmedizin kommen solle, um die Identität ihres Mannes noch einmal zu bestätigen und um weitere Informationen zu erhalten, die Untersuchungen seien abgeschlossen. Der Kriminalbeamte bietet ihr an, sie zu Hause abzuholen, um gemeinsam mit ihr zur Pathologie zu fahren.

Ursula bedankt sich erleichtert für sein Angebot und sagt zu.

Er lässt sie wissen, dass er sie um fünfzehn Uhr abholen komme und ihr bei dieser notwendigen und nicht leichten Aufgabe unterstützend beistehen möchte.

»Danke. Ich … ich bin wirklich sehr, sehr erleichtert. Danke für das Angebot«, erwidert sie gerührt.

Julia und Christina will sie ohnehin nicht in die Gerichtsmedizin mitnehmen. Zu sehr wären die beiden Mädchen danach traumatisiert. Ihre Schwiegermutter ist viel zu alt dafür. Sie würde womöglich beim Anblick ihres toten Sohnes noch einen Herzstillstand bekommen. Das wolle sie auch nicht riskieren und so richtig enge

Freunde habe sie nicht, die ihr in dieser Situation beistehen würden. Das sind alles nur Bekannte, mehr nicht.

Sie legt bald auf und schaut auf ihre Armbanduhr. Viele kleine Brillanten schmücken das Zifferblatt.

Die Uhr hat sie von ihrem Harald zum zwanzigsten Hochzeitstag geschenkt bekommen. Kurz zuvor haben sie eine schwere Krise wegen seinem Verhältnis mit einer Kollegin gehabt – zu der er beinahe nach Berlin gezogen wäre.

Das sind schlimme Wochen gewesen, als er überhaupt nicht mehr nach Hause gekommen ist und sie alleine mit den Kindern und ihren Schwiegereltern zurückgelassen hat. Viele kleine Ausreden hat sie für ihre Schwiegereltern erfinden müssen, warum ihr Sohn an den Wochenenden nicht mehr nach Hause gekommen ist.

Dadurch, dass die Schwiegereltern direkt vor ihnen gewohnt haben, haben sie ihren Alltag ständig verfolgen können. Sie haben schließlich vom Fenster aus gesehen, ob das Auto ihres Sohnes abends in der Einfahrt geparkt hat oder nicht. Mehrmals haben sie sich erkundigt, warum Harald am Wochenende nicht zu Hause sei.

Ursula hat sich vorsorglich schon einige Ausreden parat gelegt. Mal ist er in Tschechien gewesen, um Verträge abzuschließen, mal in Berlin im Hauptbüro unabkömmlich. Bequemerweise hat sein Arbeitgeber zu der Zeit seinen Hauptsitz tatsächlich nach Berlin verlegt und somit ist Berlin nicht einmal wirklich eine Lüge gewesen. Bald hat das Hinterfragen aufgehört – im Gegenteil, die Schwiegereltern haben stolz ihren fleißigen Sohn angepriesen.

»*Schöner fleißiger Sohn*«, hat Ursula sich gedacht, ihre Tränen heruntergeschluckt und tapfer gelächelt. »*Wenn ihre Schwiegereltern von ihrem heimlichen Budenzauber wüssten … ihr Schwiegervater würde ein ernsthaftes Wörtchen mit seinem Sohnemann sprechen und an seine Vernunft appellieren. Allein deshalb schon, damit die Schwiegermutter nicht wieder in eine tiefe Depression stürzt. Sie sind doch alle froh gewesen, dass sie diese Phase des Trübsalblasens hinter sich gelassen hat.*«

Ein Blick auf die Uhr zeigt ihr, dass sie noch vierzig Minuten Zeit hat, um sich umzuziehen und ein klein wenig Make-up aufzutragen. Sie muss ja nicht wie ein Häufchen Elend aussehen, während sie mit dem Beamten ihren Mann identifiziert.

Ursula ist es gewohnt, ihre Gefühlswelt hinter einer Maske zu verbergen.

Oft genug muss sie gute Miene zum bösen Spiel machen, wenn bei ihnen zu Hause alles drunter und drüber geht und der Haussegen schief hängt.

Besonders Julia hat darunter gelitten, dass ihr Vater auf der einen Seite streng mit ihr, der Schwester und besonders mit der Mutter gewesen ist, und sich andererseits selbst viele Freiheiten herausgenommen hat, die er bei ihnen niemals dulden würde.

Grauenhafte Streits haben sie deshalb schon miteinander geführt. Manchmal haben die Kinder mittendrin gestanden. Ausgerechnet für Julia, die sensiblere der beiden Mädchen, eine Zumutung. Oft hat sie weinend zwischen ihr und ihrem Vater gestanden und sie beide angefleht, sich zu vertragen.

Spätestens dann, wenn das Kind laut schluchzend und total verzweifelt zwischen ihnen wie ein Schiedsrichter gestanden hat, spätestens dann haben sie aufgehört. Aber nur, weil ihr, Ursula, das arme Kind so leidgetan hat. Harald hätte sich noch weiter mit ihr gestritten.

Nur um Julias willen hat Ursula immer und immer wieder auf weitere Diskussionen verzichtet.

Sie hat sich dann mit der Tochter in das Kinderzimmer zurückgezogen und sich erst einmal um das verängstigte und verstörte Mädchen gekümmert.

Die schlimmste Situation hat sich nach einem Konzert ereignet, das sie ganz am Anfang, als sie noch gut miteinander ausgekommen sind, gemeinsam mit ihrer Schwägerin Ellen und dem Schwager Hans besucht haben. Es war ein Konzert mit schottischen Dudelsack-Pipern. Ihre Tochter Julia haben sie auf dieses Konzert mitgenommen, um ihr eine Freude zu machen.

Auf dem Heimweg ist Harald von jetzt auf gleich ausgetickt und hat ihr aus heiterem Himmel vorgeworfen, dem Mann neben ihr, ebenfalls ein Besucher dieses Konzerts, schöne Augen gemacht zu haben.

Sie hat ihn wohl unbewusst freundlich angelächelt, war er doch auch so begeistert von der Musik gewesen. Aber Harald hat ihr Lächeln wohl als Anmache verstanden. Auf dem gemeinsamen Nachhauseweg hat er im Beisein von Ellen, Hans und ihrer kleinen Tochter Julia angefangen, ihr eine Szene zu machen.

Laut hat er sie auf offener Straße angebrüllt und sie des Fremdgehens bezichtigt. Dabei hat er wutschnaubend vor ihr gestanden, völlig außer Kontrolle.

Es ist ihr so unangenehm, so peinlich gewesen!

Julia hat laut angefangen zu weinen und Harald ist noch mehr in Rage geraten.

Sogar Julias Arm hat er genommen und ihn umgedreht, damit das Kind endlich mit dem Weinen aufhöre.

Wie von Sinnen hat er sich gebärdet, sodass Hans nichts anderes übrig geblieben ist, als ihn in den Schwitzkasten zu nehmen, damit er endlich mit seinen Anschuldigungen und Handgreiflichkeiten aufhört.

In dieser Nacht ist es für sie, nachdem Hans und Ellen sich besorgt und nur widerwillig verabschiedet haben, unmöglich gewesen, ein Auge zu schließen.

Die kleine Julia ist fix und fertig gewesen und sie ebenfalls.

Auf der einen Seite ist sie schon sehr froh und dankbar gewesen, dass Hans ihren Mann zur Raison gebracht hat.

Aber dafür sind seitdem ihre Schwägerin Ellen und ihr Schwager über eins ihrer vielen Eheprobleme im Bilde gewesen.

Seitdem versucht sie, nie wieder öffentlich in so eine Situation zu gelangen. Wie ein Schießhund passt sie auf ihren Harald auf. Diese unschöne und lang zurückliegende Geschichte hat sie eigentlich längst verdrängt.

Innerlich erbost über die Eskapaden ihres Mannes, hat sie trotzdem immer versucht, ihre Töchter herauszuhalten. Es sind doch ihre Kinder, die solche Zerwürfnisse zwischen Eltern gar nicht erst erleben sollen.

Eine Farce ist es, dass Harald und sie aktiv in der Kirchengemeinde tätig sind, in Vorständen der Ortsvereine noch jeweils einen Posten haben und nach außen die perfekte Familie spielen. Da kann man sich nicht so einfach trennen, ohne das Gesicht zu verlieren.

Nur deshalb hat Ursula so vieles heruntergeschluckt und sich nichts anmerken lassen. Sie hat sich immer wieder vorgesagt, dass es bei anderen Familien auch nicht besser sei. In jeder Ehe, die mehr als zwanzig Jahre auf dem Buckel hat, ist die Luft raus. Viele ihrer Bekannten haben sich deshalb schon getrennt und neue Wege eingeschlagen. Doch sie möchte mit aller Macht verhindern, dass ihr das auch passiert. Sie weiß ja, was das bedeutet.

Aber immerhin hat es Ursula getröstet, dass sie ihre Kinder dadurch vor Schlimmerem bewahren kann.

Umso mehr ist sie geschockt gewesen, als ihr aufgefallen ist, dass Julia immer dünner und dünner zu werden schien. Sie hat es erst auf ihre spät einsetzende Pubertät geschoben und versucht, sich noch keine Gedanken darüber zu machen. Doch als sie beim Kleiderkauf Probleme bekommen haben, die passende Kleidung für das Mädchen zu finden und ihr die Verkäuferin im Geschäft zugeflüstert hat, sie solle sich mal ernsthaft Gedanken machen, ob ihre Tochter vielleicht magersüchtig sei, klingelten bei ihr alle Alarmglocken.

Ihr ist klar geworden, dass sie Julia seit längerer Zeit selten in ihrer Unterwäsche gesehen hat. Außerdem hat ihre Tochter auch sonst einen neuen Kleidungsstil angenommen: Julia hat seit geraumer Zeit mehrere Kleidungsstücke wie T-Shirt, Pulli und Strickjacken übereinander getragen und obendrein noch ein großes Tuch um den Hals.

Da ist ihre Figur durch die ganze Verhüllung gar nicht mehr aufgefallen.

Fieberhaft hat Ursula überlegt, wie sie mit ihrer Tochter dieses heikle Thema ansprechen kann, ohne dass Julia sich verschließt. Erst nach einiger Zeit kommt ihr die passende Idee – sie tut fröhlich und lädt ihre Tochter nach dem erfolglosen Einkaufsbummel zum Eis ein. Während Julia lustlos in dem Eisbecher herumrührt, lächelt Ursula sie an und fragt sie lieb, ob sie einen Kummer mit sich herumtrage und deshalb nichts essen mag.

Daraufhin ist Julia kreidebleich geworden und hat den Kopf weggedreht, um sie nicht anschauen zu müssen.

»Aber Kind, warum hast du denn nicht mit mir geredet? Das ist doch kein Problem, da kann ich dir doch helfen. Das musst du mir doch sagen. Vielleicht fehlen dir auch irgendwelche Hormone oder Vitamine.« Hilflos hat sie ihre Tochter angesehen und gehofft, dass sie sich ihr anvertraue. Die nackte Hilflosigkeit hat ihr aus den Augen ihrer Tochter entgegengesehen und es hat ihr in der Seele wehgetan, ihr Kind so leiden zu sehen. »Erzähl mir doch bitte, Julia, was los ist oder was dich so belastet.

Es ist mir eigentlich nie etwas Ungewöhnliches aufgefallen, wenn wir am Tisch sitzen und die Mahlzeiten einnehmen. Du hast doch immer gerne und gut gegessen oder täusche ich mich da? Und jetzt bist du so dünn geworden, ich verstehe es nicht.«

Julia hat die Hände um die kleine Serviette, die auf dem kleinen Tablett mit dem Eisbecher gelegen hat, gekrallt und sie in Stücke gerupft. »Ach Mama, du bekommst ja gar nichts mehr mit vor lauter Problemen, die du mit Papa hast. Seit Monaten seid ihr zwei wieder nur am Streiten. Und wenn ihr euch nicht streitet, du und Papa, dann müsst ihr euch mal selbst zuhören, wenn ihr euch unterhaltet. Das ist schlimm. Ihr habt einen derart ausgesucht höflichen Tonfall in euren Stimmen, damit kann man Glas schneiden oder Wasser einfrieren. Kein bisschen Wärme, kein Lachen ist mehr darin zu hören. Keine Liebe schwingt in eurer Unterhaltung mit. Wie zwei Fremde seid ihr geworden. Papa hat wieder etwas am Laufen, stimmt's? Das wievielte Mal ist das jetzt? Warum machst du das überhaupt mit? Du bist doch eine erwachsene Frau, verdienst dein eigenes Geld und kannst für dich und auch für uns sorgen. Hast du denn gar keinen Stolz? Das macht mich krank, wenn ich mir das ansehe und anhöre. Christina und ich sind doch keine kleinen Kinder mehr. Meinst du, wir würden das alles hier nicht merken? Bald sind wir vielleicht aus dem Haus und ziehen in eine Stadt und führen unser eigenes Leben und du hockst hier mit einem untreuen Mann herum und wartest. Worauf denn? Dass er sich ändert? Das glaubst du doch selber nicht. Er hat doch so viel kaputt gemacht mit seinem Egoismus!« Zwischen all den Vorwürfen, die aus ihr herausbrechen, bricht sie in Tränen aus.

»Wie gut«, denkt Ursula, *»dass uns hier keiner kennt. Das wäre noch das Allerschlimmste, wenn uns jetzt ein Bekannter hier sehen und hören würde.«*

Julia hat ihre Mutter ohnehin nicht zu Wort kommen lassen. »Ist dir denn nie aufgefallen, dass wir früher gerne mit Johanna und Leonard zusammen waren und mit Tante Elli und Onkel Hans? Papa hat über all diese vier, die doch auch zur Familie gehören, gerichtet, geurteilt und letztendlich alles in zwei Lager geteilt, in Gut und Böse. Wir sind die Guten und Tante Elli und ihre Familie sind die Bösen. Was haben die denn getan, dass sie so gemieden werden? Was haben denn Johanna und Leonard damit zu tun? Sie sind doch Kinder, genau wie wir es auch sind. Und du, du bist still, hältst den Mund und machst, was er will und uns befiehlt. Bist du denn noch zu retten? Wir waren doch mal eine große Familie und was ist daraus geworden? Ein Papa, der ständig fremdgeht, ein Opa, der mittlerweile tot ist, eine alte Oma, die nur sich und ihr angebliches Elend kennt und darüber bist du bald eine alte Frau, die ebenfalls nichts mehr hat, außer einem Trümmerhaufen. So alt bist du doch noch nicht, dass du für den Rest deines Lebens so eine Scheiße hier mitmachen musst.«

In der Eisdiele ist es totenstill geworden.

Ursula hätte nie im Leben damit gerechnet, in der Eisdiele eine derartig aufgebrachte Tochter zu erleben. Julia hat ihr innerhalb von fünf Minuten alle Missstände ihres Lebens an den Kopf geworfen. Das, was sie nie wahrhaben will, sieht ihre Tochter mit ihren jungen Jahren ganz klar und deutlich. Sie versucht verzweifelt, für ihre Kinder in all den Jahren eine heile Welt zu erhalten, und was macht Julia? Sie wirft ihr die nackte Wahrheit an den Kopf.

Ursula betrachtet die bunten Fotos an der Wand. Schöne Schnappschüsse aus der sonnigen Region Italiens sollten in der Eisdiele ein Flair von Urlaubsstimmung und Leichtigkeit erzeugen.

Sinnlos. Langsam lenkte sie ihren Blick wieder auf ihre Tochter und versuchte, sie zu beruhigen. »Es ist doch gar nicht so dramatisch, wie du meinst, Liebes. Wir haben ein paar Probleme, ja, das stimmt, aber glaube mir, das geht vorüber. Wir schaffen das, ganz gewiss. Schau mal, der Papa wird doch auch immer älter und ist in einer sogenannten Midlife-Crisis. Das ist doch normal, das macht jeder Mann durch. Männer sind eben so. Sie brauchen diese Bestätigungen immer wieder, so, als wären sie ständig in der Brunftzeit. Wenn du später mal verheiratet bist, wirst du auch solche Erfahrungen machen.« Sie redet und redet und redet und Julia sieht sie dabei zweifelnd an. Vermutlich sieht sie Ursula an, dass sie selbst kein Wort von dem glaubt, was sie da von sich gibt.

Sie entschuldigte sich am Ende zwar für ihren Wutausbruch, aber vermutlich nur, um ihre Mutter wieder versöhnlich zu stimmen. »Ja, « hat Julia zu ihr gesagt, »die ganzen Streitereien schlagen mir auf den Magen und verderben mir wirklich den Appetit und deshalb bin ich so dünn geworden.« Ursula hat ihr hoch und heilig versprochen, sich nicht mehr so viel mit ihrem Papa zu streiten, und dann würde alles wieder so wie früher werden. Gut eben.

Das Eis ist leider während ihrer Unterhaltung geschmolzen und die Eisdiele hat sich sichtlich geleert.

Ursula sah sich verstohlen um. Für beide ist es ein sehr aufwühlendes, aber auch ein vertrauliches Gespräch gewesen, das unter ihnen bleiben musste. Auf gar keinen Fall sollte Christina oder gar Harald davon je etwas davon erfahren. So wie Mutter und Tochter, oder, noch besser, Freundin und Freundin sich ihre Sorgen untereinander anvertrauten, so sollte es sein und bleiben. Nur ändern würde sich an dem ganzen Dilemma mit Harald trotzdem nichts, das war Ursula sonnenklar.

Genau an dieses Gespräch denkt Ursula in den Minuten, in denen sie sich vor dem Spiegel das Haar kämmt und Make-up auflegt. Ja, man kann im Leben vieles übertünchen, aber irgendwann bröckelt auch die beste Lackschicht ab. Das wird ihr immer deutlicher bewusst. Sie muss höllisch aufpassen, damit ihr Kartenhaus nicht zusammenfällt.

26. Schlimmer geht immer

Der Beamte klingelt kurz.

Ursula öffnet die Tür und tritt hinaus. Schweigend geht sie mit ihm die Außentreppe hinunter zu seinem Fahrzeug. Es handelt sich nicht um ein offizielles Polizeifahrzeug, sondern um einen ganz normalen Personenwagen, ein Zivilfahrzeug der Polizei.

Sobald der Beamte mit der Fernbedienung die Zentralverriegelung geöffnet hat, steigt sie wortlos auf der Beifahrerseite ein und setzt sich. Ihr ist auf einmal mulmig zumute und ihr Herz klopft heftig. Was kommt jetzt auf sie zu? Eine Frage, die sie laut dem Beamten stellt.

»Das kann ich aus ermittlungstechnischen Gründen nicht mit Ihnen besprechen. Das müssen Sie im Moment leider verstehen, doch ich werde Ihnen bei der unangenehmen Aufgabe etwas zur Seite stehen.«

Ursulas Aufregung wächst daraufhin noch mehr, aber es hilft alles nichts, da muss sie jetzt wohl oder übel durch, egal wie. Ihr Blick huscht auf das Tachometer des Wagens.

Der Beamte fährt ruhig aus dem Tal in Richtung des Dorfes und anschließend lenkt er das

Fahrzeug genau in der Richtgeschwindigkeit von einhundert Stundenkilometer in Richtung Mainz. Durch die kleinen Ortschaften in Richtung Autobahn, die sie ebenfalls passieren, fährt er natürlich nicht so schnell.

Die sonst so schöne Landschaft ihrer Region beachtet Ursula nicht. Sie kann sich nicht vorstellen, wie sie diesen Tag heil überstehen soll. Noch hat sie Hoffnung, dass alles nur ein schlechter Scherz gewesen sein muss, irgendwo tief in ihrem Inneren. Doch sobald sie ihren Harald tot gesehen haben wird … ist es endgültig.

Nach einer Stunde und dreißig Minuten erreichen sie den Stadtrand. Der Beamte fädelt sich in den Verkehr ein, setzt Blinker, wo man Blinker setzen muss und fährt, wie kann es anders sein, immer vorschriftsmäßig weiter.

Ursula kennt die Strecke zur Gerichtsmedizin nicht. Woher denn auch? Sie gibt sich allerdings auch keine Mühe, sie sich zu merken. Für einen kurzen Moment schließt sie ihre Augen, um sich mental auf den bevorstehenden und nicht zu umgehenden Pflichtbesuch einzustellen, denn in wenigen Minuten wird sie ihre ganze Kraft brauchen.

Sie halten vor einem großen roten Ziegelgebäude, das schon sehr alt sein muss. Ein Portal befindet sich in der Mitte unter einem hohen Giebel.

»Wir sind da«, richtet der Beamte das Wort an sie. »Steigen Sie bitte aus und folgen Sie mir.«

Ein kalter, muffiger Geruch steigt ihr entgegen, sobald sie den Eingang passiert haben und durch einen langen Korridor in den rechten Trakt gehen. Ihre Schritte hallen hohl wider. Kein einziges Bild hängt an den Wänden, alles ist weiß und kahl. Ursula fröstelt innerlich und äußerlich und zieht die Jacke vorne zusammen.

Am Ende des Korridors steigen sie gemeinsam eine große, breite Treppe hinunter in das Untergeschoss, das durch eine Sicherheitstür versperrt ist.

Der Beamte betätigt den Knopf der Sprechanlage und wartet mit ihr.

Kurz darauf öffnet ein großer, älterer Herr im weißen Kittel die Tür und lässt sie eintreten. Er nimmt seine Hornbrille ab, stellt sich als Dr. Hausmann vor und führt sie in einen Raum, der noch kälter zu sein scheint, als es ihr ohnehin schon ist.

Dieser Raum, der bis an die Decke mit weißen Kacheln ausgefliest ist, raubt ihr den Atem. In der Mitte steht ein schmaler, langer Edelstahltisch und darauf sind die abgedeckten Konturen eines menschlichen Körpers zu erkennen.

Ursula schluckt immer und immer wieder. Ihre Kehle ist wie ausgetrocknet und sie ringt nach Luft.

»Geht es Ihnen gut? Möchten Sie ein Glas Wasser?«, fragt der Doktor.

Sie schüttelt den Kopf. »Nein, ich … Es geht mir gleich wieder besser. Ich … ich schaffe das, ich muss nur … ich muss mich ein wenig sammeln.«

Der Doktor nickt ihr verständnisvoll zu und führt sie an den großen Tisch. »Sollen wir jetzt?«, fragt er und sieht ihr fest in die Augen.

Ursula nickt und bemerkt, dass der Beamte, der sie gefahren hat, sich diskret zurückgezogen hat.

Der Doktor hebt das Tuch an, zieht es bis auf den Brustkorb des Mannes hinunter und legt es ab.

Eine eiskalte Hand greift nach Ursulas Herz und drückt es fest zusammen.

Da liegt er, ihr Harald, und ist tot. Mausetot.

Eigentlich sieht er gar nicht so ganz tot aus, sondern so, als sei er nach einem Boxkampf k. o. gegangen. Sein in den letzten Jahren festgewachsenes Grinsen im Gesicht ist nicht mehr zu erkennen. Es ist durch das Wasser aufgequollen und deformiert. Sein linkes Auge ist noch leicht geöffnet, wobei sein rechtes Auge fest geschlossen ist. Sein Kopf liegt weit nach hinten gestreckt und das Kinn mit den Bartstoppeln zeigt fast senkrecht nach oben. Der Gerichtsmediziner entfernt noch schnell eine Manschette, die er ihrem Mann um den Kopf gelegt hat.

Leise erklärt er Ursula diese Vorgehensweise. Damit sei vorsichtshalber verhindert worden, dass sein Mund weit offenstehen könnte.

Sie nickt dem Doktor zu und hebt zaghaft die Hand, streichelt Harald ganz kurz über die Wange. Ein letzter Gruß von ihr. Dann hält sie es nicht mehr aus. Sie muss hier raus!

Während sie zur Glastür rennt und sie aufstößt, laufen ihr die Tränen über das Gesicht und sie schluchzt laut. Sie hat keine Kraft mehr, ihre übliche Maske aufrechtzuerhalten. Die Schluchzer drängen aus ihr heraus, schnüren ihr die Luft ab und drohen, sie zu ersticken. Sein Anblick ist mehr, als sie ertragen kann.

In ihrer Benommenheit nimmt sie die Schritte hinter ihr erst wahr, als der Beamte sie auf dem oberen Treppenabsatz aufholt. Er begleitet sie den langen Korridor entlang und bietet ihr stumm ein Taschentuch an.

Ursula schüttelt den Kopf und putzt sich schniefend mit dem Handrücken über die Augen und über die Nase.

Am Portal hält er ihr die Tür auf.

Ursula tritt in einen späten Novembernachmittag hinaus und weiß, dass es nie mehr in ihrem Leben so sein wird, wie es mal war.

Schweigend steigt sie wieder in das Zivilfahrzeug des Beamten. Sie sprechen kein Wort miteinander, während der Beamte sie auf direktem Weg nach Hause fährt.

Ursula schafft es, ihre Fassung zusammenzukratzen und sich bei ihm zu bedanken.

Er sieht sie sichtlich verlegen an. »Ich muss Ihnen mitteilen, dass ich mich morgen noch einmal bei Ihnen melden muss. Die Ergebnisse der Untersuchung stehen fest, aber Sie haben heute genug durchgemacht. Ihr Mann ist nun für seine Beerdigung freigegeben. Sie können sie sich in aller Ruhe darum kümmern und alles dafür in die Wege leiten.«

Ursula, inzwischen ruhig und wieder gefasst, nickt nur in seine Richtung und dankt ihm noch mal für seine Zeit und Mühe. Sie schlägt die Beifahrertür heftig zu und steigt mühsam die Treppe zu ihrer Haustür herauf. Mit einem großen Seufzer steckt sie den Schlüssel ins Türschloss und schließt die Tür auf. Im Flur zieht sie sich die hochhackigen Schuhe aus und schlüpft aus ihrem Mantel. Achtlos legt sie ihn auf der Kommode ab und setzt sich auf die unterste Treppenstufe, um kurz innezuhalten.

Sie weiß jetzt, um was es geht. Um alles oder nichts. Diese Hürde muss sie unbedingt meistern, da die Polizei annimmt, dass sie die Letzte gewesen ist, die ihren Harald lebend gesehen hat. Doch als sie beide sich an der Brücke getrennt haben, ist er noch lebendig gewesen. Ein Blitzgedanke taucht nun vor ihrem geistigen Auge auf.

Ihre unsympathische Schwägerin hat doch wirklich jede Menge Gründe, dass Harald aus ihrem Leben verschwindet. Schließlich hat er sie abgrundtief gehasst und ihr alle möglichen Gemeinheiten zugefügt. Sie, nur sie kann es gewesen sein, die ihm in der Dunkelheit aufgelauert und ihn dann mit einem Stein erschlagen hat.

Das ist doch naheliegend. Warum ist sie nicht gleich darauf gekommen? Für heute ist es zu spät, aber morgen früh wird sie direkt die Polizei anrufen und ihnen von ihrem Verdacht eine Mitteilung machen. Die Telefonnummer von der zuständigen Polizeidienststelle liegt noch gut aufbewahrt im Wohnzimmer auf dem Tisch.

Sichtlich erleichtert über ihren klugen Einfall öffnet sie die Verbindungstür zum Wohnraum, denn drinnen warten bestimmt schon ihre beiden Töchter ungeduldig auf sie und sicherlich auch ihre Schwiegermutter.

Von Ausruhen kann keine Rede sein, sie muss sich erst den vielen Fragen stellen und jetzt mit den Töchtern die Beerdigung planen.

Ihre Schwiegermutter bleibt bei dieser Organisation der Beerdigung außen vor, das hat sie sich auf der Rückfahrt fest vorgenommen.

Schließlich geht es um ihre Familie und um ihren Mann. Das ist sie ihm trotz seines Lebenswandels schuldig.

27. Schöne Freunde!

Von nun an klingelt das Telefon bei Elli und Hans jeden Abend am laufenden Band. Da die Nachricht vom Tod ihres Bruders, hauptsächlich als liebender Ehemann und herzallerliebster Sohn bekannt, inzwischen in jeden Winkel des Dorfes und über den Dorfrand hinaus vorgedrungen ist, melden sich nicht nur ihre engsten Freunde, sondern auch Bekannte von außerhalb sowie Kunden ihres Mannes.

Wirkliche Freunde haben die zwei nicht mehr viele, seit Harald mit seinen üblen Spielchen manche Freundschaft zerstört hat. Eine Freundschaft ist eben immer nur so stark wie ihr schwächstes Glied, und ihr Bruder Harald hat sich sehr gut verstellen und sich von seiner charmantesten Seite zeigen können. Für seine Absichten hat er sich sehr viel Zeit genommen.

Er hat es immer wieder verstanden, mit Raffinesse die Nähe ihrer Freunde zu suchen. Dann hat er sie in amüsante Gespräche verwickelt und auch kleine Aufmerksamkeiten wie Fotos oder Musik-CDs verschenkt. Manchmal hat er sogar nach einem geselligen Abend im Lokal die Rechnung bezahlt. Sobald sein ausgesuchtes Opfer in der Falle gesessen hat, in diesem Fall auch Ellis langjährige beste Freundin aus Kindertagen, hat er den Triumph über seine Schwester genossen und sich ein neues Opfer gesucht.

Die beste Freundin, die Elli zu haben geglaubt hat, und eine weitere Freundin haben an einem ausgelassenen Abend während der Karnevalstage seine Absichten nicht erkannt, sondern fühlten sich von seinen Worten, seinem Witz und den kleinen Aufmerksamkeiten geschmeichelt. Es ist Elli selbst Jahre später immer noch unbegreiflich, wie ihre beiden Freundinnen an diesem Abend so auf ihren Bruder hereingefallen sind.

Elli weiß, dass er an diesem Abend die Spendierhosen angehabt hat und die gesamte Zeche bezahlt hat. Der Wirt der Kneipe und seine Frau haben ihr einige Tage später berichtet, dass alle sturzbetrunken die Kneipe verlassen haben und Harald alle Deckel, auf denen die vielen Getränke notiert worden sind, bezahlt hat.

Dies ist für Elli die Summe eines billigen Abends, für dessen Verlauf sie bis heute kein Verständnis aufbringen kann.

Mit ihrer Freundin Nina ist sie fast fünfzig Jahre befreundet gewesen. Seit ihrer gemeinsamen Kindergartenzeit haben sie alle Höhen und Tiefen des Lebens zusammen durchlebt und sich immer helfend zur Seite gestanden, wenn es Probleme gegeben hat. Elli hat, blauäugig, wie sie damals war, gedacht, dass niemand dieses Band zerschneiden könnte.

Auch das Verhalten ihrer anderen Freundin kann Elli bis heute nicht nachvollziehen. Sie ist vor Jahren in Ellis Wohnort gezogen, nach der Trennung von ihrem Ehemann. Beim Umzug sind sie, Elli und Hans, ihr eine große Hilfe gewesen.

Sie bedauert nicht, an diese Freundschaft geglaubt zu haben, sie bedauert, dass dieses Vertrauen missbraucht worden ist, als sie gerade diese Freundschaft am nötigsten gebraucht hätte.

Den Abend, an dem sie sich verabredet haben und sie ihrer Freundin, weil die eine notorische Zuspätkommende ist, einen Platz freigehalten hat, wird sie nie vergessen. Wie hat sie sich gefreut, als Nina endlich gekommen ist! Und dann ist ihr Bruder aufgetaucht, hat sich neben ihr einen Stuhl herangezogen, sich darauf gesetzt und mit Nina ein interessantes Gespräch über eine Lesung eines medienbekannten Psychologen angefangen, die sie beide durch Zufall gemeinsam besucht haben.

Nina hat ihr für den Rest des Abends keine Beachtung mehr geschenkt. Ja, sie hat offensichtlich noch nicht einmal bemerkt, dass Elli überhaupt noch am Tisch gesessen hat. Ihre gute Laune und die Vorfreude sind mit einem Schlag verschwunden gewesen. Was hing ihre Freundin Nina ihrem Bruder an den Lippen? Ihre Augen glänzten förmlich vor Bewunderung und sie vergaß ihre gemeinsame Verabredung und schlimmer noch, ihre treue Freundin Elli.

Schöner Mädelsabend!

Vermutlich hat sie auch das hämische Grinsen ihres Bruders nicht bemerkt, der Elli ab und an sein boshaftes Lächeln geschenkt hat. Aber Elli hat es gesehen und ist nach einer angemessenen Zeit des Abwartens aufgestanden, hat sich verabschiedet und sich an die Theke zu den anderen Kneipengästen gesetzt.

Betrübt ist sie anschließend nach Hause gegangen und hat die ganze Nacht nicht geschlafen.

Hans hat es an diesem Abend nicht geschafft, sie zu beruhigen. Sie ist total fassungslos über die Entwicklung des Abends gewesen. Was zuerst wie ein schöner, lustiger Abend begonnen hat, hat sich zu einem Fiasko für sie entwickelt.

Erst, als es langsam hell geworden ist, hat sie sich einigermaßen beruhigen können und verstanden, dass sich Nina am Vorabend nicht mehr hat entscheiden wollen. Ellis Freundschaft und ihre eigenen Erfahrungen mit Ellis Bruder haben ihr nichts mehr bedeutet. Sie ist ihr irgendwann gleichgültig geworden.

Ein Ereignis am nächsten Tag hat dem Abend dann noch die sprichwörtliche Krone aufgesetzt. Am späten Nachmittag hat besagte Nina angerufen und gemeint, dass sie sich gestern Abend ja so unwohl gefühlt habe und sich in einer furchtbaren Situation befunden hätte, das hätte ihr gar nicht gefallen.

Als Elli ihr darauf traurig erwidert hat, dass sie doch nur hätte aufzustehen brauchen, denn schließlich seien sie doch miteinander verabredet gewesen, bekam sie als Antwort, sie hätte doch ganz gewaltige Probleme mit ihrem Bruder. Da müsste sie, Elli, mal dringend an sich arbeiten.

Bei diesen Worten ist ihr die Luft weggeblieben und ihr Magen hat sich regelrecht umgedreht. Elli hat ihre ganze Kraft zusammengenommen und Nina die Freundschaft gekündigt. Nun könne sie ihre ganze Aufmerksamkeit ihrem Bruder Harald schenken. Mit diesen Worten hat Elli den Hörer eingehängt und sich neben das Telefon erbrochen. Tränen sind ihr dabei übers Gesicht gelaufen und sie hat sich immer und immer wieder zusammengekrümmt. Es hat so unglaublich wehgetan, dass ausgerechnet sie, ihre beste Freundin, ihrem Bruder den Vorzug gegeben hat. Sie, die ihn seit ihrer Jugend immer doof gefunden hat und sich später immer wieder über sein Aufplustern lustig gemacht hat, sieht auf einmal Elli als Verliererin in diesem Wettbewerb. Elli hat in ihr immer eine Schwester gesehen, eine die sie lieb hatte, aber damit war es nun wohl vorbei.

Offensichtlich hat sie dadurch zu viel von Nina erwartet. Siedend heiß ist ihr eingefallen, wie viele Sorgen und Geheimnisse Elli ihr anvertraut hat.

Vor allem Sorgen über die Mutter und den Bruder. Was, wenn sie das alles brühwarm Harald erzählt hat?

Die Menschen, denen man am meisten vertraut, sind auch die Menschen, die einen am meisten verletzen können …

Ob der Riss zwischen ihnen noch zu kitten ist, weiß Elli nicht. Vielleicht ist irgendwann eine lockere Bekanntschaft möglich. Doch wird es nie mehr so sein, wie früher, ehe es an diesem Abend zerstört worden ist.

28. Wir schaffen das

Sobald Ursula die Verbindungstür zum Wohnraum geöffnet hat, hört sie ihre Schwiegermutter im Wohnzimmer schnarchen wie ein Sägewerk. Gut, dass sie fest zu schlafen scheint, so hat Ursula etwas mehr Ruhe und kann sich ungestört mit ihren Kindern über ihren Besuch in der Gerichtsmedizin und über die bevorstehende Beerdigung unterhalten. Und sie hat genug Zeit, um sich vorher zu sammeln und ihre übliche Maske aufzusetzen.

Das ist die reinste Tortur gewesen.

Leise betritt sie die Küche, wo sie die Mädchen flüstern hört, und setzt sich zu ihnen an den Tisch. Vor den beiden stehen ihre bunten Henkeltassen, gefüllt mit Kaffee, und der riecht fantastisch. Den könnte sie jetzt auch gebrauchen. Sie bittet Christina, ihr doch ebenfalls eine Tasse durch den Vollautomaten laufen zu lassen.

Das Geräusch des Mahlwerks und das anschließende Gluckern des durchlaufenden Kaffees in ihre Tasse und das alles wieder in der vertrauten Umgebung, in ihrem Heim, gibt ihr etwas von der Kraft zurück, die sie in der Gerichtsmedizin verloren hat. Sie ist immer noch aufgewühlt, zornig und ist sich gleichzeitig so hilflos vorgekommen, als sie in diesem schrecklich kalten Raum im Kellergeschoss der Gerichtsmedizin ihrem Harald ins Gesicht gesehen hat. Warum ist dies alles geschehen?

Nein. Sie will die Antwort darauf nicht wissen. Jetzt ist für sie das Zweitschlimmste erst mal überstanden. Schlimmer wird nur noch die Beerdigung werden.

Ursula steht auf und schließt leise die Tür zum angrenzenden Wohnzimmer. Auf keinen Fall will sie ihre Schwiegermutter wecken. Der Schlaf soll noch eine Weile anhalten dürfen – je länger, desto ruhiger kann sie sich mit Julia und Christina in der Küche unterhalten.

Die beiden fragen fast gleichzeitig, wie es in der Gerichtsmedizin gewesen sei.

Ursula atmet tief durch. »Schrecklich! Ihr könnt es euch nicht vorstellen. Es war schon richtig so, dass ihr nicht mitgefahren seid. In den Kriminalfilmen ist doch der Raum, in denen die Toten liegen, immer nüchtern, kalt und schaurig dargestellt. Genauso und noch gruseliger ist es auch in Wirklichkeit.« Sie erzählt, wie sie in den Keller über eine große Treppe hinuntergestiegen ist und dort zuerst in einen bis an die Decke gekachelten

Raum gebracht, dann zu einem Edelstahltisch geführt worden ist, auf dem ihr Papa unter einem Tuch gelegen hat. Nur Neonröhren haben den Raum mit weißem, kaltem Licht geflutet. Fenster hat es auch keine gegeben. Die ganze Einrichtung besteht aus Edelstahl und nochmals Edelstahl, überall Edelstahl. An der hinteren langen Wand sind ihr Kühlschranktüren aufgefallen, in denen sicher die Toten bis zur Beendigung der Obduktion hineingeschoben und aufbewahrt werden. Auch haben einige Untersuchungsgeräte auf einem langen Arbeitstisch gestanden, darunter mehrere Mikroskope. Neben diesen stehen Ständer mit Reagenzgläsern, gefüllt mit Flüssigkeiten, sowie Schaugläser mit unappetitlichem Inhalt. Sie schüttelt sich, während sie davon spricht. Über dem ganzen Raum hinge der Duft von Desinfektionsmittel und anderem Zeug. Ansonsten ist der Raum karg gewesen. Leise sagt sie, dass es wirklich Papa gewesen sei, der dort liegen würde. Nun gäbe es keine Möglichkeit, noch auf etwas anderes zu hoffen, und er habe so friedlich ausgesehen, fügt Ursula noch hinzu.

Leise schluchzt Christina vor sich hin. Sie hat sich offenbar immer noch verzweifelt an den Ge-

danken geklammert, dass dies alles ein schrecklicher Irrtum oder eine Verwechslung sei. Jetzt hat
die Mutter ihr auch diesen Funken Hoffnung genommen. Und es tut ihr so sehr leid, dass es
schmerzt.

***

Julia legt ihre Hand auf Christinas Unterarm und
lässt sie dort liegen. Sie selbst ist seit der Mitteilung durch die Polizei vor drei Tagen wie leerge-
weint. Ein dicker Kloß liegt in ihrem Hals und sie
kann nicht richtig sprechen. Ihre Stimme ist seit
diesem Abend und den Tagen danach vom vielen
Weinen ganz heiser geworden.

Direkt am nächsten Morgen hat sie sich bei ihrer
Arbeitsstelle auf unbestimmte Zeit krankgemeldet.
Auch hat sie bereits telefonisch zwei Tage Sonderurlaub für die Beerdigung beantragt. Den Antrag
dazu würde sie im Personalbüro nachträglich aus-
füllen, sobald sie wiederkommen kann. Ihr oberster
Chef hat nichts dagegen gehabt, nachdem er von
der Familientragödie gehört hat, weiß Julia von der
Kollegin aus der Personalabteilung.

Christina hat es da viel einfacher und besser. Sie kann einfach in den nächsten Tagen die Vorlesungen schwänzen. Die dazugehörigen Protokolle kann sie sich von einer Kommilitonin besorgen, davon Kopien machen und muss in den nächsten Tagen nur etwas mehr Zeit ins Lernen investieren. Das schafft Christina doch mit links, davon ist Julia überzeugt.

Sie dagegen muss sich krankschreiben lassen und noch zwei Tage Sonderurlaub beantragen. Zumindest der Sonderurlaub ist ihr sicher, das steht in ihrem Arbeitsvertrag unter Besonderheiten und Extrazuwendungen. Die Krankmeldung wird ihr der befreundete Hausarzt ausstellen, das ist auch kein Problem. Nur die Schreiberei und die Telefoniererei, das muss wirklich nicht sein – so gerne wäre Julia einfach zu Hause geblieben, ohne mit allen möglichen Menschen die immer gleichen Gespräche führen zu müssen. Wenn sie Glück hat, schreibt der Hausarzt sie noch mal nach der Beerdigung krank, dann könnte sie sich ein wenig davon erholen. Die ältere Kollegin wird sich schon im Büro der liegen bleibenden Arbeit auf ihrem Schreibtisch annehmen. So hofft Julia jedenfalls.

Es kann nämlich durchaus passieren, dass die Kollegin gar nichts mehr für sie mitarbeitet. Siedend heiß fällt ihr ein, dass sie in der letzten Zeit nicht gerade nett zu ihr gewesen ist, und das tut ihr nun leid. In den nächsten paar Tagen kann sie das zwar nicht ändern, aber sie verspricht sich selbst, zur Kollegin netter zu werden als bisher. Sobald sie wieder arbeiten gehen kann.

So schnell kann von einem Tag auf den nächsten alles vorbei sein, und das gibt ihr zu denken.

29. Wunderbar getröstet

Elli blickt aus dem Fenster und wartet auf ihren Mann. Noch nie hat sie ihn mit so großer Sehnsucht erwartet.

Die Ereignisse der letzten zwei Tage haben ihr zu viel abverlangt. Ihr mühselig aufgebautes inneres Gleichgewicht ist wieder ins Schwanken gekommen und als Ergebnis davon plagen sie immer wieder Panikattacken. Aus heiterem Himmel überfallen sie Elli wie Untierkrallen, drücken ihren Brustkorb zusammen wie ein Schraubstock und lassen sie fast bewegungsunfähig werden.

Noch kann sie diese aus eigener Kraft durchstehen. Trotzdem rast ihr Herz jedes Mal wie verrückt und ihre Hände werden schweißnass. Panikattacken hat sie bisher nur vom Hörensagen gekannt und als es zum ersten Mal passiert ist, hat sie geglaubt zu sterben. Gerät ihr Herz aus dem Takt? Hört es ganz auf zu schlagen?

Gedanken, die ihre Panik eher vergrößern und sie jedes Mal schlimmer machen. Sie bereiten ihr Angst und sie weiß nicht, wie sie einen Weg finden soll, sie zu kontrollieren. Sie bekommt inzwischen Angst vor dieser Angst, und das machte die Situation noch schlimmer. Jedes Mal fühlt sie sich ihr nahezu vollkommen hilflos ausgeliefert. Jedes einzelne Mal an diesem Tag. Und wenn sie auf die Uhr blickt, stellt sie fest, dass diese Hölle nur eine, manchmal zwei Minuten gedauert hat. Nicht länger. Ein Wimpernschlag der Qual.

Im Augenblick, während sie auf Hans wartet, ist wieder alles in Ordnung und sie hofft, dass es so bleibt.

Beim Blick aus dem Fenster sieht sie ihren ersten Freund vorbeifahren, mit dem sie als Siebzehnjährige zusammen gewesen ist. Der fährt bestimmt nach oben ins Restaurant zum Stammtisch, so wie jede Woche. Sie ist heute noch dem Herrgott dankbar, dass aus dieser Beziehung nichts geworden ist – er hat sich als Weiberheld ohnegleichen erwiesen. Zweimal verheiratet, zweimal geschieden und jedes Mal hat es einen Rosenkrieg gegeben. Jetzt hat er eine dritte Frau an der Angel. Hoffentlich hält die es auf Dauer mit ihm aus – oder er mit ihr.

Damals, als junges Mädchen, ist Elli richtig verliebt in ihn gewesen. Klar hat sie gewusst, dass ihr Bruder sich in jungen Jahren furchtbar mit ihm gestritten hat, aber das hat für sie keine Rolle gespielt.

Damals sind die zwei noch junge Kerle gewesen, vierzehn oder fünfzehn Jahre alt.

Im Dorf hat es zu dieser Zeit zwei Gruppen Halbstarker gegeben. Damals hat man sich zur Karnevalszeit noch bis zur Unkenntlichkeit verkleidet, meistens als Hexen, Teufel oder Ungeheuer. Die Maskerade hat sie namenlos werden lassen, doch mit den Augenschlitzen in der Maske haben sie vermutlich sehr wohl gesehen, mit wem sie es zu tun gehabt haben, als sie aufeinander losgegangen sind. Dazu haben sie noch nicht einmal einen richtigen Grund benötigt. Die Feindseligkeit zwischen den zwei Banden ist riesengroß gewesen, sodass es nur einen kleinen Funken gebraucht hat, um sie anzustacheln. Bei dieser Prügelei hat ihr Bruder ihrem späteren Freund mit einem Knüppel ein Loch in den Kopf geschlagen.

Als der daraufhin angefangen hat, sich zu krümmen, und stark geblutet hat, ist schlagartig Schluss mit der Schlägerei gewesen. Irgendeiner hat geschrien, dass da einer stirbt, und fast alle sind vor lauter Angst und Schreck davongerannt.

Nun, er ist nicht gestorben. Ihr Vater ist mit ihm, nachdem ihr Bruder ihn geholt hat, in seinem VW Käfer zum Arzt gefahren.

Dieser hat die Wunde am Kopf genäht und der junge Bursche ist acht Tage mit einem Verband um seinen Kopf herumgelaufen. Ihr Bruder hat anschließend vom Papa seine Strafe bekommen. Elli weiß nicht, wie sie ausgefallen ist, sie weiß jedoch, dass ihre Mutter ihr armes Söhnchen wieder in Schutz genommen hat, denn sie hat ihn anschließend maßlos mit Süßigkeiten verwöhnt. Was für eine Erziehung, da wundert Elli eigentlich nichts mehr.

Jahre später, Albert ist immer noch der Erzfeind ihres Bruders gewesen, ist Elli mit ihm gegangen. So haben die Mädchen damals darüber gesprochen. »Mit wem gehst du?«, hat es immer geheißen. Oder »Petra geht mit Norbert, hast du schon gehört?« Jedenfalls ist sie auf einmal mit Albert gegangen. Damals hat sie ihn sehr nett und auch irgendwie geheimnisvoll gefunden. Sie haben sich an Silvester in der Dorfkneipe näher kennengelernt und daraus ist Ellis erste Liebe geworden. Irgendetwas hat sie an ihm gereizt. Vielleicht sind es seine schönen blauen Augen oder die blonden Locken gewesen. Sie weiß es nicht mehr. Außerdem hat er bereits in der Großstadt gewohnt und hat sie mehrmals zu sich eingeladen. Gemeinsam habe sie sich im Kino spannende Filme angesehen, sind Pizza essen gegangen und haben ihre Zweisamkeit genossen.

Am Neujahrsmorgen hat sie ihrer Mutter glücklich von ihrem ersten Freund erzählt. Sie haben gemeinsam am Herd gestanden und auf die heiße Milch im Kochtopf gewartet. Total verliebt hat Elli ihr von dem schönen Abend, den sie mit Albert in Margots Kneipe hatte, berichtet und wie sie zusammen Händchen gehalten haben und dass er sie zum Abschied geküsst hat.

Ihr Bruder hat am Küchentisch gesessen und gerade gefrühstückt. Plötzlich ist er aus heiterem Himmel aufgestanden, um den Tisch herum auf Elli zugekommen und hat ihr mit voller Wucht in den Hintern getreten. Den harten Tritt glaubt sie heute wieder noch zu spüren. Sein Gesicht war dabei wutverzerrt und rot angelaufen. Elli bekam richtige Angst vor seinem Gefühlsausbruch und drehte sich hilfesuchend nach ihrer Mutter um.

Das ist schon alles schlimm genug gewesen. Aber das, was danach passiert ist, hat Ellis Selbstbewusstsein einen gehörigen Knacks versetzt.

Ihre Mutter hat gelacht. Sie hat sie einfach ausgelacht und ihr gesagt, was sie doch für eine blöde Gans sei, mit so einem befreundet zu sein. Den Tritt hätte sie wirklich verdient.

Sie hat den Topf mit der heißen Milch vom Herd genommen und sich und ihrem Sohn davon in die Tassen eingeschenkt.

Sie, Elli, ist leer ausgegangen.

Weinend hat sie die Küche verlassen und ist ins Wohnzimmer gegangen, wo Papa sie kurz darauf gefunden hat. Er hat sich zu ihr gesetzt, sich ihren Kummer angehört und versucht, sie zu trösten. Er ist verständnisvoll gewesen und hat den Kopf über das Gehörte geschüttelt. »Dein Bruder Harald und Albert hatten sich vor vielen Jahren wirklich mal richtig gezofft, und dabei hat Harald dem Albert ein Loch in den Kopf geschlagen«, hat der Vater ihr dann erzählt, aber das sei schon lange her.

»Warum macht er noch nach all den Jahren so etwas Unschönes und tritt mich?«

Er hat scheinbar immer noch nicht verstanden, dass er damals derjenige war, der einem anderen Jungen großen Schaden zugefügt hat, und fühlt sich trotzdem heute, nach all der Zeit, noch ungerecht behandelt.«

Papa hat ihr versprochen, dass er mit Harald und auch mit ihrer Mutter ein ernsthaftes Wort sprechen würde. Tatsächlich ist er sofort in die

Küche gegangen und hat den beiden ins Gewissen geredet.

Eine Entschuldigung hat Elli nie erhalten. Sie kann sich nicht mehr so genau erinnern, aber sie glaubt, dass ihre Mutter und ihr Bruder auch über den Vater gelacht und bissige Kommentare gemacht haben.

Ihre erste Beziehung hat ein dreiviertel Jahr gehalten, dann hat Albert ganz plötzlich Schluss gemacht – er habe eine andere kennengelernt und müsse sie wohl oder übel heiraten. Da war ein kleiner Braten in der Röhre. Damals ist ihr Herz fast an dem Kummer zerbrochen.

Die vielen gemeinsamen Wochenenden und die geplante gemeinsame Reise, alles vorbei. Elli ist nicht in der Lage gewesen, mit dem Weinen aufzuhören. An diesem Abend hat sie sich in den Schlaf geweint und ist davon aufgewacht, dass sie im Schlaf wieder zu weinen begonnen hat. Damals hat sie sich unter der Decke zusammengekrümmt und um den Verlust ihrer ersten Liebe geheult.

Plötzlich, sie hat die Zimmertür nicht gehört, hat sich die Bettdecke gehoben, und ihr Vater hat sich zu ihr hingelegt, sie in den Arm genommen

und ist einfach liegen geblieben. Er hat nichts gesprochen, nur einfach still bei ihr gelegen und ist
geblieben, bis sie sich beruhigt hat. Irgendwann
ist sie erschöpft eingeschlafen. Nie wird sie seine
Anteilnahme an ihrem Schmerz vergessen können. Welch ein Vater. Er, der selbst von ihrer
Mutter nie viel Zuneigung erfahren hat, hat ihr
seine gegeben. Selbst heute rührt Elli diese Erinnerung zutiefst.

Ihre Oma muss ihm eine liebevolle Mutter gewesen sein, sodass er diese Liebe an sie weiterge-
geben hat. Allein dafür kann sie ihm seine langjährige Beziehung zur Freundin nachsehen.

Viele Tage hat Elli damals still vor sich hin gelitten. Mit dick geweinten Augen ist sie in den
nächsten Tagen zur Schule gegangen. Kein Wort
des Trostes hat ihre Mutter für sie übrig gehabt.
Nur ihr Papa, der hat sie manchmal heimlich und
prüfend angeschaut. Sie hat es trotzdem bemerkt.
Elli weiß, dass in seinen Augen Sorge gelegen hat.
Er hat sich Gedanken um ihren Seelenzustand
gemacht, jedoch nichts gesagt.

Ein paar Wochen später hat der große Schmerz
einem kleineren Schmerz Platz gemacht. Ellis Lachen ist zu ihr zurückgekehrt und das Leben ist
wieder leichter geworden. Das Schlimmste hat sie

überstanden. Ihr Vater hat ihr eines Abends mit einem Schmunzeln im Gesicht gesagt, dass der Richtige für sie bald in ihr Leben eintreten wird und ihr dabei über den Kopf gezaust. Er hat recht behalten.

Ihre Mutter hat sich nie nach ihrem Befinden erkundigt.

Elli glaubt, dass sie einfach nur froh gewesen ist, dass ihre erste Liebe zu nichts geführt hat und sie diesen in ihren Augen missratenen jungen Mann nicht als ihren zukünftigen Schwiegersohn willkommen heißen musste.

Das wäre für sie ein Drama ohne Ende geworden und mit ihrem Bruder eine Katastrophe.

Inzwischen ist Elli sich sicher, dass dies ein gütiger Wink des Schicksals gewesen ist. Denn so ist der Weg in die Zukunft für sie wieder frei geworden und sie hat ihren Hans kennengelernt.

Zwei Scheinwerfer kommen langsam auf ihr Haus zu und sie erkennt das Baustellenfahrzeug von ihrem Hans. Er ist zu Hause.

30. Wenn Drachen Feuer speien

»Was sollen wir bloß machen?«, fragt Ursula angespannt ihre beiden Mädchen. »Wie wollt ihr euren Papa auf dem Friedhof beerdigen? So wie es früher immer gehandhabt worden ist oder wie es auch bei uns seit Neuestem bereits mehrmals durchgeführt wird? Jetzt, da der Friedhof erweitert worden wurde, ist auch eine Urnenbestattung sehr schön. Die Verstorbenen der letzten Jahre sind fast alle in Urnen und in kleinen Reihengräbern beigesetzt worden. Der Vorteil ist, dass die Variante erheblich günstiger ist als eine normale Beerdigung mit Sarg.«

Noch während sie spricht, ahnt Ursula, dass sie einen Fehler macht. Sie klingt ja fast wie eine billige Teleshoppingverkäuferin und nicht wie eine trauernde und liebende Ehefrau.

Zweifelnd fragt Julia, wie das denn überhaupt mit einer Urnenbestattung so ablaufen wird, und sieht ihre Mutter fragend an.

»Genau, « wirft Christina ein, »das interessiert mich allerdings auch. Sind das wenigstens schöne und moderne Gefäße oder nehmen sie einfach so olle Töpfe aus Ton oder Holz?«

Ihre Schwiegermutter steht plötzlich wie ein Schreckgespenst neben ihnen. Ursula und die Mädchen haben ihr Heranschleichen überhaupt nicht bemerkt, so vertieft sind sie in ihren Gesprächen und Überlegungen versunken.

Vor Schreck stößt Julia ihre Teetasse um. »Mein Gott, Oma! Musst du mich so erschrecken?«

Das hätte Ursula noch gefehlt, dass ihre Tochter auch noch einen Herzkasper bekommt.

»Was«, ruft die erbost, »ihr wollt meinen Sohn, meinen lieben Jungen einfach verbrennen lassen und den Rest von ihm in eine Urne stopfen? Das kommt überhaupt nicht infrage. Lieber bezahle ich die ganzen Beerdigungskosten, damit mein Sohn ein anständiges und würdiges Begräbnis erhält. Das wäre ja noch schöner, wenn er in so einen Topf muss.«

»Aber Anna, komm setz dich zu uns und ich erkläre dir den Unterschied und die Vorteile«, bittet Ursula ihre Schwiegermutter dazu. »Hör doch erst mal zu, bevor du wieder anfängst zu verurteilen.« Sie setzt ihren sanftesten Blick auf und lächelt die Schwiegermutter an.

»So ein Urnengrab ist doch viel leichter zu pflegen als ein normales Grab. Denk mal an die ganzen Blumen, die dort jedes Jahr neu gepflanzt werden müssen. Und wer soll das alles regelmäßig machen, frage ich dich. Die Kinder sind demnächst in alle Winde verstreut und ich kann und muss dann alleine einmal und im Sommer noch öfters nach der Arbeit auf den Friedhof pilgern und nach dem Rechten sehen.«

Ihre Schwiegermutter setzt zu einem Widerspruch an, doch Ursula lässt es nicht so weit kommen. Schnell holt sie Luft und spricht weiter.

»Und im Hochsommer, wenn es richtig affenheiß ist, muss ich womöglich jeden Tag hinfahren, um die Blumen vor dem Vertrocknen zu retten. Da verlangst du aber ganz schon viel von mir, denn du wirst die Grabpflege auch nicht übernehmen wollen. Lass dir das mal heute Nacht durch den Kopf gehen und besinn dich auch mal auf deine alten Tage. Jetzt bestimme ich hier, dass wir Harald mit einer Urnenbestattung beisetzen werden, und darüber wird auch nicht mehr diskutiert. Wir werden ein renommiertes Bestattungsunternehmen damit beauftragen, das auf eine lange Berufserfahrung zurückblicken kann.«

Der Zorn steht ihrer Schwiegermutter ins Gesicht geschrieben und mühsam will sie aufstehen, doch Ursula packt sie an der Schulter und drückt sie wieder zurück auf den Stuhl. »Und dann will ich dir noch was sagen, ob du es hören willst oder nicht: Ich habe deine ganze Einmischung so langsam satt. Es wird so gemacht, wie ich es mir vorstelle und wir brauchen uns allesamt um all den anderen Kram nicht mehr zu kümmern. Solche Beerdigungsinstitute erledigen alles, die Todesanzeige, die Blumen und welche schicke Urne wir haben wollen, einfach alles. Basta!«

Christina und Julia sehen ihre Mutter sprachlos an. So energisch haben sie ihre Mutter noch nie sprechen gehört, nicht mit ihrem verstorbenen Vater und erst recht nicht mit ihrer Oma. Was ist denn bloß in sie gefahren?

Christina schüttelt den Kopf. »Mir ist es egal, tot ist tot. Der Papa merkt ganz bestimmt nicht mehr, ob er in einer kleinen engen Urne oder in einem Sarg ist.«

Julia nickt zustimmend mit dem Kopf und schließt sich Christinas Meinung an.

»Ich wiederhole nochmals, ich möchte nicht, dass ihr meinen Sohn in einer Urne beerdigt«, keift ihre Schwiegermutter mit Nachdruck. Hilfesuchend schaut sie ihre beiden Enkelinnen an, doch die schauen einfach aus dem Fenster.

Ursula hat ihre Entscheidung ohnehin längst gefällt: »Christina ist es egal und Julia ist derselben Meinung wie Christina, also bleibt es bei der Urnenbeisetzung. Machtwort gesprochen.«

»Außerdem zieht das nicht so einen Rattenschwanz mit Friedhofskapelle und so weiter hinter sich her. Die Urne wird nämlich direkt, nachdem sie verschlossen wurde, vom Beerdigungsinstitut am Tag der Beisetzung abgeholt und zum Friedhof gebracht. Wir könnten sie immer noch in der Kirche aufstellen lassen, damit der Harald seiner letzten Messe beiwohnen kann. Ein Foto von ihm müssten wir dann dazustellen. So können sich die, die ihn gerne hatten, ihn noch einmal betrachten und in Erinnerung rufen.« Ursula nimmt diesmal, wie um eine Beschwörungsformel zu sprechen, die Hände ihrer Töchter und erklärt ihnen im Detail, wie sie sich das vorstellt. Die Mädchen nicken dazu.

Ursula greift nach dem Telefonhörer, reißt ihn von der Ladestation herunter und wählt die Nummer des Pfarrhauses. So gefasst wie möglich fragt sie nach einem Termin für die Beisetzung.

Der Pastor blättert hörbar in seinem Kalender und schlägt dann den Freitagnachmittag um fünfzehn Uhr vor. Auch fragt er sie noch einmal, wie es ihr gesundheitlich ginge und ob sie sich ein klein wenig von der schrecklichen Nachricht erholt habe.

Sie bejaht und berichtet kurz von ihrem Besuch in der Gerichtsmedizin. Ihre Schwiegermutter versucht dabei ständig, ihr den Hörer wegzunehmen. Sie will unbedingt mithilfe des Pastors verhindern, dass ihr Sohn so mir nichts, dir nichts verbrannt wird. Ursula wehrt alle Versuche ihrer Schwiegermutter entschieden ab und lauscht dabei angespannt den Worten des Pastors im Hörer.

Mit einem kleinen Vers aus der Bibel und den Worten, es würde alles schon irgendwann gut werden, beendet der Pastor das Telefonat und hängt ein.

Ursula starrt verwundert den Hörer an. »Was ist denn mit dem Pastor los? Der hatte es aber jetzt eilig, mit dem Telefonieren aufzuhören.«

»Ach Mama«, meint Christina, »der hat doch so viele Pfarrgemeinden zu betreuen, dass er die Kurve nicht mehr bekommt. Überall wird gespart und gekürzt. Sogar im Bistum drehen sie den Geldhahn zu. Und die haben bestimmt noch viel auf ihren Sparbüchern gebunkert. Demnächst gibt es sowieso keine Pastöre mehr, wenn sie das

Zölibat in Rom nicht bald abschaffen. Wer will denn heutzutage noch Priester werden? Dann doch lieber ein evangelischer Pfarrer. Der weiß wenigstens von den Problemen seiner Schäfchen und kann mitsprechen bei all den Problemen im weltlichen Leben der Familien. Außerdem sind die evangelischen Pfarrer viel weltoffener als die katholischen. Trotzdem ist er genauso ein Mann des Glaubens wie ein katholischer Pastor. Sollten sich mal die Kardinäle in Rom darüber mal Gedanken machen. So geht es jedenfalls nicht mehr lange weiter.« Christina redet sich sichtlich in Rage. Ursula weiß nicht, wieso ausgerechnet das Thema ihre Tochter so sehr aufregt.

Die holt kurz Luft und redet sofort weiter. »Das kam doch alles nur deshalb zustande, weil so ein Papst Innozenz II vor rund neunhundert Jahren beschloss, dass das Zölibat für christliche Priester um des Himmelreichs willen auf der ganzen Welt Pflicht wird. Im gleichen Atemzug erklärte er auch noch die bis zu dieser Zeit bestehenden Ehen von Geistlichen als ungültig. Das musst du dir mal vorstellen. Nur haben sich im Laufe der Jahrhunderte die Zeiten geändert, die Kirche hinkt aber ganz schön hinterher. Meiner Meinung nach sollten sie das Zölibat abschaffen und somit bekäme die Kirche wieder mehr Priester und auch mehr Gläubige.« Christinas Kopf läuft rot an und sie holt Luft, um noch etwas zu sagen.

In diesem Moment hustet die Oma plötzlich laut auf. Ihr ist das Thema sichtlich unangenehm. Ursula gibt Christina mit einer Geste zu verstehen, das Thema nun endlich ruhen zu lassen.

Oma ist noch vom alten Schlag, soll die Geste ausdrücken.

»Ich gehe jetzt gleich mal nach oben ins kleine Büro und schau mal im Internet, ob ich ein gutes Bestattungsinstitut in der Nähe finde«, sagt Ursula laut, steht auf und verlässt die Küche. Drei verdutzte Augenpaare schauen ihr hinterher.

31. Wahrheit bringt Klarheit

Hans kommt schlurfend aus der Garage die Treppe hinauf.

Elli schaut kurz aus der Küchentür und sieht, wie geschafft er ist, hat er doch in den letzten zwei Tagen auch wenig Schlaf gefunden.

Endlich sitzen sie, nachdem Hans sich die Hände gewaschen und die Arbeitskleidung gegen seine bequeme Freizeithose und Strickjacke getauscht hat, beim Abendbrot zusammen. Endlich ein Abend, an dem sie in himmlischer Ruhe ihr Abendbrot genießen können, ohne dass irgendjemand anruft oder klingelt.

Hans erzählt ihr mit vollem Mund, dass er am Schaukasten der Kirche vorbeigefahren sei, um zu schauen, ob schon irgendeine Bekanntmachung für die Beerdigung aushängen würde. Während er vorbeigefahren sei, habe die Küsterin das Fenster des Schaukastens gerade zugeschlossen. Dort hinge jetzt auch aus, wann Harald beigesetzt werden soll und wie. »Ist eine Urnenbeisetzung«, sagt er. »Die ist auch viel einfacher und praktischer.«

Wenn man einen Verstorbenen im Sarg zu Grabe trägt, dann spielt doch auch die Fantasie verrückt, denn man kann sich den Toten sehr gut liegend darin vorstellen. In einer Urne ist nur noch die Asche und vielleicht noch etwas, was klappert, sonst nichts.«

»*Mein Hans*«, denkt Elli still lächelnd. »*Durch und durch Handwerker.*« Sie stützt ihren Kopf mit der linken Hand und dem Ellenbogen auf dem Tisch ab und überlegt. Immer ist Hans praktisch veranlagt und denkt zweckmäßig. Er sieht den letzten Gang des Lebens als einen notwendigen, aber auch einfachen Weg an. Auf der einen Seite stimmt sie ihm gedanklich darin zu, auf der anderen Seite ist es trotz allem emotional ein schwerer Weg. Den geht keiner so einfach. Schon gar nicht die Menschen, die einen Verstorbenen zu Grabe tragen müssen, der lange Zeit ein Teil ihres Lebens gewesen ist. Dabei denkt sie an ihre Mutter, die sich immer noch nicht bei ihr gemeldet hat.

Alles, was Hans und sie wissen – und das ist nicht viel –, erfahren sie von ihren Freunden oder durch den Aushang an der Kirche. Ist vielleicht auch besser so. Alles andere würde nur noch mehr alte Wunden aufreißen, und das brauchen sie wirklich nicht. Elli hat in den vergangenen Jahren immer wieder mal gehofft, dass irgendwann doch noch eine Annäherung zwischen ihr, ihrer Mutter und dem Bruder stattfinden würde. Das Schicksal hat es anders bestimmt.

Vielleicht ist es wirklich besser so.

Elli denkt an die vielen Beschimpfungen und die Vernachlässigungen, die sie erfahren hat. Ihre Mutter tut ihr trotzdem leid, aber sie kann ihr nicht helfen und sie will es nach all der Zeit auch nicht mehr.

Es würde ohnehin keinem etwas nützen, wenn sie sich bei ihrer Mutter meldet. Ihren beiden Nichten Julia und Christina ist sie aufgrund der jahrelangen Funkstille zwischen den beiden Familien fremd geworden. Zu ihrer Schwägerin hat sie eigentlich nie so richtig Kontakt bekommen. Da ist ihr die erste Schwägerin doch sympathischer gewesen. Ursula hat für Ellis Geschmack einen sparsamen Humor und eine sehr eigenwillige Denkweise bezüglich ihres Berufs, den sie nie, laut ihren eigenen Worten, nie für ihre Kinder aufgeben würde.

Elli denkt mit Traurigkeit an ihren Vater. Wie gut, dass er noch vor seinem Tod geglaubt hat, dass sein Sohn ein anständiger und treuer Ehemann geworden ist. Alle haben mitgespielt, um ihn dies glauben zu lassen. Er ist zu alt und zu gebrechlich gewesen, um ihn auf seine alten Tage mit den Geschichten von den Seitensprüngen seines Sohnes zu quälen. Ihrer Mutter ist es besonders wichtig gewesen, ihrem Mann eine heile Welt vorzugaukeln. Elli hat aus Liebe zum Vater nichts gesagt, sondern sich zurückgezogen.

Etwas, das ihre Mutter genutzt hat, um Elli vollständig aus dem Leben ihres Vaters zu verdrängen – aus ihrer Sicht verständlich. Wer kann schon wissen, ob Ellis Wahrheitsliebe nicht irgendwann dazu geführt hätte, dass sie ihrem Vater alles verraten hätte?

Das ist schon immer so gewesen. Elli hat unehrliche Menschen und ihre Lügen oft auf den ersten Blick durchschaut. Und hat sich dann nicht gescheut, die Lügner zur Rede zu stellen. Oft haben sich daraus unschöne Diskussionen und auch so mancher Streit entwickelt, denn mit ihrem kindlichen Denken, man dürfe nicht lügen, hat sie es den Erwachsenen um sie herum manches Mal schwer gemacht.

Elli denkt mit Rührung an ihren alten Vater. Besonders an ein Erlebnis, welches ihr auch in diesem Augenblick noch die Tränen in die Augen treibt.

Ihr Vater ist plötzlich, von heute auf morgen, nicht mehr zu ihnen nach Hause gekommen. Elli hat von Anfang an vermutet, dass er dies von ihrer Mutter und ihrem Bruder verboten bekommen hat. Er, der früher fast jeden Tag zu Besuch gekommen ist, ist auf einmal aus ihrem Leben verschwunden.

Johanna und Leonard sind damals noch Jugendliche gewesen und haben die plötzliche Ablehnung nicht verstanden.

Deshalb sind sie auf ihren Rädern einfach zu ihrem Opa nach Hause gefahren, wo ihre Oma sie jedes Mal kalt und abweisend empfangen hat. Bei ihren Plaudereien mit Opa, die sehr schleppend verlaufen sind, hat sie ständig danebengesessen und aufgepasst wie ein Schießhund, um ja über alles, was die Kinder mit ihrem Opa erzählten, informiert zu sein. Oft haben sie ihn gefragt, warum er nicht mehr zu ihnen kommen wolle. Ellis Vater ist nicht in der Lage gewesen, ihnen eine plausible Antwort darauf zu geben, sondern vertröstete sie damit, dass er schon recht alt geworden sei und es ihm zu anstrengend sei, die hohe Treppe in ihrem Haus nach oben zu gehen. Irgendwann haben die Besuche ihrer Kinder bei ihm nachgelassen, doch Elli hat sie immer wieder dabei erwischt, wie sich die beiden leise über ihren Opa unterhalten haben.

Sie haben ihn im Café sitzen gesehen oder er ist mit seinem Sohn im Auto unterwegs gewesen und hat als Beifahrer danebengesessen.

Eine schwere Situation für Elli, die ihre Kinder am liebsten weder angelogen noch mit der Affäre und der daraus entstandenen Familiensituation belastet hätte. Wenn sie sich recht erinnert, ist der Kontakt mit ihrem Vater ungefähr zwei Jahre, bevor er verstorben ist, ganz zum Erliegen gekommen. Zwei Jahre, in denen ihr Vater den Weg des geringsten Widerstands gegangen ist. Es ist seine Entscheidung gewesen. Er hat seine Tochter ohne Bedingungen geliebt und deshalb hat Elli auch keine Bedingungen an ihn gestellt. Sie hat ihm in seinen letzten Lebenstagen seine Ruhe gelassen.

Für Elli eine ganze schlimme Zeit. Ihre Mutter hat sie zu diesem Zeitpunkt schon seit Jahren nicht mehr gesehen und dann verlor sie auch noch den Kontakt zu ihrem Vater. Er ist für sie das letzte Bindeglied zur Familie gewesen.

Mit ihm hat sie noch dazu gehört, auch wenn es der Mutter nicht gefallen hat. Er hat den täglichen Kontakt zu ihr gehalten und Interesse an ihren Kindern gezeigt, sei es an ihren schulischen Leistungen oder ihren Hobbys und Freunden. Auch haben sie kleinere Geschehnisse, die im Dorf stattfinden, besprochen. Aber hauptsächlich hat er von seinen täglichen Diskussionen mit Mutter seit Bekanntwerden seiner Liaison berichtet. Er wüsste schon gar nicht mehr, wie oft er sich bereits bei ihr entschuldigt habe. Blumen hätte er ihr jeden Samstag gekauft und ihr diese heiß geliebte Perlenkette geschenkt, die ihr bei einem Stadtbummel mit ihrer Schwiegertochter beim Blick in die Auslage eines Juweliers ins Auge gesprungen ist. Auch hat er ihr bei den täglichen Hausarbeiten geholfen, sodass sie sich zwischendurch zum Ausruhen hingelegt hat.

Und auf einmal ist ihr das genommen worden.

Elli hat sich sein Verhalten nur so erklären können, dass er unter Druck gesetzt worden sein muss und man von ihm verlangt hat, er möge bitte den Kontakt zu ihr und ihrer Familie ganz abbrechen. Schon damals hat sie vermutet, ihre Mutter und ihr Bruder hätten ihm gedroht, ihn ansonsten in ein Seniorenheim abzuschieben.

Sie hat ihren Vater nicht danach gefragt, um ihm diese für ihn erniedrigende Situation zu ersparen. Ihr Vater hätte sich gewunden wie einen Aal, ehe er ihr berichtet hätte, was ihn zu seinem Fernbleiben bewegen würde, und das hat sie nicht gewollt. Elli hat geahnt, dass er nicht mehr die selbstsichere und starke Person gewesen ist, die er einmal gewesen war, und sie hat nicht gewollt, dass er das spürt.

Ihr Vater ist seit vielen Jahren auf Medikamente für sein Herz angewiesen gewesen, außerdem auf Marcumar, damit sein Blut nicht verklumpt, und auf ein Mittel gegen das hohe Cholesterin. Aber er hat auch seit vielen Jahren ein starkes Beruhigungsmittel genommen, dessen Nebenwirkungen seine Psyche verändert haben. All dieses Wissen hat Elli behutsam mit ihm werden lassen. Er, der seit Kindertagen immer ihr Held gewesen ist, soll es für sie auch bleiben. Nie hätte sie ihn hin und her reißen können. Sie hat keine Forderungen an ihn stellen wollen, dafür ist er ihr der liebste Vater gewesen, den sie sich nur vorstellen kann, und das ist ihr tausendmal wichtiger, als ihn wegen ihr und der herrischen Mutter und ihrem Sohn leiden zu sehen.

Es ist für Elli unsagbar schlimm gewesen zuzuschauen, wie er sich verändert hat. Deshalb hat nicht gewollt, dass ihr Vater zusätzlich damit belastet wird, von ihrer Mutter und ihrem Bruder abhängig geworden zu sein. Elli hat es gerade deshalb auch verstanden, dass ihr der Vater die ausgestellte Patientenverfügung und die Vorsorgevollmacht entzogen hat. Sie hat einen mit Computer geschriebenen Brief mit der Aufforderung erhalten, diese beiden Dokumente an ihn zurückzuschicken. Der Umschlag ist mit einer Kleinmädchenhandschrift an sie adressiert worden, und er hat den Brief mit seiner zittrigen Handschrift nur unterschrieben. Drei Personen hat es gebraucht, um ihr einen Brief zu schreiben. Dazu braucht es keine Worte mehr. Ihr Vater hat das Ruder des Familienoberhauptes aus der Hand gegeben.

Sie hat dann fast zur gleichen Zeit einen Anruf aus dem Kaffeehaus erhalten, in das ihr Vater allmorgendlich mit seinem Papamobil zum Kaffeetrinken gefahren ist. Walli, die nette junge Bedienung, hat ihr besorgt berichtet, dass ihr Vater schon seit zwei Tagen nicht mehr zum gewohnten Kaffeetreffen der Rentner gekommen sei.

Ellis Herz hat angefangen, bis in ihren Hals zu klopfen. »Weißt du einen Grund dafür?« Doch Walli hat leider nichts weiter gewusst. Weder habe seine Frau im Café angerufen, um Bescheid zu geben, noch ist sein Sohn gekommen, um eine kurze Info zum Verbleib des Vaters zu geben.

Elli hat sich, wie in all den vergangenen Jahrzehnten, immer wieder große Sorgen um ihren Vater gemacht. Bis zu seinem Widerruf der Patientenverfügung ist sie diejenige gewesen, die immer angerufen worden ist, wenn es mit dem Vater gesundheitlich nicht zum Besten bestellt gewesen war. Sogar ihre Mutter hat sie dann an angerufen. Sie ist Walli für ihren Anruf sehr dankbar gewesen, schließlich hat Walli gewusst, in was für einer fatalen Situation sie sich befunden hat und sich auf ihre Seite gestellt. Jeder im Dorf hat über ihren Rauswurf aus der Familie Bescheid gewusst.

Das hat nichts daran geändert, dass Elli sich um ihren Vater gesorgt hat. Es ist schließlich nicht das erste Mal gewesen, dass ihr Vater plötzlich ins Krankenhaus gekommen ist. Meistens wegen seines kranken Herzens. Auch das typische Männerleiden mit der Prostata hat ihn zweimal zu einem Krankenhausaufenthalt gezwungen.

Elli hat sich ein letztes Mal bei Walli bedankt, aufgelegt und aus dem Kopf die Nummer des Krankenhauses gewählt. Auch wenn es seit zwanzig Jahren das erste Mal gewesen ist, dass sie dabei keine direkte Durchwahl ans Krankenbett ihres Vaters gewählt hat. Doch dieses Mal ist es anders gewesen, fast als würde sie etwas Verbotenes tun. Elli hat damals nicht nachvollziehen können, wieso ihre Mutter selbst bei Krankenhausaufenthalten des Vaters ihr keine Nachricht zukommen lassen hat.

Ungeduldig hat sie also nach dem Freizeichen darauf gewartet, dass sich die Vermittlung meldet.

Es ist eine freundliche Stimme gewesen, die sich mit »Städtisches Krankenhaus, Frau Hopf am Apparat, was kann ich für Sie tun?«, gemeldet hat.

Elli hat sehr zaghaft gefragt, ob ihr Vater Karl Ternes stationär aufgenommen worden sei.

»Ich schau mal in den Computer«, hat die freundliche Stimme gesagt. Und kurz darauf: »Ja, das ist er.«

Elli hat sofort die Station erfragt – und ob er ein Telefon hätte, zu dem man sie verbinden könnte. Das ist kein Problem gewesen – kurze Zeit später hat sich eine junge Frauenstimme gemeldet und Elli nach ihren Wünschen gefragt.

Sie hat dieses Mal kräftig geschluckt, um diesen verdammten Kloß im Hals wegzubekommen. Daran erinnert sie sich noch genau. Elli hat die Schwester verunsichert darum gebeten, ihren Vater zu fragen, ob sie ihn besuchen dürfe.

Die Schwester hat erstaunt geklungen, aber nach einer kurzen Stille in der Leitung Elli gebeten, zu warten. Sie würde Ellis Vater fragen.

Obwohl höchstens drei Minuten vergangen sind, bis die Schwester wiedergekommen ist, ist Elli das Warten wie eine kleine Ewigkeit vorgekommen.

»Ihr Vater würde sich sehr freuen, wenn Sie kommen würden«, hat sie gesagt.

Elli hat sich nach diesen Worten leicht und glücklich gefühlt. Sie hat nur noch ein gestammeltes Dankeschön zustande gebracht.

»*Papa*«, hat Elli damals gedacht, »*so weit ist nun gekommen, dass jetzt die Unsicherheit zwischen uns steht. Was ist in den vergangenen zwei Jahren geschehen, dass wir nicht mehr diese unbeschwerte Vertrautheit miteinander besitzen? Sicher, Papa, du hast gesundheitlich rapide abgebaut und bist gebrechlicher geworden, und all dies hat Spuren hinterlassen. Deine Entscheidungen, die du immer* selbst getätigt hast, wurden dir in deinen alten Tagen beschwerlich oder sind dir abgenommen worden. Dafür hast du aber in deiner Familie Ruhe und wirst nicht mehr wegen deines langen Verhältnisses beschimpft. Darüber hattest du immer wieder berichtet, dass dir jeder Morgen, den Gott erschaffen hat, von meiner Mutter bereits beim Frühstück madig gemacht wurde. Nach dem Frühstück bist du regelrecht ins Wohnzimmer geflüchtet und hast dich in deine Bücher vergraben, um diesen endlosen Beschimpfungen und Diskussionen aus dem Weg zu gehen oder hast dich in die Jacke gezwungen und bist mit deinem Papamobil ins Dorf gefahren, um auf andere Gedanken zu kommen. Für all das hast du den Preis zahlen müssen, auch mich, deine Tochter, jetzt zu meiden. Mutter und Bruder sind jetzt die Familienoberhäupter.

Als dein Verhältnis vor Jahren aufflog, wollte ich neutral bleiben. Doch Mutter erwartete von mir, dass ich mich auf ihre Seite stelle, um mit mir als Verbündete gegen dich zu urteilen und zu handeln. Das konnte ich nicht und wollte ich auch nicht, denn du bist mein Vater. Mir steht als Kind nicht das Recht zu, dir zu schaden, auch wenn ich persönlich von außerehelichen Verhältnissen nichts halte. Gerade du, Papa, warst mir immer der beste und liebevollste Vater gewesen, den ich mir wünschen konnte. Und dich sollte ich nun von mir stoßen? Dies hätte ich nie fertiggebracht. Mit welchem

Recht verlangte meine Mutter das von mir? Sie ist doch deine Frau und nicht ich, deine Tochter. Sie sollte sich deshalb alleine bemühen, die Situation wie eine Erwachsene zu ordnen und zu klären. Was hat sich meine Mutter bei all dem gedacht, mich hinzuzuziehen? Ich wollte auf gar keinen Fall wie früher Schiedsrichter spielen müssen. Das hatte mich damals schon total überfordert und immer in einen Gewissenskonflikt gebracht und danach des Nachts nicht gut schlafen lassen.

Damals wäre weniger Streit zwischen euch beiden definitiv besser gewesen. Wie viele Nächte hatte ich oft nach solchen Auseinandersetzungen wach gelegen und gegrübelt, ob es nicht besser gewesen wäre, wenn ihr euch hättet scheiden gelassen. Immer und immer wieder gingen mir solche Gedanken durch den Kopf, aber diese Möglichkeit habt ihr nicht in Erwägung gezogen. Die Zeiten sind dafür anders gewesen.«

Heute weiß Elli, dass sie damals von ihrer Mutter regelrecht missbraucht worden ist. Sonst ist sie ihrer Mutter für nichts gut genug gewesen, aber dafür ist sie dann doch zu gebrauchen gewesen, um Probleme zu lösen, die sie selbst nicht lösen kann. Zu einem außerehelichen Verhältnis gehören Ellis Meinung nach immer noch zwei Personen. Die Kinder sollte man da bewusst heraushalten, ist doch alles schon schlimm genug.

Dies hat sie ihrer Mutter in einem langen Gespräch unter vier Augen mitgeteilt, dass sie doch beide lieben würde und sie diese Entscheidung nicht von ihr verlangen könne. Mutter müsse sich selbst mit Vater aussprechen und hoffentlich, so glaubte Elli, sich auch wieder versöhnen. Wie das geendet hat, daran will Elli gar nicht erst denken. Und dann kam auch ihr Vater nicht mehr.

»Du hast von heute auf morgen deine lieben Besuche bei uns eingestellt. Stattdessen bist du erst in dieses Café gegangen, später mit dem Papamobil hingefahren. Du bist auf einmal zu schwach geworden, dieses Familienband für uns vier weiter festzuhalten. Das ewige Kämpfen hat dich auf Dauer mürbe gemacht. Damals habe sie diese Veränderung nicht verstanden, nicht verstehen wollen, es tat einfach zu weh. Irgendwie war ihr das alles zu viel.

Elli hat nach dem Telefonat sofort ihr Auto gestartet und ist zu ihrem Vater ins Krankenhaus gefahren, wo es ihr wie Schuppen von den Augen gefallen ist.

Sie hat ihren Vater fast zwei Jahre lang nicht mehr richtig gesehen, meistens nur noch aus der

Ferne. Seit … ach, Elli hat schon nicht mehr gewusst, wie lange. Ihr Blick ist damals direkt auf das Bett von ihrem Vater gefallen. Allein hat er dort am Fenster gelegen, zugedeckt mit diesen typisch weißen Bettbezügen der Krankenhäuser. Klein ist er geworden und sein Gesicht schmal.

Die einst leuchtenden, blauen Augen haben ihren Glanz verloren und sind blass und wässrig geworden, seine Hände haben gefaltet auf der Bettdecke gelegen.

Ein unbeschreibliches Gefühl von Zärtlichkeit hat Elli beim Anblick ihres Vaters übermannt.

Er hat still dagelegen und sie einfach nur sanft angeschaut, als sie das Zimmer betreten hat.

Dann hat ihr Vater ihr beide Arme entgegengestreckt und sie hat sich vorsichtig zu ihm hinunter gebeugt. Er hat sie in die Arme geschlossen und geweint wie ein Kind und Elli hat mit ihm geweint. Sie beide haben ihren Schmerz über diese Wandlung des Lebens und darüber, dass sich die Dinge so ganz anders entwickelt haben als gedacht, aus sich heraus geweint.

Es hat lange gedauert, bis sie sich beide wieder beruhigt haben. Die ganze Zeit haben sie sich an den Händen gehalten, während der so kostbaren gemeinsamen Zeit nach der langen Trennung.

Leise, stockend nach Worten suchend, spricht er die Worte aus, die ihn bewegten, dass er das Leben gelebt und genossen hat und dass er bereit ist, sein Leben in Gottes gütige Hände zu legen. Worte, die Ellis tiefsten Winkel ihres Herzens berührten und ein unausgesprochenes Verständnis für ihren Vater entflammen ließ. Beide haben gewusst, dass dies das letzte Mal sein würde, dass sie ohne Aufsicht der Mutter miteinander sprechen würden.

Elli ist froh gewesen, den Mut gefunden zu haben, zu ihm zu fahren, und doch ist ihr die Rückfahrt wie eine Reise ins Bodenlose erschienen. Tränen rannen ihr übers Gesicht und sie musste die Fahrt unterbrechen, um nicht noch einen Unfall zu riskieren.

Diese kurze Zeit, in der sie sich auch noch einmal über die Beweggründe für seine Distanzierung unterhalten haben, ist für Elli einer Gefühlsachterbahn gleichgekommen. Wie sie vermutet hat, ist ihr Bruder der Drahtzieher gewesen und hat ihrem Vater wirklich gedroht, ihn in ein Heim zu stecken und fertigzumachen. Das hätte sein letztes Fünkchen Stolz nicht zugelassen, und so hat er sich zurückgezogen, auch um sie vor den Gemeinheiten, die er erlebt hat, zu schützen.

Als es für sie Zeit wurde, nach Hause zu fahren, hat er sie, so fest er konnte, an sich gedrückt und ihr von Herzen gewünscht, dass ihr Leben gut bleiben würde.

Noch heute bekommt Elli eine Gänsehaut, wenn sie an diesen Abschied denkt. Für beide ein Abschied für immer.

So hat ihre Mutter letztendlich alles erreicht, was sie erreichen wollte. Sie hat ihren Vater so lange bestraft und geknechtet, bis dieser seine Tochter Elli mit dem Entzug seiner Patientenverfügung verraten hat.

Ihre Mutter hat das Familienband endgültig zerschnitten.

Als ihr Vater zwei Jahre später gestorben ist, hat sie plötzlich keine Eltern mehr gehabt, obwohl ihre Mutter noch lebt.

Hass empfindet Elli für ihre Mutter nicht, aber Wut, oft Verzweiflung und viel Traurigkeit. Bis heute kann sie das Verhalten ihrer Mutter nicht verstehen. Sie hat mit ihrer Unnahbarkeit und körperlichen Distanz ihrer Tochter immer signalisiert, dass Elli ein unerwünschtes Kind ist.

Elli hat jahrelang in der Fachliteratur nach einem Motiv oder einer Ursache für das Verhalten ihrer Mutter gesucht. Fündig ist sie in dem Buch eines Psychologen geworden, der dieses Verhalten von Müttern als das Schneewittchen-Syndrom beschrieb, ein Verhalten, bei der die Mutter keine Tochter neben sich duldet, aus Eifersucht, genau wie im gleichnamigen Märchen.

Jetzt gibt es ihren geliebten Sohn nicht mehr. Ob das eine Strafe von Gott ist? *»Nein, das kann nicht sein«*, denkt Elli, *»denn unser Gott bestraft nicht. Unser Gott, an den wir Christen glauben, leitet uns durch unser Erdental. Mal geht es rauf und mal geht es runter, aber immer ist er an unserer Seite, auch wenn wir es manchmal vergessen oder nicht spüren und uns alleine fühlen mit unseren Sorgen.«*

Dass ihr Bruder plötzlich nicht mehr da ist, hat ganz bestimmt nichts mit dem lieben Gott zu tun.

Das muss eine andere Ursache haben. *»Vielleicht steckte der Teufel im Detail«*, denkt Elli, nachdem Hans laut seufzend aufgestanden ist. Gemeinsam räumen sie den Abendbrottisch ab und beschließen dabei, an diesem Tag früher ins Bett zu gehen und endlich einmal ausgiebig auszuschlafen.

Hans geht vor ihr ins Bad und macht sich schon mal bettfertig.

Elli hängt indessen ihren eigenen Gedanken nach. Sie ist mal wieder während des Abendbrots in der Vergangenheit abgetaucht wie ein Beutel Pfefferminztee im heißen Wasser.

Elli bemerkt selbst, dass sie vieles aus den letzten Jahren verdrängt hat und die Erlebnisse aus ihr herausbrechen wie aus einem Vulkan. Es ist ihr bereits richtig unheimlich. Sie bemerkt dadurch aber auch, wie tief sie verletzt worden ist. Der Tod ihres Bruders macht es möglich, manch schmerzliche Verdrängungen nochmals an die Oberfläche zu lassen, damit diese endlich heilen können.

Elli steht erschöpft auf, schaltet das Licht in der Küche aus und steigt die Treppe hoch, um sich ihrerseits im Bad für die Nachtruhe zu waschen und umzuziehen.

Bis sie fertig ist, schnarcht Hans schon. Der kann vielleicht schlafen. Von jetzt auf gleich schläft er ein und sägt dabei ganze Wälder in einer Nacht ab. Sie hört ihn durch die offene Schlafzimmertür.

Leise legt sie sich nun auch ins Bett, stellt ihr Handy noch schnell auf Flugmodus um, deckt sich zu und dreht sich zur Seite.

Hoffentlich wird es diesmal eine gute Nacht!

32. Trauer

Die Beisetzung findet zwei Tage später statt.

Elli und Hans haben beschlossen, auf jeden Fall teilzunehmen und nicht nur, weil er Ellis Bruder gewesen ist, sondern auch für sich selbst. Sie müssen dieser Beisetzung beiwohnen, um ihres eigenen Friedens willen.

So brauchen sie sich später nicht vorwerfen zu lassen, etwas versäumt zu haben oder gar gefühlskalt zu sein.

Ihre beiden Kinder Johanna und Leonard haben sich widerwillig jeweils einen Tag Urlaub genommen, um an der Beisetzung ihres Onkels teilzunehmen. Erst haben sie es überhaupt nicht eingesehen zu kommen.

Das kann Elli sogar verstehen, hat die zwei aber trotzdem darum gebeten, dabei zu sein, einerseits für Elli und andererseits, um dem Gerede im Dorf nicht noch mehr Futter zu liefern.

Ihr ist nämlich etwas zu Ohren gekommen, sie hat sich aber nicht getraut, darüber zu sprechen. Ihre Freundin Gisela hat ihr eine Information von ihrem Nachbarn, dem Polizisten, zugeflüstert. Ob es stimmt, steht noch nicht fest. Deshalb behält Elli erst einmal die Neuigkeit für sich und den Ball flach. Irgendein Techtelmechtel hat ihr Bruder angeblich wieder am Laufen gehabt, und so wie sie gehört hat, muss es eine jüngere Frau aus dem Dorf sein.

Elli schüttelt in Gedanken den Kopf. Diese Neuigkeit wundert sie nicht. Die wievielte Puppe mag es in seiner Sammlung sein? Die Katze lässt ja auch bekanntlich das Mausen nicht, hihihi. Elli grinst sich insgeheim eins.

Um Viertel vor drei gehen sie, dem Anlass entsprechend gekleidet, gemeinsam zur Kirche.

Sobald es zusammenläutet, betreten sie die Kirche, die fast bis auf den letzten Platz besetzt ist. Draußen stehen noch einige Personen rauchend auf der Straße, Menschen, die Elli nicht kennt. Sie alle sind in Schwarz und Weiß gekleidet, vielleicht sind es Kollegen oder Freunde ihres Bruders.

Elli, Hans und die Kinder zwängen sich schnell an ihnen vorbei und haben noch das Glück, einen Platz in der vorletzten Bank zu erhaschen.

Vorne steht die Urne, umringt mit Kränzen von roten Rosen. Sechs Kerzen stehen hinter ihr und daneben ein großes Foto von Harald, mit einem schwarzen Rahmen. Auf dem Foto ist er mindestens zehn Jahre jünger abgebildet. Hier ist also sein Lebensweg zu Ende.

Elli kann keine Trauer empfinden und schämt sich insgeheim immer noch dafür. Als sie ihre Zweifel am Vorabend mit ihrem Mann besprochen hat und sich deshalb sehr schuldig gefühlt hat, hat Hans mit ihr geschimpft. Sie solle sofort mit diesem Quatsch aufhören.

»Liebe Elli«, hat er ihr mit viel Nachdruck gesagt, »glaubst du im Ernst, dein Bruder würde sich darüber irgendwelche Gedanken machen, wenn du morgen beigesetzt würdest? Also mach mal halblang. Deine Besorgnis in allen Ehren, aber das hat er nicht verdient. Jedenfalls nicht von dir, da er dich nie, nie als seine Schwester akzeptiert hat. Also lass es gut sein und denke bloß nicht mehr darüber nach, was hätte sein können. Der Fall Bruder ist nun mal vorbei und nicht erst seit dieser Woche, sondern schon seit Jahren, Punkt, aus!«

Über die Trauerfeier will Elli gar nicht lange nachdenken. Ein Geschluchze und Geschniefe ist in der Kirche aus den vorderen Bänken zu hören. Dort sitzen Ursula, ihre Mutter, die Kinder Julia und Christina und die engste Verwandtschaft.

Ständig drehen sie sich der Reihe nach um, wohl um zu schauen, ob sie ebenfalls zu der Beisetzung ihres Bruders gekommen ist, und tuscheln anschließend miteinander. Jedenfalls erwecken sie bei Elli diesen Eindruck.

Auch andere Trauergäste werfen immer mal einen Blick zu ihr und ihrer Familie. Elli fühlt sich unbehaglich. *»Was mögen sie denn ständig zu tuscheln haben?«,* überlegt sie. Womöglich sind sie der Auffassung, dass sie hier überhaupt nichts zu suchen hat, weil sie für den Tod ihres Bruders verantwortlich ist. Elli mag gar nicht mehr nach vorne zum Altar schauen und senkt traurig den Kopf.

Ist für sie auch so alles schlimm genug und geht an ihre Substanz.

Hans hält ihr während der gesamten Messe die Hand und ihre Kinder sitzen rechts und links von ihnen. Das ist gut so.

Sobald die Messe endet und der Kirchenchor noch ein letztes Muttergotteslied singt, setzt sich der Trauerzug in Richtung Friedhof in Bewegung.

Auch Elli und ihre Familie reihen sich inmitten der Dorfbevölkerung ein und gehen mit. Viele der Besucher der Trauerfeier haben Blumen in den Händen. Elli will keine Blumen mitnehmen, um sie dann ins Urnengrab zu werfen.

Da ihr Bruder im Vorstand der Pfarrgemeinde und im Vorstand des Kirchenchors gewesen ist, geht das halbe Dorf mit zu seiner Beisetzung. Er bekommt auch ohne sie genug Blumen nachgeworfen.

Elli verurteilt niemanden dafür.

Die Leute sehen ja auch nur, was sie sehen wollen oder was ein Mensch in ihren Augen zu sein scheint. Die Menschen werden immer so bleiben, daran wird sich nie etwas ändern. Sie betet leise den Rosenkranz mit, den der Pastor mithilfe eines Mikrofons für alle gut hörbar vorbetet. Sie fällt jedes immer an der Stelle mit ein, wo es heißt: Heilige Mutter Gottes, bitte für uns Sünder, jetzt und in der Stunde unseres Todes, Amen.

So kann sie wenigstens etwas für das Seelenheil ihres Bruders und auch für ihr eigenes etwas tun.

Am Friedhof stehen noch Trauergäste, die auf das Eintreffen des Trauerzugs gewartet haben und nicht in die Kirche gegangen sind. Sicher hat es mancher von ihnen nicht pünktlich geschafft oder hat keine Ambitionen, in die Kirche zu gehen. Auch nicht schlimm. Sie geben ihm eben auf ihre Art das letzte Geleit.

Die Zeremonie, die der Pastor mithilfe seiner Messdiener durchführt, ist wie immer und für jeden Verstorbenen gleich. Nachdem der Pastor die Anrufungsgebete gesprochen hat, dass Gott den Verstorbenen bei sich aufzunehmen solle, und die Fürbitten zusammen mit der Trauergemeinde gebetet hat, erteilt er den Schlusssegen.

Danach verschwindet er, so schnell wie er kann, mit seinen Messdienern in Richtung Pfarrhaus.

Elli weiß, dass er noch zu einer anderen Gemeinde fahren muss, um dort ebenfalls eine Beerdigung vorzunehmen.

Auf dem Friedhof reihen sich indes viele in eine lange Schlange ein, um am Grab ihres Bruders einen letzten Gruß in seine Ewigkeit mitzugeben.

Sie überlegt, ob sie auch zum Grab gehen soll. Ihr ist nicht wohl bei dem Gedanken daran.

Johanna und Leonard haben sich bereits umgedreht und wollen offensichtlich gehen.

Elli nimmt Johanna kurz am Ärmel und deutet mit dem Kopf in die Richtung des Grabes.

Doch Johanna und auch Leonard winken ab. »Nein. Unter keinen Umständen, Verwandtschaft hin oder her. Wir sind doch seit Jahren keine Verwandten mehr für den Onkel, und für die Oma erst recht nicht«, sagt Johanna, und Leonard nickt bekräftigend. »Nein, das will ich auch nicht.« Beide streben in Richtung Ausgang.

Hans und Elli reihen sich schließlich doch in die Prozession ein und kommen nach einer Weile zum Grab. Elli darf zuerst ihren Segen geben, so will es Hans, der sie vortreten lässt. Keinen Blick wagt sie zu ihrer Mutter und Schwägerin hinüber. Elli hat mit sich selbst genug zu tun.

Anschließend macht Hans sein Kreuzzeichen, greift nach ihrer eiskalten Hand und zieht sie von diesem traurigen Ort weg in Richtung Hauptgang.

Den Weg zum Ausgang gehen sie schweigend nebeneinander, zum Parkplatz. Still fahren sie beide nach Hause. Der Tag ist anstrengend genug gewesen und sie wollen niemanden mehr sehen. Sollen die Leute doch sagen, was sie wollen, es ist ihnen egal.

33. Zuversicht

In dieser Nacht schlafen sie beide fest und traumlos. In Elli heilen viele kleine Wunden der Vergangenheit. Beim Aufwachen erscheint ihr der beginnende Tag in einem neuen Licht.

Als ob eine große Last von ihr gefallen wäre, schwingt sie die Beine aus dem Bett und setzt sich auf die Bettkante. Sie streckt sich ausgiebig, dann erst steht sie auf.

Elli fühlt sich körperlich leichter, als wären über Nacht zehn Kilogramm verschwunden. Barfuß geht sie zum Fenster, zieht den Rollladen hoch und öffnet den Fensterflügel weit, um die kühle Luft des Novembermorgens einzuatmen. Sie saugt diese kalte Luft ein wie ein neues Lebenselixier.

Der Wasserfall schickt an diesem Morgen eine Melodie zu ihr herüber. Diese Melodie, dieses klingende Wasser genießt sie heute Morgen stärker denn je. Noch nie ist ihr in den Sinn gekommen, dass dieser Wasserfall für sie ein Kraftspender ist. Wasser des Lebens, so wird sie ihn in Zukunft nennen, ganz gleich, was sich auf ihm abgespielt hat.

Für sie ist er etwas Beständiges, etwas was sich nicht verändern wird.

Ihr Blick fällt weiter nach rechts in die Grünanlage. Ihre verrückte Nachbarin muss wohl gestern Abend im Dunkeln die Weihnachtskugeln an der Zypresse befestigt haben. Elli verschluckte sich fast beim Anblick dieser Überraschung. Dieses Arrangement, bestehend aus lila und pinken Kugeln, findet Elli nicht schön, dafür aber umso seltsamer.

Wahrscheinlich ist auch die Freundin ihrer Nachbarin, die Frau von dem Hubert, an dieser Aktion mit beteiligt gewesen. Die ist bestimmt mit der Taschenlampe bewaffnet gewesen und gab Anweisungen, wo wie was hinzuhängen ist, und ihre dolle Nachbarin hat den ganzen Klimbim dann platziert. Um das Ganze noch zu toppen, stellten die zwei noch Rentiere aus Rattan und Kerzenständer dazu. Die zwei Schnallen passen wirklich richtig gut zusammen.

Elli dreht sich zu Hans um und berichtet ihm lachend von dem Novembertannenbaum.

Hans fällt in ihr Lachen ein und reckt und streckt sich noch etwas, stößt die Bettdecke von sich und macht Beinbewegungen, als würde er in der Luft Fahrrad fahren.

Elli muss bei diesen ungelenkigen Bewegungen wieder herzhaft lachen. Wann fährt Hans schon mal Fahrrad? Doch sie freut sich mit ihm, denn auch er wirkt irgendwie erleichtert.

»Guten Morgen mein Lieber«, sagt sie verschmitzt. »Machst du jetzt neuerdings einen auf sportlich?«

Hans grinst sie an. »Meine liebe Elli, dazu ist es nie zu spät. Auf jeden Fall habe ich jetzt schon Frühsport gemacht und du musst zur Strafe mal schnell runter in die Küche gehen und Kaffee aufsetzen. So sind jetzt hier die Regeln, also ab, avanti, in die Küche mit dir.«

Beide setzen sich in ihren Schlafanzügen an den Küchentisch.

Ihre Kinder schlafen noch aus, es ist schließlich Samstag.

Aus dem Fenster sieht Elli noch immer das Absperrband. Es liegt nun zerrissen und schmutzig am Boden. Da bleibt es bestimmt auch noch lange liegen, bis sich einer erbarmt und es wegräumt. Entweder wird sich der Gemeindemitarbeiter darum kümmern müssen, oder die Polizei räumt es weg und gibt den Platz wieder frei. Sie würde sich jedenfalls nicht danach bücken.

Sonst schaut sie immer, dass nichts Weggeworfenes da herumliegt. Der Grünstreifen an dem Bach soll keine Müllhalde werden, sondern ein kleines Stückchen Garten sein, so wie ein Cottage-Garten in England.

Im Laufe der letzten Jahre haben Hans und sie dort viele blaue Hortensien, mehrere Akeleien, einige Dickblattgewächse wie Fetthennen, weiße und blaue Glockenblumen, rosafarbene Rosen und jede Menge Grünfarne, die sie im Wald mitsamt den Wurzeln ausgegraben haben, eingepflanzt.

Zum Bach hinunter haben sie eine Treppe aus alten Basaltstufen angelegt, und etwas weiter daneben eine Bank aufgestellt, damit Wanderer oder sie selbst diese herrliche Natur und das Rauschen des Wasserfalls in dieser einzigartigen Atmosphäre genießen können.

Es ist für sie ein kleines Stück vom Paradies gewesen, welches nun nicht mehr unberührt ist.

Irgendetwas muss hier geschehen sein, nur weiß sie immer noch nicht, was genau. Die Polizei hat sich auch nicht mehr gemeldet. *»Still ruht der See«*, denkt Elli und trinkt langsam ihren Kaffee. Dabei sieht sie ihrem Hans beim Brotebelegen zu und stibitzt sich von seinem Frühstücksbrettchen ein Brotviertel belegt mit Schinken.

***

»Nananana«, raunt er ihr zu, »das gefällt dir wohl. Ich schmiere mir hier die Brote parat und du mopst sie mir einfach weg, das hab ich gerne.« Er strahlt sie dabei an. Er ist glücklich, dass seine Elli wieder lachen kann. Mehr will er nicht. Die letzten paar Tage haben für sie mit dem Schlimmsten aufgewartet, das ein Mensch erleben kann. Und er selbst hat mit ihr gelitten, ohne ihr helfen zu können. Er ist nicht in der Lage gewesen, ihr den Kummer und die Angst zu nehmen. Er hat einfach sein Bestes getan – ihr zur Seite gestanden und sie getröstet, gequält von dem Wunsch, mehr für sie zu tun.

Seine Schwiegermutter ist für ihn ein Drache, doch das darf er Elli nicht sagen. Sie würde ihre Mutter womöglich noch verteidigen und das ginge überhaupt nicht. Wenn er an die Gemeinheiten, die er selbst miterlebt hat, denkt und wie sie seine und Ellis Kinder behandelt hat, dann könnte er ihr jedes Mal die Leviten lesen. Er ist froh darüber, dass sie keine Zeit mehr für diese Frau aufbringen müssen, sie würde es ihnen sowieso nicht danken. Für ihn hat diese Frau einfach kein Herz.

Alleine schon die Erinnerung daran, dass sie noch nicht einmal seiner Elli Nachricht gegeben hatte, als sie ihren Vater zum Sterben ins Krankenhaus gebracht haben, schnürt ihm die Kehle zu. Sein Schwager Harald hat nur auf den automatischen Anrufbeantworter gesprochen, dass der Vater verstorben sei und sie sich von ihm verabschieden könnten.

Das hat seine Elli damals weder gekonnt noch gewollt. Sie hat sich, nach allem, was sie von ihrer Familie zu hören bekommen hat und nachdem sie zum Schluss noch aus der Familie hinausgedrängt worden ist, nicht in der Lage gefühlt, zum Krankenhaus zu fahren. Sie wolle ihren Vater lieber in Erinnerung behalten, wie sie ihn bei ihrem letzten Besuch im Krankenhaus vor zwei Jahren und ihrem gemeinsamen Nachmittag gesehen hat. Lebend! So hat sie es ihm gesagt und Hans hat für Ellis Entscheidung volles Verständnis gezeigt.

Nein, mit dieser Sippe will er wirklich nichts mehr zu tun haben.

Rückwirkend betrachtet ist dieser eiskalte Morgen mitten im November, den man auch den Totenmonat nennt, für ihn und seine Familie auch der Beginn eines neuen Lebens.

Sie haben ein Stück Freiheit zurückerhalten. Elli wird noch einige Zeit brauchen, um sich endgültig von der Vergangenheit zu lösen, doch dazu hat sie alle Zeit der Welt.

Glücklich über diese neu gewonnene Freiheit trinkt er den letzten Schluck aus seiner Tasse.

34. Eine Überraschung

Drei Tage später, an einem Dienstag, klingelt der Polizeibeamte bei ihnen zu Hause und will sich noch einmal mit Elli unterhalten.

Sie gerät erneut leicht in Panik und ihre Hände schwitzen. Elli versucht krampfhaft, sich nichts anmerken zu lassen, und führt den Beamten in die Küche. Dort bittet sie ihn, Platz zu nehmen. Kaffee hätte sie jetzt nicht parat, sagt sie, bietet ihm jedoch ein Glas Mineralwasser an.

»Nein«, sagt er, »ich will Sie nicht lange aufhalten und Ihnen nur mitteilen, dass der Fall jetzt endgültig abgeschlossen ist.«

Elli atmet tief aus, setzt sich zu ihm an den Tisch und bittet um nähere Einzelheiten. Auch wenn sie langsam wieder ruhiger wird, ist ihr immer noch heiß.

»Nun«, berichtet der Beamte, »Sie haben nichts mit der ganzen Geschichte zu tun. Das ist jetzt eindeutig erwiesen. Ihre Schwägerin und Ihr Bruder haben sich auf dem Rückweg kurz vor der großen Brücke gestritten und dabei hat sie ihn in ihrer Wut von sich gestoßen. Dabei ist er rückwärts in den Bach gefallen und unglücklich mit dem Kopf auf einem Stein aufgeschlagen. Ihre

Schwägerin ist dann schnellen Schrittes nach Hause gelaufen. Zu diesem Zeitpunkt waren keine Personen unterwegs. Deshalb hat auch keiner in der Straße etwas gesehen oder gehört. Als wir eintrafen, war sie schon zu Hause und hat so getan, als wüsste sie von nichts, zog nur die linke Augenbraue nach oben und sah uns zugleich ungläubig und vorwurfsvoll an.

»Wir haben sie noch mehrmals aufgesucht und befragt, und in diesen Befragungen hat sie sich immer öfter widerversprochen, und schließlich hat sie zugegeben, in ihrer Wut ihren Mann so heftig gestoßen zu haben, dass er rücklings in den Bach gefallen ist. Dabei ist er mit dem Kopf auf einem großen Stein aufgeschlagen und an dieser Verletzung letztendlich gestorben. Sie hätte ihm noch helfen können, wenn sie geblieben wäre und ihn sofort aus dem Wasser gezogen hätte, aber sie sei ja weggelaufen, und so ist er durch unterlassene Hilfeleistung im Wasser ertrunken.«

Das ist ja ein Ding«, denkt »Elli überrascht. Mit so etwas hätte sie nicht gerechnet. Ihre christliche Schwägerin ist also die Übeltäterin.

Na, das gibt noch mal für ein paar Tage Gesprächsstoff im Dorf. So traurig die ganze Angelegenheit auch ist, Elli ist froh, dass sie aus der Sache raus ist.

Was Besseres kann ihr nicht passieren. Hans würde sich insgeheim die Hände reiben, das weiß sie. Die Kinder Johanna und Leonard werden sich mit ihrer Mutter freuen, dass sie nun von allen Verdächtigungen frei ist. Hoffentlich hören dann auch die regelmäßigen Drohanrufe und gehässigen Beschuldigungen auf.

Und Elli denkt an ihre Mutter. Was wird sie jetzt von ihrer Schwiegertochter halten? *»Ach«*, denkt sie auf einmal, *»soll sie doch von ihrer Schwiegertochter halten, was sie will, wen interessiert das jetzt noch?«*

Erst Monate später, das neue Jahr hat schon die ersten Frühlingsboten zu ihnen geschickt, erfährt sie den wahren Grund für den Tod ihres Bruders.

Harald und seine Frau sind, wie auch sie, seit Jahren aktive Sänger im Kirchenchor gewesen. Ungefähr vor einem guten Jahr ist ein neues Chormitglied dazu gekommen. Diese Frau ist vor Jahren aus Liebe zu einem US-Soldaten nach Amerika ausgewandert. Der Soldat ist in der Pfalz stationiert und sie haben sich auf einem Weinfest kennengelernt. Zehn Jahre später ist ihre Ehe gescheitert und es hat sie wieder zurück nach Hause gezogen.

Das Kind aus dieser Ehe hat sie mitgebracht. Beide haben eine kleine Wohnung im Haus der Mutter bezogen und versucht, den Anschluss an die Dorfgemeinschaft zu finden. Was liegt da näher als der Sportverein und der Kirchenchor?

Harald, wieder sich selbst übertreffend, hat sich anfangs rührend um den Neuzugang gekümmert.

Er hat ihr erklärt, wie der Chor sich zusammensetzt und welche Funktion er in diesem Chor hat. Die junge Frau, die in Amerika viel mehr Freiheiten genossen hat, als ihr dieser konservative Ort bieten kann, ist von der überschwänglichen Freundlichkeit Haralds beeindruckt und geschmeichelt gewesen.

Am Anfang ist es auch wirklich nur ein gemeinsames Singen und eine lockere Freundschaft gewesen. Harald hat zu Hause schon mal von der Neuen im Chor berichtet und ihre schöne Stimme gelobt. Wie gut, dass Nachwuchs in den Chor gekommen sei, wo er ja doch zum größten Teil aus mittelalten Leutchen besteht. Harald ist begeistert davon gewesen, dass sie mit ihren gerade mal vierzig Jahren in die Chorgemeinschaft eingetreten ist und den Altersdurchschnitt deutlich gesenkt hat.

Ursula hat anfangs nichts Ungewöhnliches dabei gefunden, dass ihr Harald so geschwärmt hat. Sie selbst ist ebenfalls über den Neuzugang froh gewesen. Ihre Schwägerin Elli hat schließlich vorigen Mittwoch mitgeteilt, dass sie sich nach dem Weihnachtskonzert aus dem Chorleben verabschieden wolle. Ihre Gründe seien privater Natur. Elli wolle nur noch an dem Konzert teilnehmen, weil sie schon so lange daran mitgeübt habe.

Ursula hat sich sehr wohl den Grund vorstellen können, ihn aber wirklich nicht verstanden. Ihr Mann hat in der letzten Stuhlreihe gesessen und im Tenor gesungen, ihre Schwägerin weit vorne in der Altstimme, also sind die zwei weit genug voneinander entfernt gewesen. Aber Elli wäre für sie ohnehin kein großer Verlust und sie würde ihr auch nicht wegen ihres Austritts nachweinen.

Sie hat inzwischen eigene Probleme bekommen, denn die Neue vom anderen Kontinent ist immer tiefer in ihr Familienleben eingedrungen.

Harald, der sich immer mehr Interesse für die Neue gezeigt hat, hat ihr zunehmend Kummer bereitet.

Auch hat er auf einmal penibel darauf geachtet, sein Handy nirgends abzulegen oder gar zu vergessen. Wie einen Schatz hat er das Handy bei sich getragen, meistens in der Brusttasche vom Hemd und immer auf Empfang eingestellt.

Zwitschert der Empfangston von WhatsApp, verschwand er mit Ausreden, wie dringend auf die Toilette zu gehen, aus dem Raum, um ungestört die eingegangene Nachricht abzurufen. Oft kamen mehr Nachrichten hinzu, schließlich war sie ja nicht taub und hörte durch die geschlossene Toilettentür dieses blöde Vogelgezwitscher. Dabei saß ihr Harald bestimmt auf dem geschlossenen Toilettendeckel und antwortete diesem doofen Vogel.

Irgendwann hat er sogar begonnen, dem Kind dieser Babsi Nachhilfeunterricht in Gitarre zu geben, ohne ihr etwas mitzuteilen.

Er hat sie erst am dritten Oktober, dem Tag der Deutschen Einheit, darüber in Kenntnis gesetzt und gemeint, er hätte im Vorruhestand ohnehin nichts Besseres zu tun.

Ursula wären zu seiner Untätigkeit wirklich einige Dinge eingefallen. Beispielsweise, ihr zur Hand zu gehen oder gewisse Arbeiten im Haus und im Garten ausführen. Wenn er sich mal dazu bequemt hat, hat er selbst bei der Gartenarbeit noch Handschuhe getragen und sich dabei angestellt, als besäße er zwei linke Hände. Er verstand es sehr gut, sich zu Hause rar zu machen. Während sie in der Firma gearbeitet und in ihrer knapp bemessenen Freizeit noch den Haushalt auf Vordermann bringt, hat er seine Zeit damit vertrödelt, sich alle vierzehn Tage beim Friseur die Haare akkurat schneiden zu lassen, Zeitschriften über die neuesten Motorräder zu lesen oder auf seinem Motorrad in der Gegend herumzufahren. Und dann hat er auch noch wie ein junger Tauberich um diese Babsi herumgegurrt.

Solange keine eindeutigen Anzeichen eines Verhältnisses zwischen den Beiden ersichtlich erkennbar gewesen sind, solange hat sie auch nichts tun können, außer zuzusehen und zu schweigen. Am Anfang hat sie die Neue namens Babette noch richtig nett gefunden, doch spätestens, als Harald sie immerzu Babsi genannt hat, haben in ihrem Kopf alle Alarmglocken geschrillt.

Harald ist in der letzten Zeit generell immer einsilbiger geworden. Oft hat er im Sessel gesessen und dabei seine Nase in die Fachzeitschriften für

Motorräder vertieft. Einen Reiseführer für Sylt hat er sich ebenfalls gekauft.

Zwei- oder dreimal hat er während der Mahlzeiten davon geschwärmt, wie toll es sein müsste, mit dem Motorrad über die Insel zu brettern.

Auch zu ihren beiden Töchtern ist er anders geworden. Kaum Zeit hat er für die beiden übrig gehabt, ist oft des Abends nach dem Abendbrot noch mal eine Runde spazieren und auch sonst mit den Gedanken ganz woanders abgetaucht. Später ist er auch in den Stammtisch eingetreten, dessen Teil diese Babsi ist. Seitdem war er jeden Sonntagabend mit diesen Stammtischfreunden und ganz besonders mit seiner Babsi zusammen unterwegs. An diesen Abenden blieb sie allein zu Hause zurück, und bange wurde ihr ums Herz bei der Vorstellung, was sich noch alles in nächster Zeit in ihrem Leben verändern würde.

Um dem Ganzen noch die Krone aufzusetzen, erzählte er ihr vor ein paar Tagen ganz stolz, dass er jetzt auch der Firmpate von Babettes Sohn war.

Die Babsi habe ihn so lieb gefragt, ob er nicht dieses Ehrenamt für den Jungen übernehmen möchte, und er sei so gerührt und überrascht von ihrem Wunsch gewesen, dass er spontan zugesagt habe.

In Ursula tobte seitdem der Wunsch nach Mord.

Der absolute Hammer war jedoch ein Ereignis nach der Messe an Allerheiligen gewesen, als sie alle noch gemeinsam mit dem Chor die Messe gesungen haben und er plötzlich verschwunden ist. Nirgends ist er zu sehen gewesen und ihr ist bald aufgefallen, dass auch diese Babsi verschwunden zu sein schien.

Ihr kam ein schrecklicher Gedanke. *»Er hat offenbar schon wieder etwas Neues am Laufen, und diesmal mit dieser Tussi Babsi.«* Angesichts seiner vorherigen Techtelmechtel war dies für sie keine Überraschung. Sie musste unbedingt mit ihm reden.

Ursula hat gehofft, dass es den anderen Mitgliedern im Chor nicht auffallen würde, hat schnell die Noten eingesammelt und ist im Laufschritt zu ihrem Auto gegangen. Sie hat kurz davor gestanden, die Nerven zu verlieren. Zitternd stieg sie in ihr Auto. Im Rückspiegel ihres Wagens sah sie die anderen Chormitglieder ebenfalls auf dem Parkplatz eintreffen.

Noch ist nicht alles verloren.

»Vielleicht ist er ja schon nach Hause gefahren?« Das zumindest war ihre Hoffnung. Sie sind oft mit zwei Fahrzeugen gefahren, da Ursula früher da sein musste, um die Noten auszulegen. Mit quietschenden Reifen fuhr sie los. Das Winken einiger Chormitglieder ignorierte sie, und ihre Gedanken waren bereits zu Hause, in der Hoffnung, dass er bereits dort war.

Wie oft hat bei ihnen wegen seiner Schwärmerei für jüngere Frauen schon der Haussegen schief gehangen! Sie wollte das alles nicht mehr mitmachen. Wie oft hat es deshalb böse Worte, Schuldzuweisungen und einmal sogar ein Handgemenge gegeben?

Als sie schließlich die Zufahrt zu ihrem Wohnanwesen hinauffuhr und die Zündung ausschaltete, blieb Ursula im Wagen sitzen. Sie schloss die Augen und hoffte, dass sich etwas ändert, sobald sie sie erneut öffnete. Wieder betrachtete sie verzweifelt Haralds Parkplatz. Er war leer.

Sie ahnte, dass ihr Harald zu entgleiten drohte. Außer sich wählte sie seine Handynummer, doch nur die Mailbox sprang an. Sie versuchte es erneut. Vergeblich.

Tränen liefen ihr über die Wangen. Sie wollte das alles hier nicht! Zum ersten Mal in ihrem Leben war sie nicht mehr Herrin der Situation, und das Gefühl gefiel ihr kein bisschen. Resigniert stieg sie aus ihrem Wagen und betrat ihr Haus, dass ihr das erste Mal ohne Wärme, nur noch wie ein Möbelhaus erschien.

Sie hat bis spät in der Nacht im Wohnzimmer auf dem Sofa auf ihren Mann gewartet und ab und zu einen Blick auf das laufende Fernsehprogramm geworfen. Doch sie konnte sich auf keinen Film konzentrieren.

An Allerheiligen liefen ohnehin keine schönen Filme im Fernsehen. Genau wie in ihrem Leben. Auch dort lief ein Film ab, in dem sie nicht mehr die Hauptrolle spielte. Unter einer Wolldecke hat sie sehnsüchtig auf ihren Harald gewartet und ist auf der einen Seite erleichtert, sobald sie sein Auto kommen hörte, andererseits jedoch furchtbar wütend. Und sie hat Angst vor dem, was auf sie zukommen könnte.

Sie hörte, wie er den Schlüssel im Schloss rumdrehte, und setzte sich auf, um ihm zu signalisieren, dass sie auf ihn gewartet hat.

Etwas außer Atem betrat er das Wohnzimmer, legte seine Jacke über dem Sessel ab, setzte sich hinein und schaute auf den Fernseher.

Betretenes Schweigen lag in der Luft, man konnte die Spannung körperlich spüren.

Wütend fragte sie ihn geradeheraus, wo er denn jetzt um diese Uhrzeit herkam und warum er nach der Messe so einfach verschwand.

Das war nicht gerade die warmherzige Begrüßung, die ihn sonst empfing. Ursulas Wangen glühten vor Wut.

Sie sahen einander an und er begann zu stottern, dass Babsi sich nicht wohlgefühlt und ihn gefragt hat, ob er sie nicht nach Hause fahren konnte. Das konnte er ihr doch nicht abschlagen, verteidigte er sich, und weil es ihr so furchtbar mies ging, ist er halt noch ein bisschen bei ihr geblieben.

Sie brauchte sich doch deshalb gar keine Sorgen zu machen. Außerdem war doch ihr Sohn die ganze Zeit dabei gewesen, und er hat ihm noch zusätzlich zu seinem Gitarrenunterricht neue Griffe beibringen können.

»Was ist denn schon dabei?«, fragte er und schaute an ihr vorbei.

Ursula konnte seine Lügen nicht länger ertragen. Gemeinsam saßen sie im Wohnzimmer und waren trotzdem meilenweit voneinander entfernt. Die Kluft zwischen ihnen war riesengroß.

»Meinst du, ich bin blind und blöd und merke nicht, was zwischen dir und deiner Babsi so abläuft?« Ursula lachte verächtlich auf. »Das sieht doch selbst ein Blinder. Du und die, ihr zwei habt doch was miteinander, oder willst du mir etwa weismachen, dass das nicht der Fall ist?« Sie redete sich die ganze Wut der letzten Wochen von der Seele und er, er sagt gar nichts dazu.

»Mensch Harald, warum jetzt nach so langer Zeit das alles wieder? Ich dachte, das wäre jetzt ein für alle Mal vorbei mit deinen Backfischschwärmereien. Weißt du eigentlich, was du mir damit antust? Ich bin doch deine Frau und die Mutter deiner Kinder, hast du schon mal darüber nachgedacht, wie Julia und Christina über das hier denken werden? Die beiden lieben uns doch. Wie soll das denn hier deiner Meinung nach weitergehen? Willst du dich etwa von mir trennen und mit dieser Babsi ein neues Leben anfangen? Und deine alte Mutter erst! Hast du mal daran gedacht, dass du sie damit vielleicht umbringen wirst?

Selbst deine Mutter ist dir egal. Anscheinend interessiert dich hier überhaupt nichts mehr, du dreckiger Sack. Alles machst du hier mit deinem verdammten Egoismus kaputt. Ich hasse dich. Ich HASSE dich!« Dabei greift sie nach der Blumenvase und wirft sie in seine Richtung. Nur knapp verfehlt sie ihr Ziel.

Ursula rannte hinauf ins Schlafzimmer und schließt die Tür ab. Sollte er doch zusehen, wo er schlief.

Die Zimmer der Mädchen standen ohnehin leer. Am nächsten Vormittag würden die beide zurückkommen. Julia war im Urlaub auf Norderney und Christina machte ein Praxissemester auf einem großen Bauernhof mit Viehzucht in Bayern. Es war also nicht so, als hätte er auf dem Sofa schlafen müssen.

Sie legte sich nur in Unterwäsche bekleidet auf das Bett und versuchte krampfhaft einzuschlafen. Doch dies wollte ihr nicht gelingen.

Gegenüber im Bad hörte sie ihren Mann rumoren und wünschte ihn auf den Mond. Irgendwann musste er doch mal zur Vernunft kommen.

Ihr Schwiegervater war ja schon eine Marke für sich mit seiner langjährigen Freundin, die er nebenbei gehabt hat, aber das hier, das ging entschieden zu weit.

Die Wievielte war das jetzt, für die ihr Harald entbrannte? Die Fünfte oder Sechste? Sie hatte genug davon, sie wollte endlich ihre Ruhe haben, und mit diesen Techtelmechteln sollte endgültig Schluss sein. Er blamierte sie ja bis auf die Knochen.

Im Bad war derweil Ruhe eingekehrt. Sie vermutete, dass er schon in einem der Betten von den Mädchen lag und schlief, das machte sie nur noch wütender. Und so lag sie die ganze Nacht wach und machte kein Auge zu.

Früh am Morgen stand sie auf. Niedergeschlagen zog sie sich noch mal die Kleidung vom Vortag an und ging die Treppe hinunter in die Küche, um die Kaffeemaschine anzustellen. Das Aufheizen dauerte nicht lange und sie ließ sich eine Tasse durchlaufen, setzte sich im Esszimmer an den Tisch und schaute durchs Fenster dem beginnenden Tag entgegen, der kein guter Tag würde. Alles lief aus dem Ruder.

Sie wusste, dass Harald sie angelogen hatte. Er war nicht in der Lage gewesen, sie auch nur anzusehen. Es war ganz offensichtlich, dass er etwas mit dieser Babsi hatte, und er war auch noch zu feige, um es zuzugeben. Sie überlegte, wie sie an sein Gewissen appellieren sollte.

Das hatte früher immer wieder funktioniert. Doch wie sah es nun aus? Würde er sich noch mal besinnen und dieser Babsi sagen, dass es nichts würde mit ihnen beiden? Die Frau konnte sich doch jeden anderen Mann aussuchen. Die gab es doch wie Sand am Meer. Musste es ausgerechnet ihr Mann sein? Und womöglich sängen sie im Chor noch zusammen von Liebe und Treue und vom lieben Gott. Das wäre ja der Gipfel der Geschmacklosigkeit.

Harald kam bereits angezogen die Treppe hinunter, ließ sich auch einen Kaffee durch die Maschine laufen und setzte sich grußlos an den Tisch. Seit seiner Frühpensionierung genoss er das Frühstück jeden Morgen im Schlafanzug. Nur heute nicht. Picobello angezogen war er. Beherrscht saß er ihr gegenüber und sah an ihr vorbei. Er hatte ihr offenbar nichts mehr zu sagen. Ob er darauf wartete, dass sie den Anfang machte? Sicher, so wie er in der letzten Zeit drauf war, ganz bestimmt.

Krampfhaft unterdrückte sie den Wunsch, mit dem Thema Babsi anzufangen. Stattdessen versuchte sie, die Wogen zu glätten, und fragte ihn, was er heute vorhatte und ob er das Essen für heute kochen konnte. Er musste nur in der Metzgerei frisches Gehacktes vom Rind kaufen und die Spaghettisoße zubereiten. Das war doch sicherlich kein Problem.

Und wenn sie aus dem Geschäft gekommen ist und sie gemeinsam gegessen haben, könnten sie doch noch ihre obligatorische Runde spazieren gehen und in aller Ruhe über die Sache mit Babsi reden.

***

Harald sah sie schweigend an und begriff, dass es diesmal endgültig vorbei war. Er wollte es ihr nicht sofort sagen, sondern stimmte ihrem Vorschlag mit dem Essen und dem gemeinsamen Spaziergang zu. Er hatte bereits geahnt, dass es schwierig würde, Ursula seinen Entschluss mitzuteilen. Er hatte sich heftig in Babette verliebt, richtig heftig. Sie gab ihm das Gefühl, wieder interessant und aufregend zu sein.

Er fühlte sich begehrt von ihr, und sein Leben erstrahlte durch sie in neuen Farben. Das alte, das ihn nicht mehr begeistert, schüttelte er schon bereits ab.

Das nannte er, Spuren ins Leben zu finden.

Bei dem Gedanken musste er grinsen. Er wurde ja noch richtig poetisch in seinem Alter. Fast sechzig Lenze zählte er und hatte dennoch das Gefühl, dass er noch einiges nachzuholen hatte.

Noch mal Motorrad fahren mit seiner Babsi hinten als Sozius beispielsweise, denn zu solchen Ausflugsfahrten hat er Ursula nie überreden können. Das war nicht ihr Ding. Sie wollte dies nicht und das nicht. Er war es leid mit ihr.

Immer machte sie ihm einen Strich durch seine Wünsche und Pläne.

Sie war die Gescheitere von ihnen beiden, das wusste er wohl, aber er hatte es endgültig satt, sich immer als die Nummer zwei in der Familie zu sehen.

Babsi dagegen himmelte ihn richtig an, und das gefiel ihm. Dies und noch viel mehr konnte er

Ursula dann heute Nachmittag bei ihrem Spazier-gang sagen, danach würde sich sein Leben neu aufstellen. Er würde sich von ihr trennen.

35. Es ist, wie es ist

Gibt es solche Zufälle die uns denken lassen, dass da noch mehr sein muss? Das, was wir auch als Schicksal bezeichnen?

Im Nachhinein betrachtet, hat er sich wirklich von seiner Ursula getrennt. Die beiden sind nämlich am besagten Nachmittag im November spazieren gegangen und haben sich inmitten der Weinberge so heftig gestritten, dass die Fetzen geflogen sind. Harald hat ihr unmissverständlich erklärt, dass er ausziehen und mit seiner Babsi drei Orte weiter in ein kleines Häuschen ziehen würde, dass sie sich gemeinsam gekauft haben.

***

Mit schnellen und weit ausholenden Schritten ist er von ihr fortgestrebt.

»So weit sind die beiden schon gelandet«, dachte Ursula außer sich. *»Alles ist bereits beschlossen und ich kann bleiben, wo ich bin. Schluss, aus, Ende. So einfach ist das für Harald. Er will und braucht mich nicht mehr in seinem Leben.«* So hat er es immer in seinem Leben gemacht.

Eine Mischung aus Zorn und Enttäuschung übermannte sie. Ursula war außerstande, einen klaren Gedanken zu fassen, als er sie erst kurz und knapp vor vollendete Tatsachen stellte und sich dann von ihr abwandte und weiterging, als wäre sie ein lästiges Insekt.

Sie rannte ihm den steilen Berg herunter nach und überholte ihn kurz vor der Brücke.

»Du bist ein mieser und egoistischer Mensch! Und die größte Enttäuschung meines Lebens! Geh zum Teufel!«, schrie sie und stieß ihn so heftig von sich, dass er das Gleichgewicht verlor und rückwärts die Böschung hinunter in den Bach fiel.

**

Elli denkt lange nach.

So ist das Leben. Es gibt nicht nur Sonnenschein, sondern auch viele Schattenseiten. Vieles kann man im Voraus planen, doch oftmals entwickeln sich die Dinge anders und machen sich selbstständig.

Ihr Bruder hat vieles geplant und doch ist alles anders gekommen.

Was hat er an List und Mühe investiert, um sie, seine Schwester, aus der Familie zu drängen, ihr mithilfe seiner Mutter die Vorsorgevollmacht und die Patientenverfügung für den Vater zu entziehen sowie dem Vater seine Sparbücher abzuluchsen.

Von den anderen Boshaftigkeiten ganz zu schweigen.

Gier frisst Hirn. Anders kann sich Elli dieses üble Verhalten nicht erklären. Und was hat er nun davon?

Nichts, denn das, was geschehen ist, hat er nicht vorhersehen können, sonst hätte er sicherlich sein Leben anders gelebt und vieles wäre gar nicht erst passiert.

Wenn ihm irgendein Floh ins Ohr geflüstert hätte, wie sein Leben verlaufen würde – Elli glaubt, er hätte sich niemals derart gemein und hinterlistig entwickelt. Er wäre bestimmt ein guter Mensch geworden.

Egal, welche Probleme die Menschen haben und was sie alles Schlimmes erleben: Liebe und Ehrlichkeit sind die wichtigsten Bausteine im Leben und müssen immer an erster Stelle stehen.

Elli meint, dass jeder Mensch es wert ist, Respekt und Aufrichtigkeit zu erhalten.

Und besonders sie hätte auch von ihrer Mutter geliebt werden sollen.

Kein Mensch sollte sich über den anderen erheben, ihn abkanzeln, ihn niedermachen. Kein Mensch sollte glauben, dass er etwas Besseres wäre. Nur Menschen, die bereit sind, sich immer wieder neu auf ihren Partner oder ihre Kinder einzulassen, bleiben in ihren Beziehungen.

Das ganze Leben ist Veränderung. Bleibt der eine auf der Stelle stehen und nur der andere verändert sich, ist die Beziehung irgendwann zum Scheitern verurteilt. Eine Beziehung ist ein ständiges Geben und Nehmen. Nur so funktioniert sie auf lange Zeit und hoffentlich für immer.

***

Elli weiß, dass sie in einer sehr guten Zeit lebt, auch wenn sie ihrer Mutter viele Dinge erst spät verzeihen konnte.

Die ausgesprochenen lieblosen Worte ihrer Mutter haben ihr das Verzeihen nicht leicht gemacht. Immer wieder ist sie in tiefe Selbstzweifel gestürzt. Oft hat sie mit ihrem Gewissen gehadert. Darf sie die Verbindung zu ihrer Mutter ganz abbrechen? Ist das nicht verboten? Soll sie wirklich endgültig den letzten Funken Hoffnung auf Versöhnung für immer aufgeben? Die Tatsache, dass ihre Mutter ihr mit kalten Worten so unmissverständlich klargemacht hat, dass sie nichts mehr mit ihr zu tun haben möchte … soll sie wirklich die Hoffnung begraben, dass sich ihre Mutter irgendwann auf das Ausmaß ihrer Worte besinnt?

In Elli keimte sehr lang der Funke Hoffnung, doch mit den Jahren ist dieser Funke immer kleiner und kleiner geworden.

Schließlich hat sie irgendwann begriffen, dass ihre Existenz von der Mutter ausgelöscht worden ist. Sie spielt definitiv keine Rolle mehr in ihrem Leben.

Dies zu akzeptieren, hat sie immer weit fortgeschoben und sich unsagbar lange der Realität verweigert. Es hat ihr einen Teil Lebensqualität genommen und ihr viel Freude geraubt.

Selbst Mutter zweier Kinder, kann Elli sich bis heute nicht vorstellen, jemals derartig herzlos zu einem ihrer beiden Kinder zu sein.

Es würde nicht nur das Leben ihres Kindes, sondern auch ihr eigenes Leben zerstören. Dies wäre die Konsequenz für sie. Ihrer Mutter hat es anscheinend nichts ausgemacht.

Elli weiß inzwischen durch lange Gespräche mit der Psychologin und auch mit ihrer Freundin Gisela, dass sie all dies nicht zu verantworten hat, obwohl ein großer Teil ihrer Mitmenschen es so sehen möchte.

Doch das ist deren Problem.

Die Zeit heilt bekanntlich viele Wunden und je mehr Zeit verstrichen ist und der Abstand zu diesem folgenschweren Tag mit ihrer Mutter immer größer wurde, desto weniger haben sie geschmerzt.

Die Worte ihrer Mutter sind immer noch da und werden wohl nie ganz verklingen, doch Elli spürt auch, dass ihr der Kopf für Neues und Schönes frei wird und das weckt in ihr ein ganz neues Glücksgefühl, einfach wunderbar.

Hans und sie haben andere, neue Menschen kennengelernt und manche Freundschaften geschlossen, die ihr Leben wieder mit Herzlichkeit und Wertschätzung bereichern.

Der Weg ist frei geworden zu verzeihen.

Elli hat gewusst, dass, wenn sie ihrer Mutter und ihrem Bruder nicht verzeihen kann, ihr eigenes Leben schwer bleiben würde.

Die Frau, die sie geboren hat, ohne sie zu lieben.

Ihr ganzes Leben lang hat sie diese Unnahbarkeit gespürt. Klar, ihre Mutter hat sich um das Notwendige, was sie zum Leben gebraucht hat, gekümmert. Das ist es aber auch schon gewesen. Mehr hat es nicht gegeben. Elli hat sich von ihr immer nur geduldet gefühlt.

Ihre Mutter beherrscht die Kunst des perfekten Verstellens in Gegenwart anderer Mitmenschen. Doch sind sie wieder unter sich, fällt die freundlich gespielte Maske von ihr ab und Elli bekommt die stolze Unnahbarkeit zu spüren.

Sie hat in ihrem Leben immer nur diese unnahbare Mutter erlebt, die ihr immer verschlossen geblieben ist.

Schon als kleines Kind hat Elli Wärme und Güte bei ihr vermisst, die ihr dafür der Vater umso reichlicher gegeben hat.

Er ist es auch gewesen, der neben ihr hergelaufen ist, sie angeschoben und gestützt hat, ihr somit das Fahrradfahren beigebracht hat.

Er ist es gewesen, der sie getröstet hat, wenn sie hingefallen ist und sich das Knie aufgeschlagen hat. Er hat sie gelobt, als sie stolz den ersten Milchzahn gezeigt hat, den sie sich selbst gezogen hat.

Er ist derjenige gewesen, der sie getröstet hat, als ihre Katze in eine Bisamrattenfalle getreten ist und dabei ein Beinchen und ihr Leben verloren hat. Elli hat damals bitterlich geweint und ist untröstlich gewesen. Ihre Mutter hat dazu nur gemeint, dass man wegen einer so blöden Katze nicht zu heulen braucht.

Er hat im Schwimmbad am Beckenrand gestanden und sie beim Absolvieren des ersten Schwimmabzeichens angefeuert.

Er hat mit ihr auf dem Moped die schönen Ausflüge gemacht und sie vergessen lassen, wie schlimm ihr der Bruder mitgespielt hat.

Er ist zu den Elternsprechtagen gefahren, hat sich über ihre schulischen Leistungen erkundigt und ihr beim Lernen geholfen, wenn sie Probleme hatte.

Er hat sie und ihre Freundinnen in der Teenager-Zeit zur Disco gefahren und wieder abgeholt. Er ist derjenige gewesen, der ihr als junge Frau geraten hat, zum Frauenarzt zu gehen, und er hat sie bei ihrem ersten großen Liebeskummer getröstet. Niemand sonst hätte ihr geholfen, als ihre erste Liebe in die Brüche gegangen ist.

Ohne ihn wäre ihr Leben ein armes Leben geworden.

Und Jahre später hat er ihr Glück und Segen mit ihrem Hans gewünscht und sich mit ihr gefreut, ihre Kinder genauso geliebt wie die ihres Bruders und sie immer in seinem großen Herz gehalten.

Und er hat in all den Jahren nie verlernt, zu verzeihen.

Für sie ist er der beste Vater der Welt.

So viel und noch viel mehr könnte sie von ihm erzählen.

Es macht sie glücklich, wenn sie an all die Spuren seines Lebens denkt. Seine Liebe ist ihr immer eine Stütze im Leben gewesen und es vergeht kein einziger Tag, an dem sie nicht an ihn denkt und ihm für alles dankt.

Elli weiß, dass auch sie deshalb verzeihen kann.

Epilog: Alles wird gut

Es gibt viele Formen von Missbrauch. Die schlimmste Form ist ohne Zweifel jede Art von sexuellem Missbrauch und körperlicher Gewalt an Schutzbefohlenen. Heute erfahren wir durch die Medien, dass auch in Kirchen, Schulen und Vereinen fast täglich sexueller Missbrauch von Schutzbefohlenen stattgefunden hat.

Und dies, wie jüngst bekannt geworden ist, seit Jahrzehnten.

Die Betroffenen sind aufgrund ihres Leidens und des Traumas, welches ihr Leben in einem unvorstellbaren Ausmaß bestimmt, an die Öffentlichkeit gegangen, um aufzurütteln. Diesen Menschen gehört unser aller Respekt und Mitgefühl.

Umgekehrt wurde von ihren Peinigern alles unter den Teppich gekehrt, abgestritten und totgeschwiegen, wie es in jüngster Zeit bei einem pädophilen Kardinal in Österreich geschehen ist.

Die missbrauchten Kinder aber leiden weiterhin an Körper und Seele, bis sie den Mut finden, darüber öffentlich zu sprechen und die Verantwortlichen mithilfe von Gerichten und Verbänden zur Rechenschaft zu ziehen. Nur so können sie die Anerkennung der Schuld ihrer Peiniger fordern – ein mühsamer und schmerzlicher Prozess.

***

Wenn eine Mutter ihre Tochter nicht lieben kann, ist dies auch eine Form von Missbrauch.

Die Tochter macht die Erfahrung, dass sie, egal, wie sehr sie sich auch anstrengt, der Mutter nie genügen wird. Im schlimmsten Fall erklärt sie sich das verletzende Verhalten ihrer Mutter damit, dass sie es verdient hat, macht sich selbst Vorwürfe und hält sich selbst für nicht liebenswert.

Deshalb wird aus einem kleinen Mädchen, das von seiner Mutter ständig kritisiert, ignoriert oder unterdrückt wurde, mit großer Wahrscheinlichkeit eine Frau werden, die sich nie für gut, liebenswert, klug oder hübsch genug hält. Denn wenn sie all diese Eigenschaften für ein glückliches Leben verdient hätte, dann würde sie ja Liebe von ihrer Mutter geschenkt bekommen.

Die Tochter fühlt sich, da sie diese so dringend benötigte Liebe nicht bekommen hat, oft leer und traurig.

Ihr Selbstvertrauen ist angeknackst und sie hält sich unterschwellig für nicht liebenswert.

Erzählt die Tochter davon, wie lieblos ihre Mutter wirklich ist und wie sie sich tatsächlich verhalten hat, stößt sie bei anderen unweigerlich auf Widerstand und erlebt dann, wie ihre Mutter auch noch verteidigt wird.

Diese Wahrheit möchte nämlich niemand hören, und die Tochter erntet höchstens Kritik und Ratschläge.

Im schlimmsten Fall steht die Tochter nach ihrem versuchten Aufklärungsgespräch alleine da, fassungslos und beschämt, weil sie es gewagt hat, sich über ihre Mutter zu äußern und ihre eigene Sicht auf die Erlebnisse darzulegen. Diese Menschen wollen nicht begreifen, dass nicht alle Mütter gute Mütter sind.

Außenstehende Menschen sehen nur ihre Sicht der Dinge und können und wollen den Schmerz in ihren Worten nicht hören. Wenn dann die Tochter noch ein Geschwister hat, das von der Mutter abgöttisch geliebt wird, dann ist ihr Leben ein Sehnen, ebenfalls nach dieser Liebe, die nicht erwidert wird.

Warum manche Mütter ihre Töchter nicht lieben können, wird vermutlich immer ein Rätsel bleiben. Viele Gründe im Leben der Mutter können dafür verantwortlich sein.

Es ist das ganz persönliche Problem einer Mutter und hat bestimmt nichts mit der Tochter zu tun. Um zu dieser Erkenntnis zu gelangen, fließen sehr viele Tränen. Tränen der Enttäuschung über nicht erwiderte Liebe, Tränen der Wut, nie zu genügen, Tränen des Schmerzes, weil alle Bemühungen nie ausgereicht haben. Es dauert deshalb lange, bis sich die Denkweise und Gefühle der Tochter zu ihrer Mutter verändern und sie einen Anfang findet, die Mutter loszulassen.

Das funktioniert nicht auf Knopfdruck und schon gar nicht mit guten Ratschlägen. Das ist ein langer Prozess, der immer wieder durch Rückschläge durchkreuzt wird.

Zweifel, ob wir für das Glück der Mutter verantwortlich sind, nagen ebenfalls immer wieder in uns Töchtern. Fakt ist, dass wir Töchter nicht für das Lebensglück unserer Mütter verantwortlich sind.

Dieses Erziehungsbild ist falsch.

Das sollte uns Töchtern bewusst werden, deren Mütter sie nie genügend geliebt haben.

Sobald sie dies erkannt hat, kann sie mit ihrer lieblosen Mutter ihren Frieden machen. Wie dieser Friede sein wird, muss die Tochter für sich entscheiden.

Ich habe mich von meiner Mutter zurückgezogen und seitdem geht es mir psychisch und physisch bedeutend besser.

Das lieblose Verhalten meiner Mutter mir und letztendlich meiner Familie gegenüber und ihre selbstlose und aufopferungsvolle Liebe für meinen Bruder und seine Familie hätten uns weiterhin so verletzt, dass die Harmonie in meiner Familie darunter gelitten hätte. Diesen Preis wollte ich nicht mehr zahlen.

Sobald wir ungeliebten Töchter diese aufschlussreiche Erkenntnis über unsere lieblosen Mütter und die damit für uns neu gewonnene Lebensqualität kennenlernen, dürfen wir auf keinen Fall dieses lieblose Verhalten, welches wir lange selbst erfahren mussten, an unsere eigenen Töchter weitergeben.

Wir haben das Glück, sie zu lieben.

Dabei denke ich besonders an meine Tochter Johanna.

EINE MAMA FRAGT NICHT NACH DEM SINN DES LEBENS.

SIE GUCKT IHM ABENDS BEIM SCHLAFEN ZU!

Über die Autorin

Maja lebt mit ihrem Mann, den Kindern sowie Hund und Katze in einem idyllisch gelegenen Seitental. In ihrer Freizeit joggt sie entlang des Baches und kocht leidenschaftlich gern italienische Gerichte sowie Marmeladen.